U0552151

山月记

［日］中岛敦 著

张蔚 译

北方联合出版传媒（集团）股份有限公司
万卷出版有限责任公司

图书在版编目（CIP）数据

山月记 /（日）中岛敦著；张蔚译. — 沈阳：万卷出版有限责任公司，2024.10
ISBN 978-7-5470-6494-8

Ⅰ.①山… Ⅱ.①中…②张… Ⅲ.①短篇小说—小说集—日本—现代 Ⅳ.①I313.45

中国国家版本馆CIP数据核字（2024）第073068号

出 品 人：王维良
出版发行：北方联合出版传媒（集团）股份有限公司
　　　　　万卷出版有限责任公司
　　　　　（地址：沈阳市和平区十一纬路29号 邮编：110003）
印 刷 者：辽宁新华印务有限公司
经 销 者：全国新华书店
幅面尺寸：140mm×210mm
字　　数：200千字
印　　张：10
出版时间：2024年10月第1版
印刷时间：2024年10月第1次印刷
责任编辑：吴芮瑶
责任校对：刘　洋
装帧设计：张　莹
ISBN 978-7-5470-6494-8
定　　价：39.80元
联系电话：024-23284090
传　　真：024-23284448

常年法律顾问：王　伟　版权所有　侵权必究　举报电话：024-23284090
如有印装质量问题，请与印刷厂联系。联系电话：024-31255233

目录

001　山月记

011　李陵

055　名人传

065　弟子

101　悟净出世

129　悟净叹异

147　牛人

157　盈虚

171　狐凭

181　木乃伊

189　光·风·梦

山月记

陇西李征，博学多才。年纪轻轻便于天宝末年荣登虎榜①，随后调补江南尉。他生性狷介不羁、恃才傲物，对卑微的江南尉一职不甚满意。不久后，便辞官还乡，在虢略过起了闲云野鹤般的生活，亦不与人往来，潜心作诗。

他认为与其终日在那些庸俗的高官面前卑躬屈膝，不如做一名诗人流芳百世。然而作为诗人的名声始终难以大振，生活日渐困顿，李征也逐渐焦躁难耐。他面容变得凌厉，骨瘦如柴，徒有炯炯目光，高中进士时那少年得志、面颊丰润的模样已不复存在。

数年后，作为诗人前景惨淡，心灰意冷、不堪贫苦的李征为了妻儿的温饱决定屈节再次往东，担任一个地方小官。可曾经同期为官的那些人早已高升，昔日所不齿的那群蠢材，如今却要奉他们之命，这极大地挫伤了一代青年才俊李征的傲气。他终日怏怏不乐，狂悖的秉性也越发难以控制。

---

①虎榜：龙虎榜的简称，指排行榜。

一年后，因公出差，夜宿汝水河畔，他终于发了狂。一天夜里，李征脸色突变，忽地从床上坐起，边喊着胡话边径直跳下床，冲进了无边的黑暗中，一去不复返。人们在附近的山野搜寻却毫无线索。自那之后究竟如何，亦无人知晓。

第二年，时任监察御史的陈郡人氏袁傪奉旨前往岭南，途中宿于商於之地。次日天未晓，袁傪欲出发赶路，驿站的官吏劝阻道，前路有食人虎出没，行人白天通行为好，眼下天色仍暗，待到天明如何。袁傪自觉一行人多势众，便不顾劝阻执意出发了。

借着残月之光照亮前行的路，袁傪一行人穿过林中草地时，一只猛虎从草丛中一跃而出。眼看猛虎就要扑向袁傪，却突然改变方向转身躲回草丛。此时，草丛里传来了喃喃自语："好险啊……"是人的声音！袁傪恍惚间觉得这声音有几分熟悉。惊恐之余，思绪闪现，当下叫出声来："这声音，莫不是吾友李征？"袁傪与李征同年考中进士，李征鲜有知己，袁傪是最亲密的那个。这或许是因为袁傪性情温和，与生性锐利的李征之间不易冲突的缘故吧。

一时间草丛里并未回话。只是断断续续地传出低微的抽泣声。少顷，只听草丛里低声答道，"在下正是陇西李征。"

听到回话，袁傪抛开惊惧，翻身下马凑近草丛，颇为怀念地与李征畅叙起离衷。然后问道：为何不现身与我相见？李征答道：如今我已成猛虎之身。如何能恬不知耻地在旧友面前展露丑态？如若现身，必定会使你心生厌恶。我不曾料想能在此地重遇故人，甚是怀念，这怀念之情几乎驱散了我的羞愧之感。可否请你不要厌恶我丑陋的外表，依旧视我为旧友，与我再聊片刻？

袁傪事后想来只觉不可思议，当时竟坦然接受了面前这个超乎常理的怪异之举，没有一丝怀疑。他下令队伍暂停行进，自己则立在原地。二人聊了京城的流言蜚语、旧友的近况，袁傪坦言自己如今的地位，李征则对其赠以祝福。他们坦诚相待、相谈甚欢，仿佛还是亲密无间的知己。随后，袁傪问李征，为何会变成如今这副模样？草丛里的声音如是说道：

约一年前，我外出夜宿汝水河畔，小睡了片刻，一觉醒来，听到屋外有人喊我的名字。我应声出去察看，那声音在黑暗之中不停地呼唤我，我便循声跑去。我拼命地朝前跑，不知不觉进入了山林，不知何时我双手着地狂奔起来。我感觉身体里充满了力量，轻松地跳过了岩石。等我回过神来，指尖、手肘都已长出了毛。天微亮，我到溪边看自己的倒影，竟已变成了猛虎。

起初我不相信自己的眼睛，随后安慰自己道，这肯定是个梦。因为我曾经做过相似的梦，在梦中这只是个梦。可当意识到这不是梦境的时候，我茫然无措，恐惧随之袭来。我在想，为何会变成这样？我没有答案，只有深深的恐惧。我对所有的一切一无所知，只能乖乖地接受命运的安排，不明所以地活下去，我想这就是众生的定数。

当时我立刻想到了死，可说时迟那时快，一只兔子从我眼前跑过，我身体里的人性瞬间消失了。当人性再次苏醒时，我的嘴已沾满了兔子的鲜血，兔子毛散落四周。这是我作为一只猛虎最初的体验。

自那之后，我的所作所为，实在不忍描述。只不过，一天之中我必定会有几个小时人性复苏。苏醒之时，我同往常一样，能说人话、能思考，亦能背诵圣贤之书。而当我用那复苏的人性来审视自己作为一只猛虎的凶残、回首自己的命运时，便是最为羞耻、最为惶恐、最为愤怒的时刻。

然而，恢复人性的时间也随着日子的逝去而逐渐缩短。我一直都不可思议自己为何会变成一只猛虎，可不久前，我居然开始思考自己从前为何是人。这让我不寒而栗。想必再过不久，我的那一点残存的人性就会完全淹没在茫茫的兽性之中吧。正如老旧宫殿的基石不可避免地会被沙土掩埋一般。如若那样，最终我便会彻底忘记自己的过去，作为一只猛虎发狂奔走，哪怕如今日这般在途中遇到你，也认不出你是我的旧友，将你撕碎啃食只怕也毫无悔意。

说到底，猛兽也好人类也罢，或许都只是外在的形式。只不过我们最初还记得自己是什么，渐渐地就忘记了，于是便误以为自己从一开始就是现在这副模样，难道不是吗？罢了，这都是些无关紧要的事。或许我的人性彻底泯灭反而会变得更幸福吧。话虽如此，我的内心依旧感到无比的恐惧。啊！我将忘记自己曾经是人，这是多么可怕、多么可悲、多么可痛啊！这种心情，除了亲历者，其余的人都无法理解。哦，对了！在我彻底变为野兽之前，我想拜托你一件事。

袁傪一行人屏住呼吸，这怪诞之事让大家都听入了迷。那声音继续说道：

不为其他。我本想作为诗人扬名，却始终不得志，如今落到这般田地。我曾经作诗数百首，还未被世人知晓，遗稿的下落恐怕也不为人所知。现在能回忆起来的尚有数十首，希望你能帮我记录下来。我并非想要以此来佯装成大诗人，尚不论我那些诗作的优劣，只因它是我为之倾家荡产、失心发狂、一生都不肯舍弃的东西，哪怕只有一部分流传于后世，我也不枉此生。

袁傪命部下执笔，将其所吟诗句记录下来。李征郎朗的吟诵声从草丛里传来。长短大致三十篇，格调高雅、意趣卓逸，一听便能感受到作者的非凡才情。然，袁傪一面叹服于李征的才华，一面又隐约感觉到：诚然，毋庸置疑诗作者的天资实属一流，但仅凭这些的话，距离一流的诗作仍在某些地方（非常细微、微妙的点）欠缺着某种东西。

李征吟诵完自己的旧作，突然腔调一转，自嘲般说道：

说来惭愧，现如今，哪怕是我已沦落至此，还依然会梦到自己的诗集被置于长安风流人士案头的情景。这是我躺在山洞中所做之梦哪。尽情地嘲笑我吧！嘲笑这个没能成为诗人反而成为猛虎的可怜之人。（袁傪想起了往昔的青年才俊李征爱自嘲的模样,伤感地听着他讲。)

对了,不如将我现在的心情即兴作成诗博众人一笑,以此作为曾经的李征还活在眼前这只猛虎之中的证据。

袁傪又令下属执笔记录。诗曰:

> 偶因狂疾成殊类,灾患相仍不可逃。
> 今日爪牙谁敢敌,当时声迹共相高。
> 我为异物蓬茅下,君已乘轺气势豪。
> 此夕溪山对明月,不成长啸但成嗥。

当时,残月清冷,白露满地,穿过林间的冷风宣告着拂晓的临近。人们早已忘记了此事的怪诞离奇,只肃然感叹这位诗人的怀才不遇。

李征继续道来:

我方才说,不知为何遭此大劫,但细细想来,也并非毫无征兆。为人之时我尽量逃避与他人的交往。人们说我倨傲、妄自尊大。然而事实上,无人察觉那是一种羞耻心。当然,我曾被称为"虢略奇才",又岂能说毫无自尊心。只应说那是一种怯懦的自尊心。我本想凭借诗作名声大振,却没有进而拜师交友、与人切磋琢磨,亦不屑与庸俗之人为伍,这皆是我那自卑怯懦的自尊心与自大傲慢的羞耻心在作祟。

我生怕自己并非美玉,故而不愿刻苦雕琢自己;却又半信自己是块美玉,因而不愿庸庸碌碌,与瓦砾为伍。

我逐渐与世隔绝、疏远世人，用愤懑与羞怒不断地饲养着我那自卑怯懦的自尊心。世人皆为驯兽师，所谓猛兽便是各自的性情。于我而言，这自大傲慢的羞耻心便是那只猛兽，是一只猛虎。折损了自己、害苦了妻儿、刺伤了友人。末了，连外表也变成了和内心一致的模样。

如今想来，我完全荒废了自己仅有的那一点儿才华。嘴上卖弄着一事不为则人生漫长，欲成一事则人生苦短的警句，事实却是任由恐惧与懒惰组成了我的全部，恐惧于暴露自己天资的不足。而远比我资质平庸却一心钻研打磨，最终成为诗人的大有人在。如今沦为这猛虎之身，我才幡然醒悟。想到这些，此刻我的悔恨之意在胸口灼烧。事到如今，我已无法作为人继续生活。即便现在我的脑海里吟出卓越的诗作，又怎样让世人知晓呢？更何况，我正一天天地彻底变为猛虎。该如何是好？我那荒废的光阴呢？每念及此，我便会爬上对面山顶的岩石，朝着空谷咆哮。我欲将这灼胸的悲痛向人倾诉。

昨夜，我还对月咆哮了数次。试问谁能懂我这苦痛？野兽们听了我的嚎叫声只是惊惧、匍匐在地。险山老树、残月寒露都只以为那是一只猛虎在发怒癫狂、大声咆哮而已。即使我呼天喊地地悲叹，亦无人理解我的心情。一如为人之时，无人理解我这脆弱的内心。打湿我皮毛的，并不只是夜露而已。

四周的黑暗渐渐退去，破晓的号角声悠然响起，宛如哀鸣般响彻树林。

到了不得不告别的时候，因为癫狂（回到猛虎）的时刻正在临近，李征说道："临别前我还有一事相求。妻儿如今尚在虢略，她们无从知晓我的命运。待你从南方归来之时，能否转告妻儿我已亡故。今日之事还请绝口不提。虽是厚颜之请，望可怜她们孤苦孱弱，如若能保我妻儿今后免于挨饿受冻流落街头之苦，于我便是莫大的恩德。"

言罢，草丛中传来恸哭之声。袁傪含泪，欣然应允了李征的请求。李征忽又回到先前自嘲的口吻，说道：

"如果我还是个人的话，本应先拜托你妻儿之事，比起挨饿受冻的妻儿，更在意自己那微不足道的诗作，正因为我是这样一个男人，故而沦落为这猛兽之身吧。"

李征又补充说，袁傪你从岭南返回之时切莫再走此道，到那时，或许我已彻底失心发狂，不识旧友而猛然袭击。另，就此别过后，行至前方百步开外，登上远处那座山丘后，请再回首相望。我以现在模样远远一见。并非是我想炫耀勇猛之躯，而是一展丑态，以此断了你再度经过此地与我相见之念想。

袁傪对着草丛真挚道别，转身上马。草丛里又传来难以抑制的悲泣之声。袁傪也几度回首后，含泪出发了。

一行人行至山丘之上时，如李征所说回首眺望方才经过的林间草丛。只见一只猛虎从茂密的草丛中一跃而起腾入道中。那猛虎仰望着苍白模糊的残月，几声咆哮后，又跃入了先前的草丛，便再没了踪影。

李陵

一

汉武帝天汉二年秋九月，骑都尉李陵率五千步兵，从边塞遮虏鄣发兵北上。在阿尔泰山脉东南端即将隐没于戈壁沙漠的乱石丘陵之中，穿行了三十日。朔风凛冽，吹打戎装，颇有孤军征万里之感。行至漠北浚稽山麓时，大军安营扎寨。此地已深入敌军匈奴的势力范围。

虽说时节尚是秋天，但北地萧瑟，苜蓿已枯，榆树、杞柳皆树叶尽落。莫说树叶，连树木都难得一见（除了宿营地一带），唯有沙岩砾石、干枯的河床，满眼荒凉。极目远望，已无人烟，偶尔见几只羚羊来这旷野找水喝。远山高耸入苍穹，山巅之上成行的大雁匆匆南飞，但此情此景并未让将士们升起悠悠思乡情，只因他们的处境极为凶险。

面对以骑兵为主力的匈奴，不带一支骑兵，仅靠步兵深入敌人腹地（骑马者不过李陵及幕僚数人而已），可谓无谋至极。仅有步兵五千，孤立无援，且距浚稽山最近的大汉边塞居延也有足足一千五百里。若无对统帅李陵的绝对信任与敬服，断难行军。

每年秋风一起，大汉北塞必有彪悍的大队匈奴来犯，他们策马扬鞭，杀吏掳民、抢夺家畜。五原、朔方、云中、上谷、雁门等地连年深受其害。元狩至元鼎①的数年间，依靠大将军卫青、骠骑将军霍去病的武略，一时出现了"漠南无王庭"的局面。除此之外，近三十年来，北境的匈奴之患从未消停。霍去病死后十八年，卫青死后七年，浞野侯赵破奴率军攻打匈奴，兵败被擒，全军覆没。光禄勋徐自为在朔北修筑的长城转瞬被毁。而足以得全军信赖的将帅只剩前些年因远征大宛而威名远扬的贰师将军李广利了。

这一年——天汉二年夏五月，贰师将军李广利率三万骑兵西出酒泉，欲在匈奴来犯之前，在天山一带阻击屡次窥探西境的匈奴右贤王。武帝本想命李陵负责出征大军的辎重事宜，可应召前来未央宫武台殿的李陵却极力推辞。

李陵乃一代名将飞将军李广之孙，自幼精于骑射，人称有其祖父之风。数年前任骑都尉，驻守酒泉、张掖，教射练兵。年近四十，正血气方刚，只负责辎重事宜未免太过屈才。于是李陵叩请，"臣所率屯边将士，皆是一骑当千的荆楚勇士，臣愿率兵讨伐，从侧面牵制匈奴兵力。"武帝颔首，但因朝廷接连向各方派兵，此时已无战马拨给

---

① "元狩"和"元鼎"是汉武帝刘彻的年号。指公元前122年至111年。

李陵。即便这样，李陵道，无妨。虽然他也知确有贸然之处，但比起押送辎重，他宁可选择与自己出生入死的五千部下共同出征，冒险一战。"臣愿以少击众。"李陵此言令好大喜功的武帝大悦，准了奏请。

李陵遂向西返回张掖，整顿兵马即刻向北进发。彼时屯兵居延的强弩都尉路博德接到诏书，赴中途迎接李陵部队。至此都还一切顺利，可此后事情就逐渐颇为不妙。

路博德是位久经沙场的老将，早年随霍去病从军征战，立下战功，曾官拜邳离侯。十二年前，更以伏波将军之职率十万大军灭了南越。后因犯法被削爵，才贬至此地驻守西境。论年龄可谓李陵父辈。曾被封侯的老将如今却效力于李陵这般年轻后辈，心中自然是诸多不快。

路博德在迎接李陵部队的同时，派人上奏，现在是匈奴秋高马肥之时，以李陵之寡兵恐难抵匈奴善骑精锐，不如留李陵在此地过冬，等来年春天，与其从酒泉、张掖各率五千人并击东西，方为上策。当然，李陵对此毫不知情。武帝见此奏章大怒，以为是李陵与路博德共商后上书的。他心想，你李陵在我面前那般夸下海口，事到如今，才行至边塞就心生怯意，岂有此理！于是立马派人给路博德、李陵二人传急诏。下诏书给路博德：李陵在朕面前夸下海口，欲以少击众，因此你不必从旁协助。如今匈奴已入侵西河，你留下李陵立刻赶往西河，阻断敌军的进路。又给李陵下诏书：即刻出发深入漠北，东至浚稽山，南到龙勒水上，观察敌情，如果没有异常情况，即从㳭野侯赵破奴的故道抵达受降城休整。诏书言辞激烈自不必说，还诘问与博德一同上书是何用意。

且不论以寡兵徘徊于敌地的凶险，单是被要求的这数千里行程，于无战马的军队而言已是极难之事。加之，仅靠徒步行军缓慢、辎重全靠人力牵引、入冬时胡地气候恶劣，此行之艰险任谁都了然于胸。汉武帝绝非昏君，却和同样非昏君的隋炀帝、秦始皇拥有共通的长短之处。即便是第一宠妃李夫人的兄长贰师将军李广利，因兵力不足欲从大宛暂撤兵回朝，也触到了武帝的逆鳞，被关在玉门关外，而那次征讨大宛也只是想夺取良马而已。天子一言九鼎，遂所言无论多荒唐，臣子都须坚决执行，更何况此次是李陵自己主动请缨，（仅是季节不佳、距离遥远，任务艰巨）毫无任何犹豫不前的理由。李陵，便如此踏上了"无骑兵的北征"之路。

李陵军在浚稽山中驻扎十日有余。其间，每日必派斥候到远处刺探敌情，此外还须将附近的山川地形无一遗漏地绘制成图，禀告汉都。上奏文书由其麾下陈步乐贴身携带，只身送往都城。军中战马不足十匹，李陵拨了一匹给这名被选中的使者，临行前他向李陵拱手一揖，翻身上马，扬鞭疾驰而去。他远去的背影在灰蒙蒙的干枯的苍茫天地间逐渐缩小，全军将士惴惴不安地目送着那黑影。

这十日，浚稽山东西三十里内并未发现胡人一兵一卒。

夏季时，贰师将军李广利先于李陵军出击天山，一度击败右贤王，怎料于回程途中遭另一支匈奴大军围困惨败。汉兵十之六七被杀，连将军自身也险些丧命。此消息传入李陵军耳中，大破李广利军的敌人主力如今身在何处？因杅将军[①]公孙敖于西河、朔方一带正抵御之敌（与李陵兵分两路后，路博德前去驰援），从距离和时间计算，应该并非击败贰师将军的敌军主力。因为从天山出发，不可能在那么短的时间内到达东边四千里之外的河南（鄂尔多斯）。故可推断，匈奴主力眼下正屯兵于李陵军营地至北边郅居水之间。李陵每日亲自到前山山顶远眺四周，从东向南是一片漠漠平沙，由西至北则草木稀疏、山丘绵延，偶尔见到秋云间似鹰似隼的飞鸟掠影，而地上看不到一骑胡兵。

　　李陵军的营地驻扎在峡谷的疏林尽头，四周兵车环绕排开，中间是座座相连的营帐。一到夜间，气温骤降。士兵们只得折取本就稀疏的树枝生火取暖。在此安营的十日间，月由盈至亏，慢慢不见。或许是由于空气干燥，星星格外美丽。天狼星每晚擦着黝黑的山影升起，斜着投下青白色光亮，闪耀于夜空。平安无事地度过十余日后，明日终于要离开此地，沿着既定路线朝东南行军。但就在当晚，一名步哨不经意仰望那璀璨的天狼星时，突然发现大狼下方不远处出现了一颗硕大的赤黄色星星。正讶异，只

[①]因杅将军：汉代将军名号，以所征之地作为将军之号。因杅，匈奴地名。

见那颗从未见过的巨大星星拖着赤红粗尾动了起来，接着两颗、三颗、四颗、五颗，同样的光亮在周围出现、移动。步哨不禁惊叹，正要失声时，那遥远的光亮却噗的一下齐刷刷熄灭了。刚才所见恍如梦境。

李陵接到步哨来报，令全军明日天明即刻做好战斗准备。他到帐外清点各部，结束后再次返回营帐内，鼾声如雷地熟睡了过去。

翌日清晨，李陵醒来走出帐外查看，只见全军已按昨夜军令列阵，静候迎敌。兵车排列整齐，士兵列队于兵车外侧，持戟和盾者在前，弓弩手在后，严阵以待。峡谷两侧的山峦在破晓的黑暗中万籁俱寂，但能隐约感觉到各处的岩石背后暗藏杀机。

旭日之光射进山谷的同时（大概是等单于拜日之后匈奴方可发兵吧），至此空无一物的两侧山峰上，从山顶至山坡一下子涌出无数人影。伴着震天撼地的喊声，胡兵冲下山来。当胡兵先锋逼近至只剩二十步的距离时，一直按兵不动的汉军大营才响起鼓声。刹那间千弩俱发，数百胡兵应弦而倒。间不容发之际，汉军前排持戟士兵猛扑向前，冲向阵脚大乱的所剩胡兵。匈奴军彻底溃败，仓皇逃窜上山，汉军乘胜追击，杀敌数千。

这一仗虽胜得漂亮，但有备而来的敌军绝不会善罢甘休。仅今日敌军就足有三万，且从山上飘扬的旗号看，毫无疑问是单于的亲卫军。若单于在此，那么定会陆续派出八万、十万的后援。李陵即刻决定撤退南移。并改变计划，放弃前往东南方向两千里之外的受降城，沿着半月前的来路向南，尽早退回居延塞（距此也有一千数百里）。

南行第三日的正午，汉军后方遥远的北边地平线上扬起如云团一般的黄沙，是匈奴骑兵追击而来。八万胡兵凭借骑马迅速，一日后就已将汉军团团围住。但对前几日的战败心有余悸，不敢逼近。只是将向南行进的汉军远远围住，从战马上远程放箭。李陵见状，下令全军停下，列队迎战，但敌军却策马后撤，躲避与汉军的正面交锋。而一旦汉军开始行军，胡兵又再次靠近放箭。如此纠缠，行军速度明显减慢不说，死伤人数与日俱增。匈奴兵持续以此作战法穷追不舍，如同旷野中的狼紧盯着饥饿疲惫的旅人，一点点地挫伤对手，伺机发起最后的致命一击。

李陵军且战且引，南行数日后，决定在一个山谷中休整一日。负伤者已人数众多。李陵清点全军，查明受伤情况后，下令负伤一处者照常持兵器作战，负伤两处者协助推兵车，负伤达三处者方可乘车前行。由于缺乏运力，尸体只能全部弃于旷野。当晚，李陵巡视军中，偶然发现辎重车内有一扮男装的妇女。随即逐一检查全军车辆，发现以同样方式藏于军中的妇女有十数人。当年关东盗贼被行刑时，他们的妻儿被驱逐至西部边塞居住。这些衣食不周的寡妇中，不少人或嫁与戍边士兵为妻，或沦为以士兵为主顾的娼妓。藏匿于兵车之中，千里迢迢随行至漠北的就是这些人。李陵当即令军吏斩女眷，而对携女眷前来的士兵则不多过问。妇女们被拖到山谷洼地，她们凄厉的哭号持续了一阵之后，突然，像被暗夜的沉默吞噬了似的嗖的一下消失了，军帐中的将士们肃然听着外面的一切。

翌日清晨，一直尾随其后的敌军逼近来袭，汉军应战，全军痛快地大战了一场。敌军遗弃的尸首三千有余。连日来，苦于敌人游击战的纠缠，被挫伤已久的士气顿然大振。次日起，汉军沿着故龙城之道，又开始向南撤退。匈奴重施故技，恢复了远距离尾随战术。第五日，汉军踏入了一片平沙中时有出现的沼泽地。水面半冻，泥泞深可没胫，四周满是枯黄的芦苇荡，似乎走不到尽头。一队匈奴绕至上风处纵火，火焰乘着朔风，在正午的天空下泛白无光，以骇人的速度逼近汉军。李陵即刻令军中迎着火势点燃附近芦苇，才勉强得以自救。虽躲过火攻，但在泥泞的沼泽中行车，其艰难不可言状。汉军无处休息，在泥沼中艰难前行了一夜，次日早晨，终于抵达丘陵地带，可就在这时，遭遇了捷足至此的敌军主力的埋伏。人马混战，短兵相接。为避开骑兵的猛烈突袭，李陵下令弃车，转战山麓疏林间。汉军从林间猛射，颇为奏效。此时，单于及其亲卫军现身阵前，汉军发连弩乱射，只见单于胯下白马大惊，高扬前蹄站立了起来，将身着青袍的单于瞬间甩翻在地。两名亲兵见状，来不及下马，一左一右直接将单于捞起，全军立刻围拢，护着单于迅速撤退。混战一阵后，虽击退了难缠的敌军，复杀敌数千人，但汉军也阵亡近千，确是迄今未有过的苦战。

从当日俘获的胡兵口中得知了敌军情报一端。据说单于惊叹于汉军的强劲，面对相当于己方二十倍的匈奴大军竟毫无畏惧，每日南下，似诱敌深入，或恐附近某处埋有伏兵，才有恃无恐。昨夜，单于将心中疑虑诉于诸将领共同商议，结果，主战派占了上风，认为确有可疑，但无论如何，单于亲率数万铁骑若不能歼灭汉军寡兵，匈奴颜面何在。遂此去向南四五十里山谷相连，在其间力战猛攻，出山谷至平地后再一战，若还未能破汉军，便收兵北还。校尉韩延年等汉军幕僚闻此，心中燃起一线希望。

翌日起，胡兵的攻击极尽猛烈。或是俘虏口中所言，开始了最后的猛攻。战一日数十合，汉军一面有力回击，一面徐徐南撤。三日后至平地。平地作战，骑兵的威力更是倍增，匈奴军以排山倒海之势冲来，欲彻底压制汉军，怎料结果又留下两千尸首无奈撤回。若俘虏所言属实，那胡兵的追击就到此为止了。仅凭区区一士卒所言当然不可全信，但汉军一众幕僚还是松了口气。

当晚，汉军中一名军候管敢临阵逃脱降了匈奴。管敢曾是长安城内一不良少年，前一晚因其疏于斥候之职而被校尉成安侯韩延年当众责骂、鞭打，怀恨在心故而投敌。也有人说，先前于山谷洼地斩杀的女眷中有其妻。管敢知晓匈奴俘虏的供述，故被带到单于面前时，他力劝无须惧伏兵而撤。还言，汉军无后援，射矢且尽。负伤者层出，行军多艰。独将军麾下及成安侯校各八百人为前行，以黄与白为帜，明日以铁骑精锐攻之即破矣，其余破之轻而易举，云云。单于大喜，厚赏了管敢，即刻撤回引兵北退之令。

翌日，匈奴最精锐的部队一面大声疾呼："李陵、韩延年趣降！"一面以黄白旗为目标猛扑过来。攻势强劲，汉军只得从平地逐渐退到西边山地，最终被逼进距主道甚远的山谷中。匈奴军在山上，从四面放箭，矢如雨下。汉军虽想应战，但箭已尽，出遮虏鄣时每人携箭百支，如今五十万支箭皆射尽。不仅是箭，全军的刀枪矛戟也多半折损。真正是刀折矢尽。虽如此，长戟折损的士兵斩车辐而持之，军吏持尺刀防御。越往山谷深处越狭窄，胡兵从各处的山崖上投下巨石，这比放箭致死伤更多。死尸和落石堆积，前进已无可能。

是夜，李陵着小袖短便衣，令左右，毋跟随，独步出营。月亮从山间细缝中露出，照着堆积如山的死尸。从浚稽山撤离时还月亏夜暗，如今又月色渐明。孤岗的斜坡上满地白霜，在月光下如同被水打湿了一般。留在营中的将士们从李陵的装束推测，他定是只身刺探敌阵，伺机刺杀单于去了。可李陵迟迟未还，大家都屏息静候着营外的情况。从远处山上的敌营中传来阵阵胡笳声。良久，李陵悄无声息地掀起帷幕走进帐中，"无望。"他吐了一言后落座。少顷大息道："兵败，死矣！"满座无声。片刻后一军吏开口道，当年浞野侯赵破奴为胡所擒，数年后还大汉，武帝未罚。将军以寡兵威震匈奴，若还汉都，天子亦必客遇之。李陵打断他，陵一己且不论，若得数十矢，或可突围，如今矢皆尽，明日天明全军只能坐以待毙！倒不如今夜冲出重围，各鸟兽散，或还有得抵边塞，向天子报军情者。此地定是鞮汗山北面山地，距居延还有数日行程，成败与否尚不可知，然事到如今别无他法。诸将领纷纷颔首。李陵令全军将士各带两升干粮，一块冰片，冲出包围直奔遮虏鄣。同时，尽斩汉军旌旗埋于地下，后又将武器兵车尽毁，以防敌军利用。夜半时，击鼓起士，鼓不鸣。李陵与韩延年俱上马，率壮士十余人为先锋，欲冲出当日被困峡谷东口，至平地后向南狂奔。

早升之月已落。汉军攻胡军不意，全军三分之二按计划得以突破峡谷东口。但立刻就遭敌军骑兵追击。虽大部分徒步奔逃的汉兵或被杀或被俘，但仍有数十人趁混战夺了敌军战马，策马南奔。李陵清点部下，当确认百余人已摆脱敌人追击，从这茫茫白沙平地成功脱逃，他又掉头返回峡谷入口的惨烈战场。李陵多处受伤，自己的鲜血和敌人的鲜血已将戎衣浸湿，重重垂下。和他并肩作战的韩延年也已战死，全军尽失，自觉已无面目再报天子。他重操长戟，再次冲入乱军。敌我难辨的暗夜乱战中，李陵的战马被流矢射中，轰然向前倒地。几乎与此同时，挥戈欲刺向面前敌人的李陵突然从背后遭到重重一击，昏了过去。早已准备生擒李陵的胡兵见他跌落下马，便层层扑了上来。

二

九月发兵北上的五千汉军，至十一月，主将折损，只剩不足四百的残兵逃回边塞。战败之报立刻经各驿站传到了都城长安。

武帝出乎意料地并未动怒。连主力李广利大军都遭惨败，又怎会对李陵的一支孤军抱有过多期待呢。加之，武帝料定李陵已兵败战死。只是，李陵的信使陈步乐先前从漠北带回"前线无异常，士气高昂"的捷报（他作为捷报使者受嘉奖，被封了郎官留在了都城），如此情形下他只能自杀了。虽可怜，却无奈。

到了第二年，天汉三年春，李陵并未战死，而是被俘降敌的确切消息传来，武帝震怒。即位四十余年，武帝虽已年近花甲，但性情的暴烈比起年轻时有增无减。他好神仙之说，信方士巫觋，已被自己崇信的方士们数次欺骗。汉朝鼎盛时期君临天下五十多年的汉武大帝，中年之后一直牢牢受困于对灵魂世界的忧虑不安。因此，这方面的失望对他打击沉重。这种打击随着年月的积累将他对群臣的阴暗猜疑植根于他原本生性阔达的内心。故李蔡、青翟、赵周等位及丞相者接连被诛，以致现丞相公孙贺在受命时因担忧自身命运而在武帝面前失声痛哭。在刚正忠直的汲黯离都后，武帝身边不是佞臣就是酷吏。

武帝召诸重臣商议如何处置李陵一事。李陵虽身不在汉都，但定罪后，他的妻儿、眷属、家财等皆按律受处。某廷尉素有酷吏之名，常察言观色，极善巧妙枉法以迎合武帝之意。有人以法之权威诘问于他，而他答道：前主所是著为律，后主所是疏为令。除当朝天子圣意之外何法之有！群臣皆此廷尉之流。丞相公孙贺、御史大夫杜周、太常赵弟及其他下属官员，无一人愿冒犯上之险为李陵申辩。皆满口斥骂李陵的卖国行径。甚至说出，与李陵这般变节之徒同朝为官，如今想来都觉羞愧难当。众口一致道李陵平日一言一行便多有可疑之处。就连李陵的堂弟李禹（李敢之子）受太子喜爱，恃宠而骄之事都成了他们诽谤李陵的把柄。缄口不言者就已算是对李陵怀有最大的善意了，可即便这样的人，也寥寥无几。

仅有一人面色极为不快地看着眼前这一切。他心想，如今极尽诬陷之能事的，不正是数月前李陵辞都时举杯为其壮行的那伙人吗？从漠北归来的使者带回陵军实力尚存的消息时，满口称赞李陵孤军奋战之勇，不愧为名将李广之孙的不也正是他们吗？在此人看来，能恬然一副忘记过往模样的达官显贵们，以及有看破众臣阿谀的智慧却厌恶忠言的君主，都是那么不可思议。不，并非不可思议。是人心本就如此，对此他早就了然于胸，但这份痛心疾首还是挥之不去。身为下大夫列朝于此，当然也受到了垂询，他毫不含糊地夸赞李陵，李陵素来事亲孝，与士信，常奋不顾身以殉国家之急，诚有国士之风。今不幸战败，君侧佞人之辈皆全躯保妻子之臣，借李陵一失夸大歪曲，欲蒙蔽圣明，实在遗憾！且陵率步卒不满五千，深入敌后，抑数万之师，虏救死扶伤不暇，悉举引弓之民共攻围之。转斗千里，矢尽道穷，士张空拳，冒白刃，北首争死敌，得人之死力，虽古名将不过也。身虽陷败，然其所摧败亦足暴于天下。彼之不死，宜欲得当以报汉也。……

群臣大惊，世上竟有敢如此直言之人。他们战战兢兢抬头观望着太阳穴发抖震怒的武帝。众臣心想，竟敢称吾等为"全躯保妻子之臣"，且看你有何下场，皆暗自冷笑。

这个不计后果直言之人——太史令司马迁刚从御前退下，立刻就有一"全躯保妻子之臣"向武帝密奏，司马迁与李陵私交甚密。甚而有人进言，太史令因故与贰师将军有嫌隙，他盛赞李陵就是为了借此陷先于李陵出兵却兵败而返的贰师将军于不利。众臣一致认为，区区一司星历占卜的太史令，其态度太过不逊。荒唐的是，司马迁竟先于李陵的家人被问罪。翌日，司马迁便交由廷尉审问，处以宫刑。

在中国，自古沿用的肉刑主要有黥、劓、刖、宫四种。武帝的祖父文帝在位时，已废除了其中三种，唯独宫刑被保留了下来。所谓宫刑，是一种将男人阉割的匪夷所思的酷刑。它也被称为腐刑，究其原因，有人说是因伤口会发出腐臭，也有人说是因让男人沦为无法生育的腐木一般而得名。受此刑者被称为阉人，宫中宦官大多如此。司马迁偏偏就遭此刑。为后世的我们所知的《史记》作者司马迁虽名声赫赫，但当时的太史令司马迁不过是渺小的一文笔小吏。在旁人眼中，他虽头脑聪慧，但自视甚高，不善交际，与人辩论时争强好胜，不过是个偏执傲慢的古怪之人。他遭腐刑也无人感到意外。

司马氏本是周朝史官，后入晋、事秦，至汉代，司马家第四代司马谈侍奉武帝，于建元年间任太史令。司马谈即司马迁之父,他专攻律、历、易,精通道家思想,博采儒、墨、法、名诸家之说,且融会贯通,为己所用,自成一派。对自己的头脑和精神力量的极度自信原封不动地遗传给了儿子司马迁。他对儿子最大的教育就是传授诸家学说后,使其畅游各地。这在当时是极为鲜有的教育方法,但无疑为日后的史学家司马迁奠定了深厚良好的基础。

元封元年,武帝封禅泰山,满腔热血的司马谈卧病于周南①,他悲叹在天子始行汉家封祀之时自己未能随行,愤懑而死。编纂一部纵贯古今的通史是他毕生心愿,但仅停留在史料收集阶段便含恨而终。临终的场景经儿子司马迁之笔详尽记录于《史记》的最后一章中。据记载,司马谈自知行将就木,将司马迁唤至跟前,执迁之手,恳言修史之必要,痛心于自己身为太史却未尽此事,令贤君忠臣事迹空埋地下,扼腕而泣。"余死,汝必为太史;为太史,无忘吾所欲论著矣。"司马谈再三叮嘱儿子此孝之大者,司马迁俯首流涕,立誓不违父命。

父亲去世两年后,司马迁果然继任太史令一职。修史乃父子相传的天职,他上任后本想用父亲收集的资料及宫廷所藏秘册,立刻着手修史,但最先被委派的是修订历法的任务。他埋头此事整四年,直到太初元年,终于完成了历法的修订,遂即刻开始编纂《史记》。司马迁时年四十二。

---

①周南:地名。指成周(今河南洛阳)以南。

其实腹稿早已完成。他构思的史书形式不同于以往任何一本史书。若论指引道义批判之准则，他首推《春秋》，但若论史实记述，此书则不尽如人意。比起训诫，他想要更多的史实。至于《左传》和《国语》确富有史实，特别是《左传》叙事手法之巧妙令人叹服，但缺乏对构成史实的个人的探求。史实事件中的人物被描绘得鲜明生动，但他们为何会那般行事，对个人出身背景的调查则是空白，司马迁对此不满。此外，现存的史书皆着眼于令今人知史，而过于缺乏令后人知今的考量。总而言之，司马迁所追求的在以往的史书中并未能得到。而以往的史书究竟是哪一点不如意，他自己也要将想写之物写完才能明了。比起对现存史书的批判，将自己心中郁积已久的东西写出来的渴望更为强烈。不，更准确地说，他的批判只能通过自己创新的形式来体现。他并不确信长期以来自己在脑海中所构想的能否称之为"史"，但他确信无论能否称之为"史"，那些就是最该被书写的东西（不论是对世人还是对后代，尤其是对自己）。司马迁效仿孔子，采取述而不作的原则，但其内容上又不同于孔子的述而不作。于司马迁而言，仅是以编年体列举事件尚不属于"述"，而妨碍后人知晓史实的过于道义性的评判则已进入"作"的范畴。

汉朝平定天下已历经五代，将近百年，因始皇帝的反文化政策被湮灭或隐匿的书籍终于得以重见天日，文化将兴的气象呈蓬勃之感。不仅是大汉朝廷，时代也在召唤着新纂史书的出现。而司马迁个人,他继承了父亲的遗志,加之自身学识渊博、洞察敏锐、笔力雄浑,酝酿着即将问世的浑然天成之作。他的撰写工作进展顺利,甚至有时太过顺利反而令人担心。从最初的五帝本纪到夏殷周秦本纪前后,他都不过是一个编排史料、记述准确严谨的技师,但写完始皇帝,进入项羽本纪时起,他这个技师的冷静开始动摇了。一不留神就会被项羽附体,或是自己不自觉就化身项羽。

> 项王则夜起,饮帐中。有美人名虞,常幸从;骏马名骓,常骑之。于是项王乃悲歌慷慨,自为诗曰:"力拔山兮气盖世,时不利兮骓不逝。骓不逝兮可奈何,虞兮虞兮奈若何!"歌数阕,美人和之。项王泣数行下,左右皆泣,莫能仰视。……

能否如此记?司马迁不禁怀疑。如此热情洋溢的写法可行吗?他对"作"高度警惕,力行之事只是"述"。而他确头也只陈述了事实,不过陈述方式是何等生气勃勃!若非异于常人的具象视角断不可能有这样的记述方式。有时出于对"作"的过分戒备,他会重读已完成的部分,删掉那些让历史人物如现实人物般跃然纸上的字句。这样一来,那些人物鲜活的呼吸确实就停止了,也就没有了对"作"的担忧。但,司马迁自问,这样的项羽还是项羽吗?项羽、始皇帝、楚庄王都成了脸谱化的人物。将各有特色的人记述为同样的人，这又算什么"述"呢？所谓"述"，难道不是还原人物各自的特点吗？如此想来，他还是又重新添上了那些删除的字句，恢复原样，再重读一遍，这才心安。不仅是司马迁，连同他笔下那些历史人物——项羽、樊哙、范增等，似乎也都终于各得其所、各自心安。

武帝尽显文韬武略的那些年，他确是个高远阔达、宽厚体谅的文教保护者，加之太史令这一职位需要特殊的朴素技能，因此能让司马迁在无法摆脱朋党比周、诬陷排挤的官场上得以保全自己地位（或生命）的安稳。

数年来，他过着幸福而充实的生活（虽然当时人们所谓的幸福与现代人所追求的幸福内容上大相径庭，但追求幸福这一点未曾改变）。司马迁从不妥协，生性明朗快活，嬉笑怒骂率性而为，好舌战，以驳倒对方至毫无还口之力为最乐事。

然而，如此数年后，突然，大祸降临。

昏暗的蚕室内——被施腐刑后一段时间须避风，因此设密闭的暗室，中间拢火以保暖，将受刑者送进去数日，休养身体。由于房间温暖昏暗似养蚕的地方，故而被称作蚕室。——司马迁茫然倚靠在墙边，陷入了难以名状的巨大混乱。比起愤怒，他首先感到的是惊惧。若是处斩、赐死，那他早有心理准备，他甚至能想象自己被处死的样子，当他逆武帝之意称赞李陵时，就已想过稍有差池便有可能招致杀身之祸。可万万没想到，在众多刑罚中，竟会遭受这最屈辱不堪的宫刑！想来也是自己糊涂（这么说是因为既然能预料到死刑，当然也应该预料到其他一切刑罚），他曾想过不测之死或许会降临到自己头上，但完全从未想过竟会突然出现如此这般的不堪境地。他常常确信一点，每个人身上都只会发生与其人相符的事。这是在长期编修史实的过程中自然形成的观念。譬如同是身处逆境，慷慨之士承受的是汹涌剧烈之痛，而软弱之人承受的是缓慢阴郁难堪之苦。即使起初看似与其人不符，但从此后的应对方式便能渐渐明了其命运与其人是相符的。司马迁一直坚信自己是个大丈夫，尽管自己只是区区文笔小吏，却比当今任何武士都更有男子气概。不仅他自认如此，哪怕是对他再毫无好感之人，也不得不承认这一点。因此，依照他的一贯想法，若要受刑，自己的结局也应是壮烈的车裂之刑。然而怎料年近五十之身，竟遭此奇耻大辱！他感觉此刻自己身在蚕室仿佛做梦一般。他倒希望这是场梦。但，当他靠着墙睁开紧闭的双眼时，幽暗中映入眼帘的是，三四个了无生气、一脸失魂落魄、邋遢地或躺或坐的男人。当他想到这正是自己现在的模样时，分不清是呜咽还是怒吼的喊声冲破了他的喉咙。

在痛恨与愤懑交织的数日里，身为学者的习惯性思索——反省，便不时涌上心头。他在想，于此次事件中，究竟是为何、是何人、哪里出了错呢？那个国度的君臣之道从根本上与日本相异，当然，司马迁首先怨恨的是武帝。甚至一时间满腔怨懑，无暇顾及其他。然而，经过了一阵癫狂时期后，身为历史学家的司马迁开始清醒。与儒者不同，他深知要以历史学家的标准去衡量先王的价值，那么对后王武帝的评价就不能因私怨而有失偏颇。无论如何，武帝乃一代伟大君主。尽管他有颇多缺点，但只要他在位，汉朝的天下就稳如泰山。高祖姑且不论，即便是仁君文帝、名君景帝，与武帝比起来都略逊一筹。只不过伟大之人其缺点自然也会被放大，这也是无可奈何之事。即使在极度的愤怨之中，司马迁也未曾忘记这一点。此番遭遇，他只能当作是上天的疾风暴雨、雷霆霹雳，而这令他愈发陷入绝望的悲愤，但另一方面，也反而将他推向了达观的境界。既然怨恨无法长期直指武帝，那势必就转向武帝身边的奸臣们。他们作恶多端，这毋庸置疑。但，他们的恶是次要的。于心高气傲的司马迁而言，那些小人之辈不配成为怨恨的对象。因此，他前所未有地对那些老好人感到义愤填膺，他们比奸臣、酷吏更难以对付。至少从旁看来就令人愤怒不已。他们安于自己良心上的浅薄，也使周围人放心，这更令人不齿。他们不维护不反驳，内心不反省亦不自责。丞相公孙贺就是其典型。同样是阿谀奉承，杜周（最近此人陷害前任王卿狡猾地当上了御史大夫）之流无疑是有自知之明的，而这老好人丞相却连这点自知都没有。即便被骂作"全躯保妻子之臣"，这种人恐怕也毫不动气吧。这类人连被怨恨的价值都没有。

于是司马迁最终将满腔愤懑指向自己。而事实上，若胸中悲愤必须得找一个出口的话,那终究也只能是自己。但,自己错在哪里了呢?为李陵辩护一事,怎么想都不觉有错,方式上也算不得特别笨拙。只要自己不甘于堕落为阿谀之辈,那也别无选择。只要自问心中无愧,不论招致怎样的后果,士者都理应甘愿承受。此言在理,故无论是被做成人彘还是被腰斩,司马迁都做好了甘心承受的准备。但,这宫刑——其结果自己沦为这副模样——又另当别论。虽同样致残,但这和刖足削鼻截然不同。这不该是施于士者的刑罚。无论从哪个角度来看,如今这副残破的身躯都是彻底的丑恶,毫无粉饰的余地。若只是内心的创伤,那随着时间的流逝或许还能愈合,但宫刑摧残的身体,这副丑态却将持续至死。无论动机为何,招致这般后果,最终也只得承认自己"错了",可错在何处?自己的何处出了错?哪里都没错!自己只是做了正确的事而已。若非要说有错,那么唯有"我的存在"本身即是错。

茫然虚脱的司马迁呆坐了一会儿,突然,他蹿起来,像受伤的野兽似的呻吟着在昏暗温暖的蚕室里来回踱步。他无意识地重复着这一举动,同时思绪也在同一个地方不停打转,不得其解。

除了几次神志不清,在墙上撞得头破血流外,他未曾试图自杀。但他想死,死了该有多好。他丝毫不畏惧死亡,因为远比死亡可怕得多的耻辱驱赶着他。为什么没死呢?或许是牢房里没有可用于自杀的工具,但除此之外,有某种东西从内部阻止了他。起初,他并未察觉是什么阻止他，只是当他陷入癫狂与愤懑时，会发病似的无休止地感到死亡的蛊惑，但尽管如此，他又隐隐感受到某种东西拉着他远离自杀。他总觉得有什么东西被自己遗失了，却又不清楚究竟是什么。这便是司马迁当时的心境。

获释回家，开始禁闭后他才恍然察觉，这一月自己因癫狂而彻底忘记了修史这一毕生事业，但虽然表面上忘记了，对这项工作下意识的挂怀却在冥冥中阻止了自己自杀的念头。

十年前，父亲临终在病榻前执己之手，声泪俱下留下遗命，凄恻之言犹在耳畔。尽管如今心中极度惨痛，司马迁也始终未放弃修史之业，这不仅是因为父亲的临终遗言，更重要的是修史本身。这并非指此业的魅力、或对此的热情等怡然之物。修史无疑是自己的使命，但也并未到昂然自恃的地步。司马迁是个自我意识极强的人，但此次遭遇让他痛感自己是多么微不足道。曾自命不凡空有理想和抱负，而终究不过是道旁被牛蹄踏碎的蝼蚁。虽然"自我"惨遭无情践踏，但修史大业的意义不容置疑。沦落成这般凄惨模样，自信也好自恃也罢都丧失殆尽，却还要苟活于世从事此业，无论如何也不可能怡然。他感到，这近乎于宿命的因缘，仿佛再怎样厌烦彼此，直到最后都无法断绝关系。总之，他唯一清楚的是，为了修史大业，他不能自行了断（这并非出于责任感，而是生理性的与此大业紧密相连）。

盲目的野兽般的呻吟痛苦持续一时后，取而代之的是人类所特有的清醒的苦楚。痛苦的是，不能自杀的念头逐渐清晰强烈，但除了自杀之外想逃离苦闷和耻辱又别无他法。大丈夫太史令司马迁已死于天汉三年春。自那之后，续写他未完成的史书之人，不过是一个没有知觉没有意识的书写机器——他只能认定如此。即便很难，他也只能强迫自己这样想。修史之事必须继续下去，这于他是不可动摇的。为了能继续修史，再难以忍受也必须活下去；而为了活下去，无论如何都必须让自己彻底深信肉体已死。

五月之后，司马迁再次执笔。毫无喜悦亦无激奋，仅是被完成工作的意志鞭挞着，如同拖着受伤的腿朝目的地艰难前行的旅人，步履蹒跚地撰写着。太史令一职早已被罢免。不久后，心中略有悔意的武帝将他提拔为中书令，但官职的升贬于他而言已毫无意义。从前的善辩者司马迁，变得缄口不言，不笑不嗔，但也绝无悄然颓丧之态。人们从他缄默不语的样子中，反而看出几分被恶灵附体般的骇人之感。他废寝忘食，只顾修史。在家人看来，他仿佛是急于尽快完成工作，好尽早获得结束生命的自由。

如此凄惨的努力奋斗持续了约一年后，司马迁终于发现，生之喜悦尽失，而唯独表达之喜悦还能残存。但时至今日，他那彻底的缄默依旧未被打破，风貌中的骇人之感也未得丝毫缓和。在撰写过程中，每逢不得不写下"宦官""阉奴"等字眼时，他总会不禁发出呻吟。无论是独处一室，还是入夜后躺在床上，当这份屈辱猛然升起，瞬间就像被烙铁灼烧一般，炙热的疼痛感四散全身。他便会不由得蹿起来，发出怪声，呻吟着原地徘徊，一会儿后，又咬紧牙关努力使自己恢复平静。

三

单于的帐房中点着兽脂油灯，烧着兽粪取暖，在乱军中晕厥过去的李陵醒来的瞬间，便心意已决。他知道摆在自己面前的只有两条路：或自刎以免受辱；或暂时佯装顺从再伺机逃走——带上一份足以折兵败之罪的厚礼，李陵决心选择后者。

单于亲自为李陵松了绑，之后也对他极尽厚遇。且鞮侯单于是上一代呴犁湖单于的弟弟，是个体格健壮、巨眼赭髯的中年伟丈夫。他坦言，自己曾追随历代单于与汉军作战，但遇到李陵这样的劲敌还是头一次，进而引证其祖父李广，盛赞李陵的骁勇善战。他告诉李陵，胡地至今还流传着格杀猛虎、射穿岩石的飞将军李广之骁名。李陵之所以受此厚遇，是因他乃强将子孙，且自身亦是强者。分餐时，强壮者得到美味而老弱者取其剩余，这是匈奴的习俗。在这里，强者绝不会受到羞辱。因此，降将李陵被赐予穹庐一顶和侍者数十人，以宾客之礼受到款待。

对李陵而言新奇的生活就这样开始了。住绒帐穹庐；食生鲜膻肉；喝酪浆、兽乳、乳酪酒；穿狼、羊、熊等兽皮缝制而成的旃裘。匈奴的生活只有畜牧、狩猎和寇掠。在这一望无际的高原上，以河流、湖泊、山峦等为界，除单于的直辖领地外，又被分为左贤王、右贤王、左谷蠡王、右谷蠡王等诸位王侯的领地，牧民的移居限于各自的领地范围内。这里既无城郭亦无田地，虽有村落，但也是随季节逐水草而居，不断迁徙。

李陵未被赐予土地，而是与单于麾下的诸将一起常伴单于左右。他时刻不忘伺机刺杀单于，但这并非易事。即便得手，想携单于首级逃出生天，除非天赐良机，否则是不可能之事。更何况若单于在胡地遇刺，事关匈奴声誉，他们定会秘而不宣，消息恐也难以传至大汉。于是，李陵只得耐心等待着那几乎不可能的机会。

单于帐下除了李陵，还有几个投降的汉人。其中一人叫卫律，他虽非武将出身却受封丁灵王，最受单于重用。卫律之父乃胡人，但他因故生长于汉都。曾效力于武帝，前些年因恐受协律都尉李延年之事株连，逃到胡地归降匈奴。毕竟有胡人血统，卫律很快就适应了胡地生活，加之他才气过人，故常出入且鞮侯单于之帷幄，为其出谋划策。包括卫律在内，李陵几乎从不与投降匈奴的汉人言语，因为他认为无人能与他共谋大事。如此说来，其他几个汉人之间也关系微妙而尴尬，互不亲近往来。

单于曾召李陵向其请教军略。那是一场对东胡的作战，因此李陵爽快地直抒己见。之后，单于再一次请李陵出谋划策，但此次对战的是汉军。李陵明显面露不悦、缄口不言，单于也不予强求。又过了很久，单于命李陵为将，率军南征，寇掠代、上二郡。李陵一口回绝，称自己决不会对汉作战。自那以后，单于再未对李陵提出过如此要求。而厚遇则一如既往，似乎并无其他利用企图，仅是礼遇名将贤士。李陵心想，这单于倒算得上是个大丈夫。

单于的长子左贤王对李陵表现出格外的好感，抑或说尊敬更贴切。他是个二十出头、粗犷而勇猛、正派的青年。他对强者的赞美着实纯粹而强烈。他起初找到李陵，要求李陵教他骑射，但在骑术方面，他丝毫不逊于李陵，尤其驾驭裸马之术，远在李陵之上，所以李陵决定只教他射术。左贤王是个刻苦用功的弟子。当李陵说起祖父李广出神入化的射术时，这名番族青年听得两眼放光、兴致勃勃。他们二人时常结伴外出狩猎，仅带三五随从，在旷野上纵情驰骋，猎取狐、狼、羚羊、雕、山鸡等。某天日渐黄昏，箭矢射尽的两人——将随从远远甩在身后——被一群野狼团团围住。两人策马奋力全速冲出狼群，就在此时，一匹野狼猛然扑向李陵的马臀，紧随其后的青年左贤王挥起弯刀，利落地将野狼砍成两半。事后一看，两人的马匹已被狼群撕咬得血肉模糊。当天晚上，他们在帐中将捕获的猎物煮熟，一边呼呼地吹着一边啜饮热汤时，在被火光映照的年轻藩王之子身上，李陵忽然感到一股类似友情的情感。

天汉三年秋，匈奴再度进犯雁门。为予以反击，天汉四年，汉朝派贰师将军李广利率骑兵六万、步兵七万的大军出朔方；派强弩都尉路博德率步卒一万接应。同时，遣因杆将军公孙敖率骑兵一万、步兵三万出雁门；游击将军韩说率步兵三万出五原，兵分三路进发，这是近年来未有过的大规模北伐。单于接到消息，便立刻将妇女、老幼、畜群、资财等全部转移至余吾水（今蒙古国境内土拉河）以北，亲率十万精骑于余吾水以南的大草原迎击李广利、路博德大军。连续交战十余日，汉军最终不得已退兵。师从李陵的年轻左贤王，另率一支人马向东迎战因杆将军公孙敖，大破汉军。汉军左翼韩说大军未见匈奴军便引兵而返。至此，规模空前的北征以彻底失败而告终。李陵一如既往不愿与汉军对战，故未现身阵前，而是退到了余吾水以北。当他发现自己竟暗中心系左贤王的战绩时，不禁愕然。当然整体上，他无疑是期望汉军胜而匈奴败，但不知怎的，他唯独不希望左贤王战败。李陵察觉到自己内心的想法后，陷入了深深的自责。

为左贤王大败的公孙敖回到都城后，因损兵折将、徒劳无功而入狱，他为自己找到了匪夷所思的辩解之词。他说，敌军俘虏交代，匈奴军之所以强悍，是因为汉朝降将李将军经常练兵、传授军略，以防备汉军。当然这无法成为自己兵败的理由，因此因杆将军并未被赦免，只是武帝闻此对李陵勃然大怒。一度被赦免归家的李陵一族再次下狱，此番上自李陵老母、下至妻儿弟兄尽数被杀。据记载，彼时陇西（李家原籍陇西）士大夫们皆深以李家为耻。世态炎凉常如是。

此消息传入李陵耳中约是半年后了，是从边境绑回的一汉卒口中得知的。李陵闻之，猛地站起身一把揪住那士卒的领口，粗野地摇晃着他，问此言当真。当得知千真万确时，他咬紧牙关，双手不觉加大力气。那士卒挣扎着发出痛苦的呻吟，李陵在不知不觉间双手扼住了他的咽喉。待李陵回过神来手一松，那士卒猛然倒地。李陵看都没看他一眼便冲出了帐房。

李陵在原野上疯狂奔走，暴怒在脑海里卷起旋涡，令他混乱不堪。一想到老母和幼儿，心就像被灼烧一般，但没有一滴眼泪，过于强烈的愤怒把眼泪都烤干了。

不仅是此番不测，迄今为止，大汉朝都是如何待我李氏一族的？李陵想起了祖父李广之死。（李陵是遗腹子，其父李当户在他出生数月前就去世了。因此直到少年时代，教育他、历练他的都是闻名天下的祖父。）名将李广数次北伐功勋卓著，却因君侧奸佞作梗，未受任何封赏。麾下诸将皆接连晋爵封侯，唯有廉洁的将军李广，莫说封侯，从始至终都不得不甘于清贫。后来他和大将军卫青起了冲突，虽然卫青对这名老将多有体恤，但其手下一军吏却狐假虎威，借机羞辱李广。愤慨的老将军当即于营中自刎而死。李陵至今都还清楚地记得，听闻祖父死讯时失声痛哭的少年……

李陵的叔父（李广的幼子）李敢，其结局又如何呢？李敢因父亲的惨死而对卫青怀恨在心，只身前往大将军府羞辱了卫青一番。卫青的外甥骠骑将军霍去病得知此事后心生愤懑，在甘泉宫狩猎时将李敢射杀。武帝明知事情真相,却为了包庇骠骑将军,对外宣称李敢是被鹿撞死的。

与司马迁不同,李陵更为简单些,就是满腔愤怒。(除了未能早点横下心来实施原先的计划——携单于的首级逃出胡地——而心有悔意)问题不过是如何将愤怒发泄出来。他想起方才那汉军士卒所言,"陛下听闻胡地李将军练兵以防汉军而雷霆震怒云云"。这才想明白怎么回事。当然他自己从未替匈奴练过兵,但同为汉军降将的有一名为李绪之人,原是塞外都尉镇守奚侯城,投降匈奴后常授军略、替匈奴练兵。实际上半年前的战事中,他就随单于与汉军交过战(但并非引起事端的公孙敖军队)。必定是这样,李陵心想,因同为李将军,定是将李绪错当成自己了。

当晚,李陵只身来到李绪帐中,一言不发,也没等李绪发一言,一刀就刺死了李绪。

翌日早晨,李陵来到单于面前坦白事情原委。单于道无须忧心,只是母亲大阏氏①那里多少有些麻烦——因为单于母亲虽年事已高,但与李绪有染。单于也心知肚明。按匈奴习俗,父亲亡故后,长子要把父亲的妻妾全部收为自己的妻妾,但生母当然不在其中。即使是极度男尊女卑的匈奴人对待生母的尊敬还是有的——故暂到北方避避风头,待事态平息后自会派人去迎接,单于补充道。李陵遵单于所言,带着随从暂避于西北的兜衔山(额林达班岭)山麓。

---

① 大阏氏:匈奴的皇太后。

不久，大阏氏病故，李陵随即被单于召回，当他重回单于帐下时，与之前判若两人。迄今绝不参与对汉军略的他，如今竟主动出谋划策。单于见状大喜，即刻封李陵为右校王，将自己的一个女儿许配于他。许配女儿一事之前就提过，但都被李陵拒绝了，而此次李陵毫不犹豫地接受了。正巧此时有一支军队要南下寇掠酒泉、张掖一带，李陵便主动请缨随军前往。然，大军向西南进发，途经浚稽山麓时，李陵心头还是不由得阴云密布。想起曾追随自己在此地战死的部下，踏着这片掩埋了他们的尸骨、被他们的鲜血浸染的沙土，再想到自己如今的境遇，李陵瞬间失去了南下对战汉军的勇气。于是他告病独自返回了北方。

翌年，即太始元年，且鞮侯单于去世，与李陵交好的左贤王[①]继位，他就是狐鹿姑单于。

身为匈奴右校王的李陵内心仍很纠结。老母妻儿全族被灭的怨恨深入骨髓，但上次的经历证明，自己还是无法领兵对战汉军。虽立誓此生不再踏入汉地，但能否彻底融入胡地，安度余生呢，即便和新单于友情深厚，也还是毫无自信。李陵生性厌恶思虑，每当因种种焦躁难耐时，他便独自跨上骏马奔向旷野。秋空一碧，蹄声阵阵，在草原和丘陵间恣意策马狂奔。疾驰数十里后，马和人都终于精疲力竭，这才寻高原上的小河，至河畔饮马。自己则仰

---
① 左贤王：且鞮侯单于的长子。

面躺倒在草地上，于畅快的疲劳中出神地仰望着蓝天的纯净、辽阔和高远。啊，我不过沧海一粟，何必纠结于胡汉！他有时这么想。稍作休息后，他又跨上马背，拼命疾驰而去。他终日驰骋，直到云朵染上落日的橙黄才返回营帐。疲劳成了他唯一的救赎。

有人告诉李陵，司马迁因替他辩护而获罪。对此，李陵既无感激亦无同情。他虽与司马迁相识，见面也寒暄，但并无交情。甚至觉得司马迁好争善辩，还有几分令人生厌。加之，如今的李陵困于自己内心的痛苦挣扎，无暇顾及他人不幸。事实是，纵使他未觉司马迁多此一举，但也未觉特别的愧疚。

李陵渐渐明白，最初只觉得粗鄙滑稽的胡地风俗，其实是符合当地实际风土、气候的，是合理的。若无厚重的兽皮胡服就无法抵抗朔北的寒冬；若不食肉就无法储存足以御寒的体力。不筑固定的房屋也是源于他们生活形态的必然，不该全盘否定，贬其为下等。若非要坚持汉人习俗的话，那么在这胡地的自然中连一日也无法生存下去。

李陵还记得且鞮侯单于所言：汉人言必称己乃礼仪之邦，以匈奴之行类禽兽而非难之。汉人所谓礼仪为何物？难道不是予丑陋之事以表面虚饰的借口吗？好利嫉妒，汉人与胡人孰更甚？好色贪财又孰更甚？剥去表面终究并无二致。只是汉人知道掩饰伪装，而我们胡人不知罢了。单于列出汉初以来，汉室内乱骨肉相残、功臣之间排挤构陷之事时，李陵词穷，无可辩驳。而事实上，武人出身的李陵也不止一次对那些繁文缛节感到困惑。他时常觉得胡人粗野的坦率比汉人匿于美名之下的阴险要好得多。李陵逐渐觉察，以华夏之风为尊，以胡地之风为卑，是汉人彻头彻尾的偏见。譬如，迄今为止他一直坚信人除了名之外还必须有字，但仔细想来，字并无必须存在的理由。

李陵之妻是个颇老实本分的女人，直到现在，在丈夫跟前还总是畏畏缩缩，不敢多言。可他们的儿子却一点儿也不怕父亲，会摇摇晃晃爬到李陵的膝盖上。他注视着这个孩子的脸庞，忽然眼前浮现出数年前他留在长安的孩子——最终和母亲、祖母一起被杀——的模样，不禁怅然。

李陵投降匈奴的一年之前，汉朝中郎将苏武被扣留在了胡地。

苏武原本是作为和平使节被派往匈奴交换俘虏，可怎料，随行的某副使卷入了匈奴的内部纷争，致使使节团所有人被囚。单于并无杀他们之意，而是以死威胁，迫使他们投降。唯有苏武一人不降，为免受其辱，自己拔剑刺穿了胸膛。胡医给昏倒的苏武进行了颇为古怪的治疗。据《汉书》记载，凿地为坎，置煴火，覆武其上，蹈其背以出血。多亏这粗野的治疗，苏武不幸昏厥半日后，又苏醒过来。且鞮侯单于彻底为苏武的气节所倾倒。数十日后，待苏武的身体恢复，单于立即派那近臣卫律前去极力劝降。卫律却遭到苏武的一顿痛斥，出尽洋相只得作罢。自那之后，苏武被幽禁于地窖，将旃毛和雪而食以充饥；徙北海（贝加尔湖）无人处，牧公羊，公羊出乳乃得归之事与他持节十九年不屈的名声一起家喻户晓，不再赘述。总之，李陵终于下定决心将闷闷余生尽埋胡地时，苏武已独自于北海畔牧羊许久了。

苏武是李陵相交二十余年的旧友，曾一同担任过侍中。李陵觉得，苏武虽固执又不开通，但确是个少见的刚毅之士。天汉元年，苏武出使匈奴后不久，其母病故，李陵送葬至阳陵。北征临行前听闻苏武之妻见良人归汉无望便改嫁他人。当时，李陵还对其妻的薄情寡义愤慨不已。

然，未曾料想自己竟会投降匈奴，事到如今也再无与苏武相见之念。甚而庆幸苏武被放逐到遥远的北方，不必与其相见。尤其是自己全族被灭，归汉之心已死后，李陵更是想回避与此"持汉节的牧羊者"碰面。

狐鹿姑单于继位数年后，忽然有苏武生死未卜的流言传来，单于这才想起这位父亲始终也未能劝降的不屈汉使，因听闻李陵乃苏武旧友，遂派李陵前去确认苏武的生死，若健在再度劝降之。李陵无奈，只得奉命北行。

沿姑且水北上，行至与郅居水的交汇处再往西北方，穿过森林地带。河岸边还四处留有残雪，沿河岸行进数日，终于在森林和原野的另一边望见了北海的碧水，当地居民丁零族的向导将李陵一行人带到一处极简陋的圆木小屋。住在屋里的人被罕有的人声惊扰，手持弓箭来到屋外。眼前这个深居山林的男子像头熊似的，从头到脚裹着毛皮，须发蓬乱，李陵从他的脸庞中看出曾经的栘中厩监苏子卿的影子。而苏武竟一时间没认出眼前这位胡服大员就是曾经的骑都尉李少卿，因为苏武全然不知李陵已投降匈奴。

李陵内心的激动瞬间压制了一直以来逃避与苏武见面的想法。两人良久相望无言。

李陵的随从们在周围搭起几顶穹庐，无人之境一下子热闹起来。备好的酒食很快被端进了小屋，夜晚，久违的欢笑声惊得林中鸟兽四散。李陵逗留了数日之久。

要言明自己穿上这身胡服的原委，对李陵而言过于痛苦。但李陵丝毫不加辩解，只将事实和盘托出。而苏武轻描淡写地讲述这数年间的生活，怎凄惨二字了得。几年前，匈奴於靬王①到北海打猎，恰巧路过此地，同情苏武，便三年不间断地供给苏武衣食等物，但於靬王死后，苏武就只能在冰冻的大地上掘野鼠充饥。他生死未卜的传言，应是他养的畜群被强盗尽数掠走的讹传。李陵告诉了苏武他母亲病故的消息，但其妻弃子更嫁之事实在不忍开口。

眼前这个男人究竟为何而活？李陵不解。时至今日难道他还指望能重归大汉吗？他言语间似已全然没了那般期待。那么他到底为何一直忍受着如此悲惨的生活呢？若他向单于表明降服之意定会受到重用，但李陵很清楚，苏

①於靬王：且鞮侯单于的弟弟。

武绝不会那样做。李陵感到奇怪的是，为何他没有早早自我了断？李陵未能亲手斩断这毫无希望的生活，是因为不知不觉间已在这片土地上种下了诸多恩爱和情义，再者，如今即便以身赴死也算不上为汉尽忠。而苏武则不同。他在此地了无牵挂，就算要为汉尽忠，那么手持旌节在旷野上受冻挨饿与即刻烧掉旌节自刎以明志这二者间似乎并无差别。当初被捕时便毅然拔剑自刺的苏武，也不可能是因如今突然贪生怕死才苟活于世。李陵想起了年轻时苏武的固执——那种近乎滑稽的倔强的逞强。单于将苏武置于极度的困窘中，以荣华作诱饵欲使其屈服。而于苏武，经不起引诱自然算输，哪怕是不堪困苦而自尽，也算是输给了单于（或是其象征的命运）。这或许才是苏武的想法。与命运顽强抗争的苏武，在李陵看来，并无滑稽可笑之处。笑对超乎想象的困苦、贫乏、酷寒与孤独，若这便是志气的话，那这种志气是何等骇人的伟大。眼见苏武过去那种多少有些不成熟的倔强，如今竟变成这般坚毅，李陵惊叹不已。并且，他从未指望汉朝知晓自己的所作所为，亦未指望能再度被汉朝迎回，自己在此无人之地与困苦抗争之事莫说是传回大汉，他甚至没想过有人能传到匈奴单于耳中。他将会不为人所知地在此孤独死去，临终之日，当他回首此生，定会为自己直到最后都笑对命运而心满意足，坦然而终。无人知晓自己一生所为亦无妨。李陵想起，自己曾计划取先代单于首级，却恐即使目的达成也无法安全逃出胡地，徒有壮举而不为汉朝所知，故而始终未找准时机下手。面对眼前不惧为人所不知的苏武，李陵不禁暗自汗颜。

两三日过去，最初那种他乡遇故知的激动慢慢消退，李陵心里不由自主起了一个心结。不论谈及什么，自己与苏武过往的对比都令人无法释怀。苏武乃义士，而自己是卖国贼，虽不至此，但还是感到，面对在森林、原野、湖水的静默中多年历练而成的苏武的威严，自己行为的唯一辩解——迄今的苦痛，都不值一提。另外，或许是心理作祟，随着时间推移，李陵开始感觉到苏武对自己的态度中似有几分富人对穷人的姿态——明知自己的优越而刻意表现出的宽宏。无法言明究竟，但总在不经意间能感到。衣衫褴褛的苏武眼中偶尔流露出的怜悯之色，让身着豪华貂裘的右校王李陵觉得最为惶恐。

停留十余日后，李陵作别老友，悄然南归。他在森林中的圆木小屋留下了充足的粮食、衣物。

受单于所托劝降苏武一事，李陵最终没有开口。苏武的答案不言自明，事到如今再多言不过是对苏武和自己的羞辱。

南归之后，苏武一直在他脑海中挥之不去。分开之后再想来，苏武的形象在自己面前反而愈发威严而挺拔。

李陵自己也并未觉得投降匈奴为正道，但他一直坚信，若考虑到自己为故国尽忠效力，而故国对自己的所作所为，即便是再无情的批判者都会承认自己的"迫不得已"吧。但眼前有一人，无论面对怎样的"迫不得已"，他都决不允许自己视种种境遇为"不得已"。

饥寒交迫、孤独困苦也好,故国的冷漠也罢,哪怕自己的苦节定不会被任何人知晓,如此种种于这个男人而言,都绝非令他一改平生节义的"不得已"。

苏武的存在于李陵而言,既是崇高的训诫,亦是不安的噩梦。他时常派人去问候苏武,并送去食物、牛羊、绒毡。但想见苏武和想躲避苏武的念头总在李陵心里斗争。

数年后,李陵再一次前往北海湖畔的圆木小屋探望。途中遇到戍守云中北边的卫兵,从他们口中得知,最近大汉边境太守及以下吏民皆身着白服。若万民皆白服,那定是为天子服丧。李陵知道是武帝驾崩了。当李陵抵北海之畔将此事告知时,苏武面朝南方号啕大哭。恸哭数日,以至吐血。看到这副情形,李陵的心情也日渐沉重。他当然并非怀疑苏武恸哭的真挚,只是为那纯粹热烈的悲痛所动容,但,自己却一滴眼泪也没流。苏武虽不像李陵那样全族被灭,但他兄长因天子巡行时略有差池,他弟弟因未逮捕到某罪犯,皆被问责,被逼自裁。怎样都算不上受汉朝厚待。深知这些的李陵,看着眼前苏武纯粹的悲痛,他第一次发现,以前只觉苏武身上有股强烈的执拗,其实更深处充满了对大汉国土的热爱(不是仁义、气节这类从外部规训之物,而是难以抑制的、喷涌而出的、最为亲密自然的爱),这份热爱难以名状,清冽而纯粹。

李陵撞上了自己和朋友之间最根本的隔阂,纵使不情愿，也不由得陷入对自身晦暗的怀疑中。

自苏武处南归后，恰逢汉朝使者来访。和平使节前来告知武帝驾崩，昭帝即位，及缔结一时的友好关系——虽往往维持不了一年。而此次担任使节前来的不料竟是李陵的故友陇西任立政等三人。

是年二月武帝驾崩，年仅八岁的太子弗陵即位。遵遗诏，侍中奉车都尉霍光为大司马大将军辅政。霍光本就与李陵亲近，左将军上官桀也是李陵旧友。二人商量着召李陵归汉，故此次使节特意选派李陵昔日友人。

在单于面前的例行公事结束后，便是盛大的酒宴。通常这种场合都是由卫律接待，但此次是李陵的友人前来，因此他也被拉去参加宴会。宴会上，任立政见到了李陵，但在众多匈奴高官面前，自然无法开口劝其归汉。他隔着座位给李陵使眼色，并屡次抚摸自己的刀环以示意。李陵看到了，也察觉到对方所示之意，只是不知该如何回应。

正式的宴会结束后，只剩下李陵、卫律等人，以牛酒、博戏来招待汉使。这时，任立政趁机对李陵道，眼下朝廷大赦天下，万民尽享太平仁政。新帝尚年幼，陵之旧友霍子孟、上官少叔辅政理天下事。立政见卫律已完全成了胡人——事实如此——忌惮于他，并未当他的面对陵明言。只是提及霍光和上官桀的名字，欲使李陵动心。但李陵默不作答，他望着立政，摸了摸自己已束成椎髻不再是汉风的头发。片刻后，卫律起身离席更衣，立政这才亲切地唤陵之字，少卿良苦！霍子孟、上官少叔谢汝。李陵道，霍与上官无恙乎？言语间颇为生疏，立政不容分说再道，请少卿来归故乡，毋忧富贵，无须多言，归汉便是。刚从苏武处归来的李陵并非对友人的恳切之言无动于衷。只是，无须多想，那已是不可能之事了。李陵道，少公，归易耳，恐再辱，奈何！话未说完，卫律回来了，二人就此闭口不谈。

宴散作别时，任立政若无其事地靠近李陵身边，低声再次询问李陵，亦有意乎？李陵摇了摇头，答曰："丈夫不能再辱。"他的声音极其无力，不过这并非是怕卫律听见的缘故。

五年后，昭帝始元六年夏，原以为就此无人问津，于北方窘迫而死的苏武，竟有了归汉的机会。汉天子于上林苑中猎得大雁，雁足上有苏武的帛书云云，此番佳话当然只是为了戳穿谎称苏武已死的单于而编造出来的。实情是，十九年前随苏武来胡地的常惠遇见了汉使，告知其苏武尚在，并教其用此谎言救出苏武。很快就有人奔到北海，将苏武带到了单于土庭。李陵的内心波涛汹涌。无论能否再次归汉，苏武的伟大都是不变的，而他的存在鞭挞着李陵的内心，这亦不变。深深震动李陵的是苍天有眼，苍天看似不问凡间事，但果然在看着世间一切。他不禁肃然生畏。即便今日，李陵也不认为自己过去有何过错，但这个叫苏武的男儿，他所行之事，让自己对本无可厚非的过去感到羞耻，并且他的事迹将大白于天下，这一事实让李陵痛彻心扉。自己这种心如刀绞的怯懦心绪不就是羡慕吗？李陵惊恐万分。

临别之际，李陵为旧友设宴。满腹欲吐之言，但终究无外乎降胡之时自己心系大汉，所愿未遂就全族被灭，再无归汉之由，如此过往而已。每言及此，旁者听来皆是牢骚抱怨，因此李陵只字未提。只是宴会正酣时，他按捺不住起身歌舞：

径万里兮度沙幕，为君将兮奋匈奴。
路穷绝兮矢刃摧，士众灭兮名已隤，
老母已死，虽欲报恩将安归？

唱着唱着，李陵声音颤抖，眼泪纵横。他心中斥责自己懦弱，但也不能自已。

苏武时隔十九年重新回到了故国。

司马迁自那之后一直孜孜不倦地编写着。

他肉身已死，只有作为书中人物才活着。现实生活中他再未开过口，但借鲁仲连之舌倾泻如火般熊熊燃烧的愤懑。时而化身伍子胥自剜双眼，时而变成蔺相如痛斥秦王，时而又化作太子丹哭送荆轲。记叙楚大夫屈原的忧愤，长长地引用他投身汨罗江前所作的怀沙赋时，司马迁难以自持地觉得此赋就是自己所作。

起稿后十四年，遭腐刑后八年，都城起巫蛊之祸，戾太子悲剧发生之时，这部父子相传的著作已按最初构想的通史大致成书。之后在增补、删改、推敲中又经数年，一百三十卷，五十二万六千五百字的鸿篇巨制《史记》完成时，已临近武帝驾崩了。

列传第七十太史公自序完成搁笔时，司马迁凭几惘然。他从心底长叹一声。视线投向庭前槐树的繁茂处，但其实眼中空无一物。耳中也空洞无声，但他还是侧耳倾听，像是要抓住从院子某处传来的蝉鸣。夙愿得偿，本应心生欢喜，但如释重负后的漠然孤寂与不安却率先袭来。

将完成的著作呈交官府，并到父亲坟前禀告此事之前，都还提着一股劲儿，但当这些都完成之后，司马迁一下子陷入了极度虚脱的状态。就像附身神灵瞬间出窍的巫师那样，身心俱疲、浑身瘫软，才刚过花甲之年的他像是转眼衰老了十岁。武帝驾崩也好，昭帝即位也罢，于曾经的太史令司马迁之躯壳而言，不再有任何意义。

前文提到任立政等人前往胡地寻访李陵，待使节再度返回都城时，司马迁已与世长辞。

与苏武辞别后，关于李陵，除了元平元年死于胡地之外未留下任何确凿的记载。

与李陵亲近的狐鹿姑单于早就离世，到其子壶衍鞮单于的时代，因新单于即位起了左贤王、右谷蠡王之乱，他们公然对抗阏氏、卫律等人，不难想象，即使李陵心中不愿，也被迫卷入了纷争吧。

据《汉书·匈奴传》记载，李陵在胡地所生之子拥立乌籍都尉为单于，与呼韩邪单于对抗而最终失败。事发于宣帝五凤二年，应是李陵死后的第十八年。书中记载只写道李陵之子，并未记录姓名。

名人传

赵国的都城邯郸，住着一名叫纪昌的男子，他立志要成为天下第一的弓箭高手。寻师问道之际，听闻当今论射箭，无出高手飞卫之右者。据说飞卫百步穿杨、百发百中，于是，纪昌千里迢迢寻访飞卫，拜入其门下。

飞卫令新入弟子先学不眨眼，而后方可言射。纪昌回到家，钻入妻子的织布台下，仰面躺倒。一动不动地盯着几乎贴着眼睑的踏板，任它飞速地上下来回摆动，尽力不眨眼。妻子不知其中缘由，大吃一惊。质问丈夫究竟为何要以如此奇怪的姿势从如此奇怪的角度来窥视自己，令人极不自在。纪昌不多解释，训斥了满脸不悦的妻子，让她继续织布。纪昌日复一日以这种滑稽的姿势不断修炼不眨眼。两年后，急速摆动的踏板即使掠过睫毛也可纹丝不动，他终于从织布机下爬了出来。已修炼至锋利的锥子刺向双眼也能不眨一下，不论是火星飞溅入眼，抑或是眼前骤然飞灰四起，他都绝不眨眼。纪昌眼睑的肌肉似乎已经彻底忘记了闭眼的方法，夜晚熟睡时，他的双目依旧瞪得浑圆。最终，双目睫毛之间竟挂起了蜘蛛网，他自信修炼已成，连忙向师傅飞卫禀报。

飞卫听后说道：仅不眨眼亦不足以言射。进而学视。视小如大，视微如著，而后告知于我。

纪昌再度返回家中，从贴身衣物的针缝里找出一只虱子，扯了一根自己的头发将虱子绑住，悬挂于南面的窗户之下，终日凝视之。纪昌每日聚精会神地盯着那只挂在窗沿下的虱子，最初当然那只是一只虱子而已。过了两三日，仍旧只是虱子。然，十余日过后，或许是错觉，虱子看起来似乎变大了一点。三个月之后，那虱子看起来明显有蚕那么大了。窗外景物更迭。和煦的春日不觉间变为炎炎夏日，才觉秋日澄澈的空中北雁南飞，转眼间，凛冽的灰色天空中便雨雪纷飞。

纪昌坚持不懈地注视着那吊在发丝上的有吻类、致痒性小节足动物。随着挂在窗沿下的虱子被更换了数十只，三年的时光悄然流逝。某日，纪昌忽地回过神来，窗沿的虱子看起来竟有一匹马那么大。他一拍腿，向外走去，练成了！他不禁怀疑自己的眼睛：人如高塔，马如高山，豕如山丘，鸡如城楼。纪昌欢欣雀跃折返家中，再次对着窗边的虱子，以燕弓蓬矢射之，一箭穿心，而悬挂虱子的发丝竟未断。纪昌即刻拜见师父将此事告知。师父飞卫大悦，手舞足蹈，头一次夸赞纪昌："了不得！"遂当即开始将射箭的奥义与秘技倾囊相授。

五年的眼力基础训练没有白费，纪昌技艺精进的速度可谓惊人。

学习秘技十日后，纪昌在百步开外射柳叶，已可百发百中。二十日后，将盛满水的杯子置于右肘之上拉硬弓射箭，非但未射偏，杯中之水也分毫未动。一月后，他取百支箭试速射，第一支箭刚射中靶心，离弦的第二支箭便精准无误地插进第一支的箭括，刹那间第三支的箭镞又嗖地牢牢扎进了第二支的箭括。矢矢相连，发发相及，后矢之镞必定深入前矢之括，稳不坠地。瞬间，百箭相连成一支，自靶心连成一条直线，最后一支箭宛如犹在弦上。师父飞卫从旁观看，不禁脱口而出："妙哉！"

两月后，纪昌偶尔回家，与妻子发生口角，欲恐吓之，便取乌号之弓①、綦卫之箭射向妻子的眼睛。箭已射断妻子的三根睫毛飞到远处去了，其本人却丝毫未察觉，甚至连眼睛都未眨一下，只是继续大骂丈夫。纪昌技艺之精湛，速度与精度皆已达到如此境界。

纪昌已经从师父那再无可学，某日，突然冒出了不良的念头。

他反复思量，如今论射术，能与我匹敌之人唯有师父飞卫也。欲成天下第一高手就得铲除飞卫。

纪昌暗中伺机而动，一日，他在郊外与独自一人迎面走来的飞卫不期而遇，纪昌立刻拿定主意，取箭瞄准飞卫，飞卫察觉到杀气亦引弓相对。二人互射，只见离弦之箭均于途中相撞，双双同时坠地。而坠地之矢未扬起一丝

---

①乌号之弓：传说是黄帝遗留下来的宝弓。

尘土，此乃二人技艺已出神入化之故。待飞卫的箭用尽之时，纪昌尚余一支。纪昌正好乘势放箭，飞卫连忙从旁抽一枝棘刺，用刺尖啪一声打落了飞来的箭镞。

纪昌悟到自己的非分之想终难实现，心中忽然产生一股出于道义的羞愧，若是得手，他绝对不会有这种想法。逃过一劫的飞卫放下心来，对自己的技艺颇为满意，以致于完全忘记了对敌人的怨恨。二人奔向对方，在旷野中相拥而泣，一时间师徒情深、泪眼婆娑。（这样的事情自然无法以今日的道德观来评判。好美食的齐桓公遍寻自己未曾品尝过的珍馐，庖厨易牙便将自己的儿子烹蒸献上。十六岁的少年秦始皇，在父亲去世当晚便三度侵犯了父亲的爱妾。这全都是那个特定的时代发生的事。）

虽与弟子相拥而泣，但飞卫想，若弟子纪昌再生歹念则甚是凶险，给他指一个新的目标，转移其注意力为上策。于是他对这危险的弟子说：我已倾囊相授，你若想穷极此道奥义，唯有攀上西方太行险峰，登霍山之顶。那里的甘蝇大师为此道旷古烁今之人，与大师的技艺相比，吾等如此射技乃儿戏一般。如今能为纪昌之师者，唯甘蝇大师矣。

纪昌即刻启程西行。"在大师面前，吾等技艺宛如儿戏。"师父的这句话打击了纪昌的自尊心。若当真如此，那他距天下第一仍前路漫漫。他埋头赶路，迫不及待与那人一较高下，想看看自己的技艺究竟是否如同儿戏。他攀危岩，爬栈道，脚掌磨破，小腿擦伤，终于一月后抵达了目标的山巅。

纪昌年轻气盛、来势汹汹，而迎接他的是一位目光温和如羔羊、步履蹒跚的老者。老者或应年过百岁，因佝偻着背，走路时那白胡子拖在地上。

纪昌猜想对方已经年老耳背，于是连忙大声道明来意。他对老者说，且看我射术如何，话音刚落，不等老者回答就突然操起背上的杨干麻筋弓，搭上石碣之箭，瞄准了正巧从高空飞过的候鸟。只听弓弦作响，一箭射出，随即五只大鸟清晰地划过青空掉落下来。

老者面容祥和，含笑道："尚可，但这终究是'射之射'，看来好汉尚不知'不射之射'。"

老者领着不服气的纪昌来到两百步开外的绝壁上，脚下高耸如屏、壁立千仞，只是能在正下方极远处窥见如细丝般涓涓细流，仅俯瞰一眼便瞬间使人头晕目眩。断崖边有块危石，一半悬空，只见那老者毫无顾忌地登上岩石，回首对纪昌说道："在这岩石上再现方才的技艺如何？"事到临头无法退缩。纪昌遂与老者交换位置，踏上之时岩石略微摇晃了一下。他强作镇定搭好箭，怎料正巧从悬崖之卜落下一粒细石。目光追着那细石落下去，纪昌不禁趴在了岩石上，双腿直打颤，冷汗流到了脚底。老者笑着伸出手，将他从岩石上扶下来，自己又站上去说，那么就请你看看何为射箭吧。纪昌心有余悸、脸色煞白，但他立刻有所觉察："可您的弓呢？弓箭在哪？"老者徒手而立："弓箭？"老者笑着道，"需要弓箭的是射之射。不射之射既无需乌漆之弓亦无需肃慎之箭。"

恰巧此时，二人正上方，一只老鹰在极高的空中悠哉盘旋。甘蝇注视了一会儿那如芝麻粒大小的黑点，随后将无形之箭搭于无形之弓，只见他将弓拉开如满月，嗖地一放，看哪，那老鹰连翅膀都没扇一下，就从高空若石子一般落了下来。

纪昌不寒而栗。他感觉时至今日才得以窥见射术之深不可测。

纪昌在这位长者高手门下修行了九年。那九年间究竟经过了怎样的磨炼，无人知晓。

九年过去，纪昌下山归来，人们惊叹于他容貌的变化。从前那争强好胜的精悍面容了无踪影，变成了毫无表情、呆若木偶的愚者样貌。当纪昌去拜访阔别已久的旧师飞卫时，飞卫一见那容貌便惊呼感叹：这才是天下第一高手！吾辈已甘拜下风。

都城邯郸人们热情地迎接天下第一高手纪昌的归来，众人翘首以盼，以为能亲眼一睹那精妙的技艺。

而纪昌却丝毫没有要让人们一睹风采的打算，甚至连弓都不碰一下。进山时带去的杨干麻筋弓也不知去向。有人问起其中缘由，纪昌懒洋洋地答道："至为无为，至言去言，至射不射。"

极明事理的邯郸人即刻会意，深以为然。不执弓的天下第一高手成了他们的骄傲。纪昌越是不碰弓箭，他天下无敌的名声就越是传遍四方。

各种各样的传言流传开来。据说每夜三更过后,纪昌家屋顶上莫名其妙会响起弓箭之声。可能是纪昌体内的箭道之神在他熟睡之后脱壳而出,驱赶妖魔,为他彻夜守护。一位住在纪昌家附近的商人说,某天夜里,他亲眼所见,纪昌驾着云在自家上空罕见地手握弓箭,与上古高人后羿、养由基[1]二人比试箭术。那时,三位高人所射之箭皆在夜空中擦出青白色火光,消失在参宿与天狼之间。

还有盗贼供认,曾想潜入纪昌家行窃,脚刚踏上围墙,一道杀气从寂静无声的家中腾出,击中了他的额头,他毫无防备地摔到了墙外。自那之后,心存歹念之徒皆绕道而行以避开纪昌家,就连聪明的鸟儿也都不从纪昌家上空飞行了。

在云遮雾罩的盛名之下,一代高手纪昌逐渐老去。他的心早已远离射箭之事,似乎愈发地进入淡泊虚静之境。喜怒哀乐皆不形于色,似木偶一般,少言寡语,甚至令人怀疑他是否还在呼吸。"已不知他我之别,不明是非之分,眼如耳,耳如鼻,鼻如口。"他晚年如是述怀。

自辞别甘蝇师父归来已有四十年,纪昌如一缕青烟般悄然离世了。这四十年间,他绝口不提射箭之事,自然也从未引弓射箭。作为故事的作者,我自然也想让一代高人在故事的结尾大放异彩,让世人知晓他的名副其实,可,我又无法歪曲古书上的记载。实际上,纪昌晚年只是无为而

---

[1]养由基:春秋时楚国大夫,善射,能百步穿杨。

化,除了接下来这则奇妙故事之外再无任何事迹流传下来。

那则奇妙故事是这样的:在纪昌临死前一两年,有一天,年老的纪昌受邀到朋友家中做客,看到那户人家摆放着一件器具。那件器具似曾相识,可怎么也想不起是为何物,亦不知其用途。纪昌询问主人家:那器具为何物?又作何用?主人只当是在说笑,便咧嘴一笑置之。谁知老纪昌颇为认真地再次询问。主人家依然暧昧一笑,有些猜不透客人的心思。直到纪昌正色第三次重复同样的问题,主人家这才大惊失色。他呆呆地盯着客人的眼睛,确定对方不是在说笑,并非糊涂,自己也没听错时,他露出了几近恐怖的狼狈之态,磕磕巴巴地喊道:"啊……夫子!古今无双的射箭高手夫子啊!您竟然忘记弓了吗?唉!连弓的名称、弓的用途都忘记了吗?!"

此后一段时间,在都城邯郸,画家都藏起了画笔,乐工都断了琴弦,工匠则耻于手持规矩。

弟子

一

鲁之下有一游侠之辈，名仲由，字子路。近日，大学者孔丘颇负盛名，子路欲将其羞辱一番。

且看这伪贤者，到底有何能耐？于是他蓬头突鬓、垂冠、着短后之衣，左手提雄鸡、右手拎公猪，气势汹汹直趋孔丘家中。他摇鸡奋豚，扬唇吻聒噪之音，意欲扰乱儒家弦歌讲诵之声。

伴着动物尖锐的嘶叫声，怒目圆睁、夺门而入的青年，与圜冠句屦、腰佩玉玦、凭几而坐、和颜悦色的孔子之间，开始了问答。

"你喜好何物？"孔子问道。

"好长剑。"青年昂然对答。

孔子不禁莞尔。因为从青年的声音和态度中，他看到了满是稚气的狂妄。眼前的青年面色红润、浓眉大眼，一副精悍模样，可他脸上某处又自然显露出一种招人喜爱的直率。

孔子又问:"学习之事,你如何看待?"

子路本就是为了说这句话而来,故奋力大吼答道:"学习有什么用处!"

"学"的权威性遭到质疑,岂能一笑了之,于是孔子开始谆谆讲述"学"之必要,人君而无谏臣则失正,士而无教友则失听。木受绳则直,岂非此乎?就像驭马者需要鞭子,操弓需要檠[1]一样。人亦然,生性放恣,岂能不以教学矫之?匡正琢磨,始成有用之才。

仅凭流传后世的语录字面看,很难想象孔子拥有怎样极具说服力的雄辩才能。不单是所言之物,其沉稳的声音、抑扬顿挫的语调,以及确信无疑的态度,都令听者不得不折服。青年脸上的反抗之色逐渐退去,露出恭听之态。

"可是,"子路也并未打算放弃反击,"南山有竹,不揉自直。斩而用之,达于犀革。如此看来,天资聪慧者,有何必要学?"

对于孔子而言,击破这种幼稚的比喻实在轻而易举。"你所言南山之竹,括而羽之,镞而砺之,何止穿透犀革?"被孔子这么一说,这个招人喜爱的率直年轻人顿时无言以对。他面红耳赤地站在孔子面前,若有所思。片刻后突然扔掉了手中的鸡和猪,低头认输道:"敬受教。"

子路认输并非仅因词穷。事实上,自他进屋见到孔子第一

---

[1] 檠:矫正弓弩的器具。

眼，听到孔子说第一句话起，就已倾倒于对方远超自己的宏大气势，顿感自己手上的鸡和猪出现得不合时宜。

即日起，子路执弟子礼，拜入孔子门下。

二

子路从未见过如孔子这般之人。力举千斤之鼎的勇士，他见过；明察千里之外的智者，他听过。但，孔子身上的绝不是怪力乱神般的异能，而不过是最常规的集成。才智、情感、意志的各方面到身体的诸能力都无比平凡，却又充分舒展，近乎极致。他已达到一种无过无不及的整体均衡，以至于单项能力的卓越毫不惹眼，如此的饱满丰富的人，子路从未见过。令子路惊讶的是孔子阔达自在，毫无道学家的酸腐。子路即刻觉察到这应是个饱经风霜之人。可笑的是，就连子路引以为傲的武学和膂力，孔子都似乎更胜一筹，只不过他平素从不用罢了。游侠子路首先因这一点而胆战心惊。孔子能敏锐洞察所有人的内心世界，甚至让人怀疑他是否也经历过放浪轻狂的生活。另一方面，他怀有极为高尚纯粹、不容玷污的理想主义，胸怀之辽阔令子路不由得心生感叹。

总之，这是个能适应任何环境之人。无论是从严苛的伦理的角度，还是从最世俗的意义来说，他都经得起考量。子路迄今所见之人，伟大之处皆在于其价值，只因能在这样那样的地方发挥作用，故称之为伟大。而孔子则全然不同。他的存在即是伟大。至少子路如此认为。他已完全为孔子所倾倒。拜入门下还不到一月，他甚至已感到无法离开这个精神支柱了。

后来，在孔子漫长而艰苦的流浪生涯中，没有人像子路那样欣然追随。他既不想以孔门弟子的身份求取仕途，甚至也不是为了磨炼自己的才德而留在夫子身边。将他留下的是至死不渝、一无所求而又纯粹的敬爱之情。一如曾经长剑不离手那样，子路如今无论如何都无法离开孔子了。

那时，孔子尚未至不惑之年，仅比子路年长九岁，但子路却从中感受到无限的差距。

而孔子，则惊讶于这个弟子与众不同的桀骜不驯。若只是好勇武、厌文弱的话，类似的倒也很多，但像这名弟子般如此蔑视事物外在形式的实属罕见。虽说事物终究归于精神，所谓"礼"也需经形式进入，但子路这个男人却不轻易接受这种始于形式的路径。听到"礼云礼云，玉帛云乎哉？乐云乐云，钟鼓云乎哉？"时，他兴致勃勃，可一讲到曲礼细则时，他便立刻一副索然无味的神情。子路对形式主义有着本能的忌避，对孔子来说，教授他礼乐，是一件难事。

然而，对子路来说，学习礼乐更是难上加难。子路依赖的仅是孔子为人的深厚。但他想不到，这般深厚其实源于日常具体行为的积累。他说有本才有末，却未实际思考

"本"该如何养成，为此常受到孔子的训斥。子路对孔子心悦诚服是一回事，而他是否能很快就接受孔子的教化又是另外一回事。

孔子讲到"唯上智与下愚不移"时，并未把子路考虑在内。虽然子路满身缺点，但孔子并不认为他是下愚之人。孔子比任何人都欣赏这个弟子举世无双的优点，即他纯粹的不计得失之心。这种美德在这个国家的人身上很稀有，因此，除孔子之外没人将子路的此种秉性当作美德，而是被看作一种令人无法理解的愚蠢。但唯有孔子深知，与这种珍贵的愚蠢相比，子路的英勇也好，政治才能也罢，统统都不值一提。

在对待双亲的态度上，子路谨遵师之言，克己复礼，不管怎样先付诸于形式。亲戚们都议论，自从拜入孔门以来，乖张暴戾的子路突然变成了一个孝子。听到大家夸赞，子路心里不是滋味。哪来什么孝子，不过是净说些假话而已。怎么想都是以前任性直言、令父母束手无策的自己更诚实。如今因自己的虚伪而心花怒放的父母甚至让子路觉得有几分可悲。子路虽不是细致的心理分析家，但他是个极为正直之人，故而也察觉到了这些。时隔多年，某天子路忽然意识到父母已垂垂老矣，回想起自己年幼时父母矫健的模样，顿时潸然泪下。自那时起，子路的孝行才变为无人可比的忘我奉献。但在那之前，他一时的孝顺也不过仅此而已。

三

一日，子路走在街上，遇见了两三故友。这几人虽不至于说是无赖，但也都是放荡不羁的游侠之徒。

子路停下来跟他们聊了几句。其中一人上下打量着子路的衣着，说道："哟！这就是所谓的儒服吗？也太寒酸了吧。"接着又问，"不想念你的长剑吗？"

子路先是没搭理他，可他接下来说的话让子路无法再置若罔闻。"怎么？听说那个叫孔丘的先生很会骗人呢？装得一本正经，靠说些虚伪的话便能大捞油水。"

此人也并非有什么恶意，只是与子路不见外，一贯毒舌罢了，但子路顿时脸色大变，一把揪住对方的衣领，右拳重重地砸在那人脸上，且接连挥了几拳后才松手，那人一下瘫倒在地。其余几人目瞪口呆，子路朝他们投去挑衅的眼神，但他们知道子路刚勇，无人上前。赶忙从左右两边扶起被打之人，一句话都没说就灰溜溜地离开了。

此事不知何时传到了孔子耳中。子路被叫到老师跟前，虽说没有直接盘问此事，却受了一番训诫。"君子以忠为质，以仁为卫。不善以忠化寇，暴以仁围，何必持剑乎？小人不逊以为勇，君子之勇在于立义。"等等。子路只得恭敬倾听。

数日后，子路又在街上走，听闻路旁树荫下一群闲人正议论得火热。似是在议论孔子。——总说从前、从前，无论何事都以古贬今。反正谁也没目睹从前之事，任他怎么说都行。若墨守成规便能治世的话，那谁都不用辛苦操劳了。对我们来说，比起死去的周公，活生生的阳虎大人才更了不起。

如今的世道盛行所谓"下克上"①。鲁国的政治实权从鲁侯之手落入大夫季孙氏之手，现在又将落入季孙氏的家臣阳虎这个野心家的手里。说这话的人没准就是阳虎的亲信。

——据说阳虎大人想起用孔丘，多次发出邀请，可怎料，孔丘竟一直回避。那家伙，别看他口若悬河，但在实际的政治面前似乎毫无自信。

子路从后面拨开围观的人群，毫不客气地走到了讲话者面前。人们立刻就认出他乃孔门弟子。刚才还扬扬得意、高谈阔论的老者瞬间脸色大变，莫名其妙地朝子路低头行礼后便消失在了人墙之中。大概是因为怒目而视的子路过于吓人了吧。

那之后的一段时间，各处都有类似之事发生。当他们远远看到怒气冲冲、目光炯炯的子路，便立刻缄口不语，停止对孔子的诋毁。

子路因此事多次被老师斥责，但他还是无法改正。其

---

①下克上：日本中世文献中的用语，意即社会地位低下者（下）排斥或取代社会地位高者（上），如家臣推翻君主、民众反抗统治者等。

实他心中也颇有微词。那些所谓的君子，若能与我感受到同等强烈的愤怒且能控制住的话，那的确是了不起。但实际上，他们并未感受到如我这般强烈的愤怒。至少，他们还未忍无可忍。定是如此……

约一年后，孔子苦笑着感叹："自吾得由，恶言不闻于耳。"

四

一日，子路于室内鼓琴。

声音传到孔子屋内，聆听片刻后，孔子对身旁的冉有说道："你听那琴声，充满暴戾之气，不是吗？君子之音温柔居中，以养生育之气。从前，舜弹五弦之琴，作《南风》。其诗曰：南风之薰兮，可以解吾民之愠兮；南风之时兮，可以阜吾民之财兮。如今听仲由之音，杀伐激越，非南音而类北声。将鼓琴者荒怠、暴恣的内心暴露无遗。"

后来，冉有去到子路处，将夫子所言转告于他。

子路一向自知缺乏礼乐之才，并将其归咎于自己的手耳。但，当听到这其实是源自更深层的精神状态时，他不禁愕然惊恐。原来重要的并非手法的习练，而是须更深的思考。他将自己关在房中，静思不食，直至形销骨立。数日后，他自觉思有所得，于是再次拿起了琴。他不胜惶恐、小心翼翼地弹奏，孔子听到这琴声，此次一言不发，也没露出责备的神色。子贡见状便跑去告诉子路。得知老师没有责备，子路开心地笑了起来。

看着师兄兴奋的笑脸，年轻的子贡也不禁微笑。聪明的子贡心里清楚，子路弹奏的乐音里仍然充满了北声的杀伐。而夫子之所以不加责备，只是因看到子路苦思冥想至身形消瘦，怜悯他的纯朴至真罢了。

五

众弟子中，就数子路受到的斥责最多，无人似子路这般肆无忌惮地向老师发问。

如"请问，抛弃古道，按由的想法行事，可以吗"这般定会遭到训斥的问题，或当着孔子的面毫不客气地说道："是这样的吗，您也太迂腐了！"除子路外也没人敢这样了。同时，亦无人似子路这般全心全意地依赖孔子。他之所以口无遮拦地问个不停，是因他生性如此，内心不接受的事表面上无法唯唯诺诺。还因他不像其他弟子那样，为免遭到嘲笑和训斥而谨小慎微。

子路是个独立不羁、一诺千金的好汉，在别处决不甘拜下风。正因如此，当他以一平凡弟子模样侍奉在孔子身旁时，着实给人以古怪之感。而实际上，确实有一种滑稽的倾向，当他在孔子面前时，所有复杂的思索和重要的判断都托付于老师，自己则全然无忧无虑。就好比幼儿在母亲面前，自己力所能及之事也要母亲代劳一样。有时事后想来，自己都不禁感觉好笑。

但是，即使面对如此敬爱的老师，也有一片不容触碰的内心深处之地，唯有此处是决不退让的最后底线。

换言之，于子路而言，这世上有一件最重要的事。在它面前，死生尚不足论，更勿言区区利害之类。谓其"侠"则略显轻率，谓其"信"或"义"则流于道学，有缺乏自由灵动之憾。总之，外在的名称无关紧要，于子路而言，那近乎于一种快感。能感受到它的就是善，感受不到的就是恶。

子路心中对此清晰明了，迄今为止从未产生过怀疑。虽然这跟孔子所云"仁"大相径庭，但子路会从老师的教导中，只汲取能增强自己这种单纯的伦理观的东西。诸如"巧言令色足恭，匿怨而友其人，丘耻之。""无求生以害仁，有杀身以成仁。""狂者进取，狷者有所不为也。"之类。

起初，孔子也并非未曾想过将子路的这个犄角扶正，但最终还是放弃了。因为即便如此，这也无疑是一头出类拔萃的牛。有的弟子需要皮鞭，而有的弟子则需要缰绳。孔子深知，子路的性格缺点无法用普通缰绳控制，这缺点同时也正是大有可为之处，于是他决定只给子路指明大致方向即可。"敬而不中礼谓之野，勇而不中礼谓之逆。""好信不好学，其蔽也贼；好直不好学，其蔽也绞。"这类话，多数情况下，并非训诫作为个人的子路，而是训诫作为众弟子之首的子路。因为在子路这一特殊的个体身上能成为魅力的东西，放到其他普通门生身上，则往往是有害的。

六

传言晋国魏榆之地的石头开口说话了。一位贤者解释道，这恐是百姓嗟怨之声借石头发出了。业已式微的周王室更是分为两派，相争不下。十余大国或结盟或对峙，干戈不止。齐侯与臣下之妻私通，每晚潜入别人家宅邸幽会，终于某天被其夫所杀。楚国一王族勒死了卧病在床的楚王篡位夺权。在吴国，被砍断双脚的犯人们袭击了吴王。而在晋国，传出两个大臣换妻。这就是当时的世道。

鲁昭公欲讨伐上卿季平子反遭驱逐，亡命七年后在他国穷困潦倒而死。亡命途中，即使归国之事有眉目，也因追随昭公的臣子们担心自身归国后的命运而受到阻拦。鲁国先是季孙、叔孙、孟孙三分天下，进而落入季氏家臣阳虎之手，被恣意操纵。

然，自从权谋之士阳虎失策倒台后，这个国家的政治风向忽然就发生了变化。令人意想不到的是，孔子被起用为中都宰。当时，既无公正无私的官吏，亦无不横征暴敛的政治家，因此，孔子公正的治国方针和周到的计划在极短的时期内取得了惊人的政绩。

对此惊叹不已的鲁定公问孔子："学子此法以治

鲁国，何如？"孔子答："虽天下可乎，何但鲁国而已哉！"素来不说大话的孔子用恭敬有礼的语调，平心静气地放出此等豪言壮语，定公愈发惊叹。他立刻升孔子为司空，后又升任大司寇，兼摄相事。而经孔子举荐，子路当上季氏之宰，季氏彼时相当于内阁秘书长。子路作为孔子的内政改革方案的执行者，各项方案皆一马当先。

孔子的首要政策便是中央集权，即加强鲁侯的权力。为此，必须削弱眼下大权在握的季、叔、孟三桓之势。三桓的私邑中过百雉（长三丈高一丈为一雉）的有郈、费、成三地。孔子决定先拆毁三都，而直接执行者就是子路。

自己所行之事的结果能很快显现，并以迄今为止从未有过的巨大规模显现，于子路这样的人而言，定是非常愉快的。尤其是将那些政客四处布下的奸恶组织及恶习逐一击破，这让子路感受到了未曾有过的人生价值。加之，看到多年抱负得以实现的孔子忙碌而又充满生机的模样，子路着实欢喜。在孔子眼中，子路也不再仅是一名弟子，而是一名颇富实干才能的政治家，值得信赖。

在拆毁费城时，公山不狃聚众反抗，率费邑人袭击鲁国都城曲阜。一时情况危急，叛军的箭羽直逼仓皇避难于武子台的定公，幸亏孔子准确的判断和指挥才得以化险为夷。子路再次为老师的实战本领所折服。他虽深知孔子的政治家手腕，也知孔子膂力强大，但还是没想到在实战中孔子居然能展现出如此卓越的指挥才能。当然，子路自己也身先士卒、英勇战斗。久未挥舞的长剑也还能派上用场。总之，比起研读经书字句、修习古礼，直面粗野的现实并与之较量的生活方式更符合子路的性情。

一次，为与齐国屈辱地媾和，定公携孔子会齐景公于夹谷之地。孔子谴齐无礼，并痛斥景公及群卿诸大夫。本是战胜国的齐国，君臣上下皆心惊胆战。于子路，这也是足以令人由衷称快之事。自那时起，强国齐开始忌惮邻国之相孔子，或者说是忌惮在孔子施政下日益富强的鲁国。齐煞费苦心，使出了一条极具古代中国特色的苦肉计。齐赠与鲁一群能歌善舞的美人，欲以此扰乱鲁侯心性，离间定公和孔子。而更具古代中国特色的是，这一幼稚计策在鲁国国内反孔派的推波助澜下，竟立刻奏了效。鲁侯耽于女乐，不理国政。季桓子及其下一众大臣纷纷效仿。子路第一个愤慨不已，正面冲突后辞了官。孔子并未像子路那样早早断念，而是尽一切所能想挽回局面。子路则一心想让孔子早日放弃。倒不是怕老师会有辱臣节，只是实在无法忍受看着老师置身于这种不堪的浊气之中。

当孔子的坚持也终于不得不放弃时，子路如释重负。他欣然跟随老师离鲁国而去。

既是作曲家也是作词家的孔子，回首渐行渐远的都城，不禁唱道：

"彼妇之口，可以出走。彼妇之谒，可以死败。……"

如此，孔子便开始了漫长的周游列国之旅。

七

　　子路有个巨大的疑问，从年少时起就一直感到困惑，不论长大成人或是步入老年，不变的是对此依然困惑。这是对一种司空见惯、所有人都见怪不怪的现实的疑问——为何邪道猖獗，而正道饱受蹂躏？

　　每每遭遇这样的现实，子路都会不由得悲愤填膺。为何？为何如此？人们常说，哪怕恶猖獗一时，也终将恶有恶报。或许的确时有恶报，但，这难道不是人终会衰亡的普遍现象吗？善人最终获胜的事例，在遥远的过去未可知，如今这世道连听闻都几乎没有。为何？究竟为何？于大孩子子路而言，唯有此事令他愤慨不已、怒不可遏。

　　子路顿足捶胸地思量，究竟天为何物？天又看到了些什么？若此般命运是上天的造化，那我便要反抗这天！正如上天对人与兽不加区分那样，对善与恶也不加区别吗？还是说，所谓正邪不过是人与人之间暂时的规定？每当子路带着这些问题去请教孔子时，结果总是一样，被教育一通什么才是人类真正的幸福。行善的回报难道只有对行善本身的自我满足吗？在老师面前似乎感觉自己被说服了，可一旦退下独自思考，便还是残留着无论如何都无法释然的部分。如此牵强附会解释而来的幸福令他无法接受。若善报不是以一种令谁都心悦诚服、清晰可见的形式应验于义士的话，那还有何意义。

对上天的这种不满，他在老师的命运中感受最为强烈。如老师这般超乎常人的大才大德，为何须忍受如此的怀才不遇呢？家庭生活未得到眷顾，年迈之后还不得不四处漂泊、颠沛流离，为何如此不幸要降临到老师身上？某夜，听到孔子独自言语："凤鸟不至，河不出图，吾已矣夫。"子路禁不住热泪盈眶，孔子感叹的是天下苍生，而子路为之落泪的却不是天下，是孔子一人。

从为此人、为时世落泪那时起，子路便心意已决。定要成为盾牌，保护此人免受这浊世的侵害。作为从精神上指引和保护自己的回报，就让自己为老师承担一切世俗的劳苦污辱吧。虽有僭越，但子路认为这是自己的使命。或许自己才学不如后生诸弟子，但一旦发生什么事，率先为夫子奋不顾身的定是自己。他深信这一点。

八

"有美玉于斯，韫椟而藏诸？求善贾而沽诸？"当子贡发问时，孔子即刻答道："沽之哉，沽之哉！我待贾者也。"

孔子也正是带着这样的心情开始周游列国。追随他的弟子们也自然大多想待价而沽，但子路认为未必非沽不可。在先前的经历中他已体会到手握实权断然推行自我主张的快意，但那必须有一个先决条件，就是一定得在孔子手下。若不能如此，那自己宁可选择"被褐怀玉"的活法。哪怕终生做孔子的看门犬，也无丝毫悔意。并非全无世俗的虚荣心，而是他觉得倘若贸然为官，只会损害自己独有的磊落阔达。

追随孔子周游列国的有各色人等。有行事果敢的实干家冉有；温和敦厚的长者闵子骞；喜好钻研的掌故家子夏；略带诡辩之风的享乐派宰予；气骨棱棱的慷慨之人公良儒；身材矮小的愚直之人子羔（相传孔子身长九尺六，子羔只及孔子腰间）。无论从年龄抑或从威望，子路无疑都是众弟子之首。

子贡虽比子路小整整二十二岁，但他的确是个出类拔萃之才。比起向来被孔子盛赞的颜回，子路更推许子贡。颜回像是被抽掉了坚韧的生命力和政治性的孔子，子路并不喜欢他。这绝非嫉妒。（据说子贡、子张等人见到老师对颜渊非同寻常的热情，总抑制不住心中妒忌。）因为子路与之年纪相去甚远，加之子路本来生性就不拘小节。只是，他完全无法理解颜渊这种被动柔软的才能到底好在哪儿。首先，子路不喜欢他缺乏活力。而子贡则不同，虽略显轻佻，但总是充满才情和活力，更合子路的性情。惊叹于这个年轻人头脑敏锐的不止子路一人。和他的头脑相比，人格部分还尚未成熟，不过这只是年龄的问题。有时子路也会因他过于轻佻而气愤、大声呵斥，但总体来说，子路还是觉得这名青年后生可畏。

某次，子贡对他的几个朋友如是说。——虽说夫子厌恶巧辩，但夫子自身就过于善辩。这需警惕。与宰予之类的巧辩完全不同。宰予之辩，技巧太过引人注目，因此能予听者愉悦，却无法令人信服，故反而安全。而夫子之辩则全然不同。流畅不足，却有让人绝不生疑的厚重，不以谐谑，而以意味深长的比喻，任何人都无法抵挡。当然，夫子所言，九分九厘都是无谬的真理；夫子所为，亦九分九厘为吾辈之楷模。但尽管如此，所剩那一厘——令人绝对信服的夫子的雄辩之才中，仅那百分之一，有时用作对夫子性格（他性格中，与绝对的普遍真理不尽一致的极小部分）的辩护。需要警惕的正是这部分。这或许是由于我与夫子过于亲近才有的吹毛求疵。后世奉夫子为圣人，那是再理所当然不过。如夫子这般接近完人之人，前无古人，想必也后无来者。我想说的只是，即便如夫子这样的人，也会残存极微小的须警惕之处。像颜回那样跟夫子性情相似之人，定是丝毫察觉不到我所察觉的不满吧。而夫子屡屡对颜回盛赞有加，难道不也是因为这相近的性情吗？……

黄口小儿胆敢批评师父，真是狂妄！子路不悦，他心里清楚，子贡这么说是出于对颜渊的嫉妒，但他也察觉到子贡所言不容小觑之处。因为有关性情的差异，子路也觉得有几分道理。

这个自大狂妄的小子有种奇妙的才能，便是将我等只能茫然略察一二的东西道个清楚明了，子路对此既佩服又蔑视。

子贡曾问过孔子一个奇怪的问题："死人有知无知也？"这是关于死后有无知觉，灵魂灭与不灭的疑问。孔子答得巧妙："吾欲言死者有知也，恐孝子顺孙妨生以送死也；欲言无知，恐不孝子孙弃不葬也。"这答非所问的回答令子贡甚是不满。孔子当然清楚子贡提问的用意，但孔子始终是个现实主义者、日常生活中心主义者，因此他意欲引导改变这个出色的弟子所关心的方向。

子贡不满，于是将此事说与子路听。子路对此类问题并无兴趣，比起死亡本身，他更想了解老师的生死观，故一日问起关于死的问题。"未知生，焉知死？"这便是孔子的回答。

正如此！子路佩服得五体投地。但子贡却觉得自己又一次被巧妙闪躲。子贡脸上明显写着：这当然没错，但跟我说的岂是一回事。

九

卫国灵公是位意志极其薄弱的君主。虽说尚未愚笨到分不清贤才与不才的地步，但喜阿谀谄媚，不喜逆耳忠言。当时左右卫国国政的便是他的后宫。

夫人南子素有淫乱之名。还是宋国公主时，便与出了名的美男子、她的异母兄长公子朝有染，成了卫侯夫人之后竟还把公子朝招到卫国，委以大夫之职，并保持着不正当关系。南子是个颇有才能的女人，时常干政，灵公对这位夫人言听计从。想进谏灵公者，必先取悦南子，这已成惯例。

孔子由鲁入卫时，奉召觐见灵公，却未另行至夫人南子处拜候。南子不悦。立即使人谓孔子曰："四方之君子不辱欲与寡君为兄弟者，必见寡小君。寡小君愿见。"

孔子不得已而见之。夫人南子在稀帷（用细葛布做成的帷帐）后接见孔子。孔子北面行稽首之礼，南子再拜还礼时，身上环佩玉声璆然。

孔子自王宫归来后，子路胸中不快溢于言表。他本希望孔子将南子之邀置之不理。当然他绝不认为孔子会被妖妇诓骗，但本该无尚纯洁的夫子对污秽之妇低头，仅此就足以令人不悦。好比珍藏美玉之人，连美玉表面映照不净之物都唯恐避之不及。而孔子再次看到，子路既是才能卓越的实干家，又像比邻而居的大孩子，看那大孩子总也不见成熟，既好笑又为难。

一日，灵公遣使者前来。说想与孔子同乘一车环游都城，同时请教一些问题。孔子换好衣服欣然前往。

南子见灵公把这个身材高大、一本正经的老头奉为贤者，礼遇有加，心中已然不悦。更别说二人要抛开自己，同车巡游，这更是不能容忍。

孔子谒见灵公，退到殿外欲乘车之际，只见盛装打扮的南子夫人已坐于车内，没了孔子的位子。南子不怀好意地笑着注视灵公。孔子极为不满，冷眼看着灵公如何处

085

置。灵公自觉面目无存，垂下眼帘，但对南子也不敢多言，只得默不作声地为孔子又指派了一辆车。

两辆车游走在卫国都城内。前面的四轮豪华马车上，与灵公比肩而坐、容姿美艳的南子夫人如同牡丹花般光彩夺目。而后面那辆寒酸的二轮牛车里，神情落寞的孔子正襟危坐。沿途的百姓不禁蹙眉，发出阵阵低声叹息。

人群中的子路目睹了这一幕。想起灵公派使者来传话时夫子的欢喜模样，不由得怒火中烧。此时，故弄娇声的南子正好从眼前经过。子路勃然大怒，攥紧拳头欲拨开众人一跃而出。不料却被人从背后拽住。子路想挣脱，他怒目回望，原来是子若与子正二人。他见二人拼命拉住自己衣袖，眼里噙着泪水，这才终于放下了举起的拳头。

翌日，孔子一行离开了卫国。"吾未见好德如好色者也。"这便是当时孔子的哀叹。

十

叶公子高甚好龙。于居室雕龙，于帷帐绣龙，日常起居皆以龙为伴。真龙闻之大喜，一日飞降叶公家里，窥头于牖，施尾于堂。叶公见之，弃而还走，失其魂魄，五色无主，形容狼狈。

诸侯皆好孔子贤名而非孔子，无一不是叶公好龙之辈。真实的孔子于他们而言过于高大了。待孔子以国宾之礼者有之，起用孔子门生者亦有之。然，无一国愿奉行孔子的政策。在匡城险些受暴民凌辱，在宋国遭奸臣迫害，在蒲地又遇恶徒袭击。诸侯的敬而远之，御用学者的妒忌，政客们的排挤，这就是等待着孔子的一切。

即便如此，孔子和他的弟子们讲诵不止、切磋不怠，不知疲倦地继续周游列国。"鸟则择木，木岂能择鸟？"此言虽居高自傲，但绝非愤世嫉俗，终还是寻求为人所用。且寻求为人所用也并非为己，而是为天下，为大道——令人惊讶的是他们真心真意这么想。穷困也常怀明朗，艰难也不舍希望。他们真是不可思议的一行人。

一行人应昭王之邀前往楚国时，陈、蔡两国大夫共同谋划，秘密纠集暴徒，将孔子等人围堵在途中。他们畏惧孔子为楚所用，意欲从中阻挠。遭暴徒袭击并非第一次，但这却是最危险的一次。粮道被绝，一行人长达七日无法生火做饭。由于饥饿、疲累，疾病者也接连出现。弟子们困惫、惶恐，唯独孔子气力不衰，如平素一样弦歌不辍。子路不忍目睹众人的疲惫不堪，稍带厉色，走到抚琴的孔子身旁，开口问道："夫子之歌，礼乎？"孔子不应，继续抚弦而歌。待曲终才对子路说："由来！吾语汝。君子好乐，为无骄也；小人好乐，为无慑也。其谁之子不我知而从我者乎？"

子路一瞬间不敢相信自己的耳朵。身处如此险境，竟还为了不骄傲而奏乐？但他很快就领会了夫子心意，顿时开朗，执干戚①而舞。孔子鼓琴与之相和，三曲而终。一旁的众弟子也暂时忘却了饥饿和疲惫，沉浸在这刚毅的即兴之舞中。

同是遭厄于陈蔡时，子路看到无法轻易解围，问："君子亦有穷②乎？"如依老师平日所讲，君子不该有穷。

孔子立刻答道："穷于道之谓'穷'。今丘也，抱仁义之道以遭乱世之患，又有何'穷'？若衣食不周谓之'穷'，则君子固'穷'，小人则不同。"这便是君子与小人之不同。子路不禁面红耳赤，他感觉自己被指出了心底的小人之心。看着以穷困为命运，临大难而不改色的孔子，子路不得不感叹，此乃真正大勇之人。自己曾引以为傲的白刃当前目不转睛之勇，是何等的渺小！

十一

在从许国前往叶国的途中，子路落后于孔子一行人，独自走在田间小路上，偶遇一身担竹筐的老者。子路轻轻行一礼后问道，可曾见过夫子？老者停下脚步，冷冷答道："夫子夫子，我哪里知道谁是你的夫子？"接着，用锐利的目光将子路打量一番，又轻蔑地笑道："看起来你是个四体不勤、五谷不分，整天在空洞理论中度日之人

---

①干戚：干，盾；戚，斧。亦指武舞。
②穷：不得志。

哪。"说完便钻进旁边的田地里,头也不回地拼命除起草来。子路心想这定是位隐者,于是朝老者拱手一揖,站在路边等待他接下来的话。老者却默不作声干完手里的活之后来到路边,将子路带回了自己家。已是日暮时分。老者宰鸡炊黍,盛情款待子路,并让两个儿子出来相见。饭后,小酌了几杯浊酒的老者有些许醉意,取过身旁的琴开始弹奏起来。两个儿子和着琴声唱道:

湛湛露斯,匪阳不晞。
厌厌夜饮,不醉无归。

这明明是贫寒的生活,家中却充满了其乐融融的富足。温暖和睦的父子三人的脸上,不时闪过一种智慧的光辉,令人难以忽视。

弹奏完,老者对子路说:"陆行莫如用车,而水行莫如用舟。若推舟于陆,何如?当今之世,想要推行周代古法于鲁,犹如陆地行舟。就算给猴子穿上周公的衣服,猴子必定大吃一惊,将其扯碎。"很显然,老者知道子路是孔子门徒才说的这番话。

老者接着又道:"保全快乐谓之得志。古之所谓得志者,非轩冕之谓也。"

想必淡然无极才是这位老者的理想吧。如此的遁世哲学子路也并非第一次听说。他曾见过长沮、桀溺二人,也曾见过楚狂接舆。但如这般进入他们的生活,共度一夜的经历还是头一次。老者平静的话语和怡然的姿态，让子路感到这无疑也是一种美好的生活方式，甚至心生几分羡慕。

但子路也并非全然接受了老者之言。"与世隔绝固然安乐，但人之为人，也并非在于保全一己安乐。欲洁其身而乱大伦，非人间之道也。道之不能行，吾辈早已知晓，在如今之世推行'道'之险阻亦了然。但不正是因为此乃无道之世，才有必要冒险推行大'道'吗？"

翌日清晨，子路辞别老者急忙赶路。一路上他反复对比孔子与昨夜的老者。孔子的洞察世情绝不逊于那老者，孔子的私欲也绝不胜于那老者，而孔子宁愿放弃保全自己之途，也要为了大道而周游天下。一想到此，子路竟忽然对那老者生出几分昨夜完全没有的憎恶之感。临近午时，终于在遥远前方绿油油的麦田中看到一群人影。从中认出身材尤显高大的孔子的身影时，子路突然感到一阵揪心之痛。

十二

从宋国前往陈国的渡船上，子贡与宰予辩论了一番。争论的焦点是孔子的一句话："十室之邑，必有忠信如丘者焉，不如丘之好学也。"子贡认为孔子的伟大取决于他的天赋异禀；而宰予则认为，非也，后天自我完善的不懈努力发挥了更大作用。宰予说，孔子与众弟子能力的差异是量的差异，而绝非质的差异。孔子所拥有的，人人皆有。只是孔子通过不断地刻苦努力将其一点一滴累积到如今这般宏大。子贡却说，量的差异大至无限，那么终究与质的差异并无二致。况且，能够如那般朝自我完善不懈努力，这本身就是非凡天资的最好证明。那孔子天资的核心为何物呢，"那便是。"子贡说道，"卓越的中庸之本能。无论何时何地，这杰出的追求中庸之本能都让夫子的进退无懈可击。"

一派胡言！子路在一旁满脸不悦。只会夸夸其谈，毫无胆力的家伙！若现在这船翻了，只怕他们会吓得脸色铁青。不管怎样，一旦有事发生，真正能为夫子效劳的只有我。

看着这两个能言善辩的年轻人，子路想到的是"巧言乱德"，自矜于自己的一片冰心。

但子路也并非对老师毫无怨言。

陈灵公与臣下之妻有染，并将那女子的贴身衣物穿在身上，在朝堂上向众臣炫耀。臣子泄冶直言进谏反而被杀。关于百年前的这件事，一弟子问孔子："泄冶正谏而被杀，是与比干谏之死无异，可谓之仁乎？"孔子答："非也。比干与纣王是近亲，又官居少师之位，因此舍身上谏，希望自己死之后，纣王能有所悔悟。其本志情在于仁者也。但泄冶与灵公，并非骨肉之亲，官职又仅是一位大夫，知道国君不正，国家风气不正，应该洁身自好、全身而退才对。他却自不量力，想要以区区一身之力，正一国之淫风，结果白白送了性命。怎么算得上是仁呢。"

那名弟子听完孔子这番话点头退下了。但站在一旁的子路却无论如何也无法苟同。他立刻开口道:"且不论仁与不仁,泄冶不顾自身安危,以一己之力欲正一国之淫乱,岂不超越了智与不智的伟大?不论结果如何,怎么能说他是白白送了性命呢?"

"由啊,你只识得这些小义中的伟大,而看不到更深远之事。古之士者,国有道则尽忠以辅之,国无道则退身以避之。你还不知其中去留进退的玄妙。诗曰:民之多辟,无自立辟。泄冶正是如此啊。"

"那么,"思虑良久后,子路又说道,"最终这世上最紧要的就是考量自身的安危吗?难道不是舍身取义吗?个人进退的妥当与否难道比天下苍生的安危更加重要吗?泄冶若对眼前的乱伦之事仅蹙眉而后全身而退的话,的确或许于他一己之身有益,但于陈国百姓何益?明知无用还以死相谏,这难道不是能影响民风,更有意义之事吗?"

"并非只求保全自身才紧要。若如此,我就不会赞比干为仁者了。只是,即便为大道而舍身,也应思量舍于何时、舍于何地。以智慧去洞察并非只为一己私利。急于舍身亦非有能之辈。"

听夫子这么一说,子路也觉在理,可还是无法释然。子路感觉老师的教诲中一面说着要杀身成仁,一面又有种将明哲保身视作最上智的倾向。这一点子路想不通。其他众弟子全然感受不到,是因明哲保身早已成为本能,融进他们的血肉了。若仁、义不以此为基石的话,他们定会惴惴不安。

当子路带着难以信服的神色离开时，孔子目送他的背影，愀然说道："邦有道，如矢；邦无道，如矢。子路同卫国史鱼是一类人哪。恐怕他将来难以善终吧。"

楚国讨伐吴国时，有位叫商阳的工尹追赶吴师。

同车的公子弃疾道："为王事，子可执弓。"商阳才拿起弓箭。弃疾又道："子，射之。"商阳这才射死一人。随后立刻将弓收回弓囊。被再次催促后又才拿出弓箭，射死两人。每射死一人都不忍直视。"按照我如今的身份，杀三人已经足以复命了。"于是驱车返回了。

孔子听闻此事，感慨道："在杀人时，也还是有'礼'的呀。"在子路看来，没有比这更荒唐的事了。尤其是所谓"杀死三人也足够了"。其中将个人之行置于国家休戚之上的想法昭然，子路最为厌恶，愤慨不已。子路怫然进曰："人臣之节，当君大事，唯竭尽全力，死而后已，夫子为何以此为善呢？"孔子无可辩驳，笑着答道："不错，如你所说，我只是欣赏他那种不忍杀人之心而已。"

十二

孔子进出卫国四次，滞留陈国三年，周游曹、宋、蔡、叶、楚等国，子路始终追随在孔子左右。

事到如今，已不再寄希望于有诸侯能推行孔子之道，但不可思议的是子路不再焦急。世道浑浊、诸侯无能、孔子不遇，曾经对此感到愤懑焦躁，可最近几年，他逐渐明白孔子及追随孔子的这些人命运的意义。

这与消极认命的放弃心态完全不同。虽同样谓之命，但这是一种尤为积极的认命，是"不拘于一小国，不拘于一时代，愿为天下万代木铎①"的使命感的觉醒。在匡地被暴民所困时，孔子昂然道："天之未丧斯文也，匡人其如予何？"这句话的深意，子路如今才真正明白。也明白了老师智慧的伟大之处——无论何时都不绝望，绝不蔑视现实，在既有范围内竭尽全力，他开始认同孔子常以垂范后世为己任的一言一行的意义。或许是被不必要的俗事所妨碍，聪颖的子贡对孔子这种超越时代的使命感领悟较少。倒是朴直的子路，不知是否出于对老师纯粹至极的敬爱，反而悟得孔子此人的伟大之处。

漂泊的岁月年复一年，子路也已到知天命之年。虽不能说磨去了棱角，但人格的厚重之感确有增加。后世所谓"万钟于我何加焉"的气节，还有其炯炯的目光，他早已褪去穷困游侠的狂妄，已具堂堂一家风范。

十四

孔子第四次造访卫国时，应年轻卫侯和正卿孔叔圉之请，推举子路在卫国效力。出走鲁国十余年，当孔子被故

①木铎：木舌的铃。古代施行政教、传布命令时用以振鸣惊众。

国迎回之时，子路作别恩师留在了卫国。

十年来，卫国在南子夫人的乱行之下纷争不断。先是公孙戍企图排挤南子反遭谗言，亡命鲁国。接着灵公之子蒯聩欲刺杀后母南子，落败而逃往晋国。灵公去世时太子之位空缺，不得已将亡命太子的儿子，年幼的公子辄推上王位，是为卫出公。亡命的前太子蒯聩借晋国之力潜入卫国西部，觊觎卫侯之位，虎视眈眈。儿子戒备抵抗，而父亲欲夺位掌权。子路将任职的卫国就是这样一副光景。

子路的工作是作为孔氏之宰治理蒲地。卫国孔氏是如鲁国季孙氏的名门望族，族长孔叔圉是久负盛名的大夫。蒲地乃先前遭南子进谗言迫害而亡命的公孙戍的旧领地，因此，当地人对驱逐了主人的现政府事事反抗。蒲地本就民风凶悍，子路自己也曾随孔子在此地遭暴民袭击。

就任前，子路去拜访孔子，对"邑多壮士难治也"的蒲地之事，求孔子赐教。孔子曰："恭而敬，可以摄勇；宽而正，可以怀强；温而断，可以抑奸。"子路拜谢恩师，欣然赴任。

到任后，子路先召集了当地的豪强和叛民，开诚布公地与他们谈心。这并不是使他们就范的手段，而是谨记孔子常说的"不可不教而诛"，故先向他们表明自己的意图。子路毫不作态的坦率似与粗野之地的民风相投，壮士们全都对子路的明快阔达心悦诚服。加之近来，子路已扬名天下，人称孔门首屈一指的好汉。"片言可以折狱者，其由也与？"孔子对子路的这一称赞之辞也被添油加醋地四处流传。能折服一众蒲地壮士，也有这名声的功劳。

三年后，孔子偶然途经蒲地。一踏进领地，孔子便说："善哉，由也，恭敬以信矣。"进入城邑时，孔子又道："善哉，由也，忠信以宽矣。"行至子路宅邸时，又道："善哉，由也，明察以断矣。"子贡手执缰绳问孔子，还未见子路为何如此盛赞于他？孔子答，进入他的地界，农田耕作良好，广开荒地，深挖沟渠，这是因为他恭敬有信，因此他的民众尽心尽力；进入城邑，民宅整齐，树木茂盛，这是因为他忠信有宽，所以百姓安居乐业；来到他的庭前，庭甚清闲，从者仆童安分守己，这是因为他明察秋毫且公正果断，因此政事有条不紊。虽然还未见到子路，已经见到他的政绩了。

十五

鲁哀公于西方大野狩猎捕获麒麟的时候，子路从卫国暂回鲁国。彼时正逢小邾国大夫射叛国投鲁。这个男子与子路有一面之缘，说道："使季路要我，吾无盟矣。"依当时的惯例，亡命于他国之人，要先得投奔之国盟誓，保全自身性命，才能安居。但此小邾国大夫竟说："只要子路肯做担保，便不需要鲁国的盟誓。"所谓子路无宿诺，是因为他的信与直已为世人所知。

但子路却冷冷地一口回绝。有人问道："不信千乘之国的盟约，而信你的一句话。这岂不是男儿平生夙愿，你为何不以为荣,反以为耻呢?"

子路答道:"假如鲁与小邾发生战事,即使让我死在他们城下,我也会欣然答应。射是个卖国的奸臣,如果我替他担保,就等于我认可了卖国贼。这样的事能不能做,还需要考虑吗?"

了解子路的人,听闻此事,都不由得会心一笑。因为这正是子路的作风啊!

同年,齐国陈恒弑君。孔子斋戒三日后,来到哀公面前,恳请哀公为大义伐齐。一共请求了三次。而哀公惧齐国强大,置之不理。只令其与季孙商议。季康子当然也断不可能赞成此事。

孔子从君前退下后,与旁人道:"我忝列大夫之末,不能不说。"明知进言也无用,但以自己身居其位不得不姑且一试。(当时孔子被尊为国老。)

子路听闻后脸色阴沉。夫子所为之事,难道只不过是完成形式而已吗?只要履行形式,哪怕没法实行也毫不在乎吗?老师的义愤仅此而已吗?

已受教近四十载,两人之间鸿沟却依然难以逾越。

十六

子路暂回鲁国这段日子,卫国的政坛顶梁柱孔叔圉去世了。他的未亡人、亡命太子蒯聩的姐姐伯姬登上了政治舞台。她的儿子悝虽继承了父亲孔叔圉之位,但也只是傀儡而已。于伯姬而言，现在的卫侯辄是她的外甥，觊觎王位的前太子蒉聩是她的弟弟，关系亲疏应不分彼此。但因为其中复杂的爱憎、利欲的纠葛，她一心只为弟弟筹谋。丈夫死后，她宠幸仆从中的美男子浑良夫，令其往来于自己和弟弟蒉聩之间传递消息，密谋想要驱逐当今卫侯。

子路再次返回卫国时，卫侯父子之争愈演愈烈，总能感受到政变即将爆发的浓烈气息。

周昭王四十年[①]闰十二月某日。临近黄昏时分，有名使者慌忙闯入子路家中，此人是孔家的家臣栾宁派来的。他带来口信："今日，前太子蒉聩潜入了都城。方才已入孔宅，与伯姬、浑良夫一起胁迫主人孔悝拥戴自己为卫侯。大势已难挽回。我（栾宁）正准备侍奉当今卫侯逃往鲁国，后事还望多费心。"

"该来的还是来了，"子路心想。无论如何，孔悝是主，主人被捕并受到胁迫，岂有坐视不管之理。子路抓起剑，直奔孔府。

来到外门，子路正要进去，迎面撞上一个从里面跑出来的小个子，是子羔。子羔乃同门后辈，经子路推荐做了卫国大夫，是个正直但气量小的男人。子羔与子路道："内门已经关上了。"子路道："不管怎样，我还是要去看看。"子羔又道："已经没用了，没准还会遭难。"子路厉声呵："既然食孔家之禄，怎能避难呢。"

[①]周昭王四十年：此处年代应为周敬王四十年。

子路甩开子羔，到内门一看，果真已从里锁死。子路咚咚猛叩门。只听里面高声喊："不可入内！"子路怒声责问道："是公孙敢吧，为了避难而变节，我可不是那样的人，食君之禄，就得救君之难。开门！开门！"

此时恰好有使者从里面出来，子路趁机冲了进去。

放眼望去，院内挤满了人。全是因为要以孔悝之名宣布拥立新卫侯而被紧急召唤而来的群臣。众人满脸惊愕与困惑，无所适从。正对院子的露台上，年轻的孔悝被母亲伯姬和叔父蒯聩所控制，被强迫着向众人宣布政变及说明此事。

子路从众人背后朝露台大喊："你们抓孔悝干吗！放开他！就算你们杀孔悝一人，正义之师也不会灭！"

子路是想先救下自己的主公。子路见院内的嘈杂瞬间安静，众人纷纷回头看自己，便开始煽动众人："太子是有名的懦夫。如果放火烧台，他定会害怕，放了孔叔（悝）的。快放火呀！放火！"

已是薄暮时分，院内各处都燃起篝火。子路指着篝火喊道："点火！点火！感念先代孔叔文子（圉）之人，都取火烧台！救孔叔！"

露台上的篡权者大为惊恐，命令石乞、盂黡两名剑客杀掉子路。

子路与二人激烈对战。曾经的勇士子路也终抵不过岁月，渐渐体力不支，乱了呼吸。

众人眼见形势对子路不利，此时才纷纷亮明旗帜。一众骂声朝子路袭来，无数石头和棍棒也打在子路身上。突然，敌人的长戈扫过子路的面颊，冠缨被割断，眼看头冠将落。子路正想用左手扶冠，忽地另一敌人的长剑插入子路肩头。鲜血迸出，子路倒地，头冠掉落。

子路躺倒在地，伸手拾起头冠，端正地戴上并迅速系好冠缨。在敌人的白刃之下，浴血的子路用尽最后力气喊道："看吧，君子是正冠而死的！"

全身被砍成肉酱，子路惨死。

身在鲁国的孔子听闻遥远的卫国发生政变，立刻说道："子羔会回来吧，子路会死去的吧。"当得知自己所言果真应验时，老圣人伫立着闭目良久，终于泪如雨下。

听闻子路遭醢[①]刑，孔子命家中扔掉所有的腌制品，此后，再也不许把肉酱摆上食案。

---

①醢：古代把人剁成肉酱的酷刑。

悟净出世

光阴迅速，历夏经秋，见了些寒蝉鸣败柳，大火向西流。正行处，只见一道大水狂澜，浑波涌浪。忽见岸上有一通石碑。三众齐来看时，见上有三个篆字，乃"流沙河"，腹上有小小的四行真字云：

　　"八百流沙界，三千弱水深。
　　鹅毛飘不起，芦花定底沉。"

《西游记》

一

　　那时，伴在流沙河底的妖怪，约一万三千，妖怪中，无谁似他这般忧郁不安。他说因自己吃了九个僧人而遭报应，那九个骷髅头一直绕在自己项颈周围不散去，而其他妖怪谁也未见什么骷髅头。倘若对他直言："未见啊。恐是你的幻觉。"他便用一种难以置信的目光回望，然后陷入为何自己与旁人如此不同的神伤。其他妖怪遂开始七嘴八舌议论开来："那家伙，岂止是僧人，就连普通人也没吃过几个吧，因为从未有人见过。倒是有人看见他吃些鲫鱼、小鱼虾之类的。"

他常会自言自语，因此妖怪们戏称他为"独言悟净"。他倍感不安，饱受切身悔恨所折磨，心中反复地自我苛责，终化为喃喃自语倾吐出来。有时从远处看，只见些细小的气泡从他口中冒出，其实就是他在低声自语："我乃蠢物。""为何我会这样？""我已无药可救。"云云。时而还自言："我乃被贬天神。"

当时，不仅是妖怪，人们深信所有生灵皆为转世而来。在这河底，众妖皆言，悟净曾是天庭凌霄殿卷帘大将。悟净自己颇为怀疑，却也只得做出一副信了这说法的模样。然而其实所有的妖怪中只有悟净一人暗中怀疑轮回转世之说。就算我乃五百年前天宫卷帘大将转世，那么，昔日的卷帘大将与如今的这个我，还能说是同一个吗？其余姑且不论，首先我没有任何关于昔日天廷的记忆。那存在于我记忆之前的卷帘大将，到底哪里一样呢？是身体一样吗？还是……灵魂一样呢？话说回来，灵魂又究竟是什么呢？一旦他喃喃自语诸如此类的疑问，一些妖怪便嘲笑道："他又来了。"嘲弄者有之，面露怜悯者亦有之："他这是生病了。都怪那恶病啊。"

没错，他确实生病了。

悟净不知病从何时起，亦不知因何而生出这病来。只是，当他有所察觉时，如此这般令人厌恶之物便沉重地笼罩着四周。他做何事都提不起兴趣，所见所闻皆令他意气消沉，他变得讨厌自己、怀疑自己。他连日闭居洞中，陷入了忧思，不进食，只转动眼珠子。有时冷不防地站起来，一边踱步，嘴里嘀嘀咕咕自语一阵又突然坐下。他下意识地完成这一连串的动作。他甚至连"到底要弄清楚什么，自己的不安才会散去呢"也不得而知。只知道，迄今为止理所当然接受的一切，变得难以理解、疑点重重。一直以为完整而统一的事物，如今看来支离破碎，探其部分的究竟，整体的意义却变得全然不解。

某天，一个身兼医者、占卜师和祈祷者的老鱼怪看到悟净，如是说道："哎，可怜哪！这是患了因果之病了。患此病者，一百人中有九十九个只能悲惨地度过一生。原本，我等妖怪之中并无此病，自从我们开始吃人之后，我们之中也偶现患此病者。患病者无法顺从地接受所有的事物。无论看什么、遇见什么都会立即开始思考'究竟为何'，他们试图思考真正的、只有天神才知道的终极奥义。这对生灵来说是禁忌。不去思考那些事是芸芸众生间的规矩，不是吗？尤其糟糕的境地是病人开始怀疑'自我'。为何我认为我是我？将他人认作是我不是也无妨吗。'我'究竟是什么？开始如此思考就是此病最凶险的征兆。怎么样？被我说中了吧？可怜啊！此病无药可救，只能自行治愈。若无特别的机缘，你的愁容恐无舒展之日了。"

二

　　文字的发明早已从人间传到他们妖界，但总的说来，在妖界，文字是被蔑视的。他们认为文字乃死物，怎么可能记录下活生生的智慧（若是绘画，倒还有几分可能）。他们都认定，此乃愚蠢行径，如同欲徒手抓住烟雾还妄想保留其形状。故而，理解文字反而被视为生命力的衰退，众人避之不及。妖怪们都觉得，悟净日渐忧郁，说到底，也定是他看得懂文字之故。

　　他们虽不推崇文字，但并非意味着他们轻视思想。一万三千的妖怪中，哲学家不在少数。只是他们的词汇极度贫乏，因此他们用最为单纯的语言思考着最为复杂庞大的问题。他们在流沙河底开起了各自关于思考的店铺，河底甚至飘荡着一股哲学式的忧郁气味。一聪明的老鱼购买了精致的庭院，在明亮的窗户下，冥想着无悔不朽的幸福。一只高贵的鱼，坐在有着美丽条纹的鲜绿海藻的影子下，边拨弄着竖琴，边赞颂宇宙中音韵之和美。丑陋愚钝、老实巴交、连自己那愚蠢的苦恼都丝毫不加掩饰的悟净，在如此闪着智慧之光的众妖间，自然成了嘲弄的对象。

　　一个看似聪明的妖怪对悟净一本正经地说："真理究竟为何物？"还不等悟净回答，嘴边便浮出嘲讽的笑意，大步扬长而去。又有一个妖怪——这是个河豚精——听闻悟净的病情，特意来访。他推测悟净的病因在于"对于死亡的恐惧"，于是打算专程来嘲弄一番。"有生无死，死至无我。何惧之有？"这是此男妖的逻辑。悟净坦诚地接受了这一说法。因为他本就不惧怕死亡，其病因也根本不在于此。于是，想来嘲笑悟净的河豚精失望而归。

在妖怪的世界，身与心不如凡尘这般分得一清二楚，心灵的疾病立刻就转化为肉体的剧烈苦痛，使悟净备受折磨。不堪忍受的悟净终于决定："此后，无论有多少艰难险阻，无论一路上遭受多少愚弄嘲笑，我也要遍访这河底的所有贤者、医者、占卜师，向他们诚心求教，直到自己参悟为止。"

悟净裹上粗陋的僧衣便出发了。

为何妖怪是妖怪，而不是人呢？因为他们是畸形的，他们任自己的某一特性发展到极端，不惜破坏整体的平衡，甚至到丑陋、非人的地步。

有的极度贪食，于是他的口、腹硕大无比；有的荒淫无度，于是他相应的器官异常发达；有的极度纯洁，于是他除头部以外的器官退化殆尽。

他们都固执地坚持自己的秉性与世界观，全然不懂与他人的讨论也能让自己得到升华。他们过于彰显自我的特性，无法理解探寻他人的想法。因此，在流沙河底，上百种的世界观与形而上学，彼此绝不融合，有些怀抱平和的绝望的欢喜；有些拥有无止境的开朗；有些虽有愿景却也无望地叹息，如无数摇曳的海草飘来荡去，

三

悟净最先去拜访的是黑卵道人——当时最负盛名的幻术大师。大师在并不太深的水底用岩石层层叠叠堆积而成一洞穴，入口处挂着牌匾，上面写着"斜月三星洞"。庵主乃鱼面人身，常使幻术，存亡自在。有传言他冬起雷、夏造冰，让飞禽行走、让野兽翱翔。

悟净侍奉此道人三月，倒不是对幻术感兴趣，是因为悟净认为他精于幻术想必乃真人也，若乃真人定已悟得宇宙之大道，有治愈自己疾病的智慧。然悟净终大失所望。无论是盘坐在洞中巨鳌背上的黑卵道人，还是围着他的数十名弟子，口中说的净是玄幻莫测的法术。再就是如何施法欺瞒对手、如何入手某处的宝物之类的实用方法。全无一人愿意与悟净探讨他所寻求的无用的思想。悟净惨遭蔑视与嘲弄，末了，被赶出了三星洞。

悟净离开三星洞，寻到了沙虹隐士之处。沙虹隐士是一只道行颇深的虾精，腰已弯得似弓一般，一半藏于河底的泥沙之中度日。悟净又在此处停留了三月，小心侍奉，照料隐士日常起居的同时得以接触其深奥的哲学思想。年迈的虾精让悟净帮自己揉着弯曲的腰，面色严肃地对悟净说道：

"万物皆空。这世间还有何好事吗？若有，这个世道也迟早会终结这一点。不必困于艰涩难懂的道理,看看我们身边就好。无止境的变幻、不安、苦恼、恐惧、幻灭、斗争、倦怠。真所谓昏昏昧昧、纷纷若若而不知归处。我等只是立于'当下'此一瞬而生。且脚底的'当下'亦瞬间消散,幻化为过去。时时刻刻皆如是。如同站在流沙斜坡上的旅人,每走一步,脚下的沙都会迅速塌陷,不留痕迹。我等该安于何处?若停驻便会倒下,故不得已一直走下去,这不就是我等的人生。何为幸福?不过是空想之词,绝不是现实状态的表述。只是虚无的希望得到了一个名称罢了。"

见悟净面露惶恐,隐士随即安慰道:

"不过,年轻人啊,不必惧怕。随波逐流者会溺亡,但乘风破浪者便能超脱。超越世间的变幻无常,到达不坏不动之境界也并非不可能。古代的真人常超越是非善恶,忘物忘我,到达了不死不生之境。然而,若以为这种境界是极乐,便大错特错了。无苦亦无乐,凡尘之乐随之消失。无味、无色。虚无乏味,如熔烛似流沙。"

悟净小心翼翼地插话道:"我想问的不是个人的幸福、或如何修炼不动之心,而是关于自我、乃至世界的终极意义。"隐士眨巴着糊满眼屎的双眼回答:

"自我?世界?你真的认为在自我之外,还存在什么客观世界吗?所谓世界,不过是自我在时间与空间之中投影的幻象罢了。若是自我死去,世界也就随之消亡。自己死后世界还存在,这种想法简直俗不可耐,荒谬至极。即便世界消失了，这不可思议、不知原貌的自我，依然会继续存在下去的。

悟净侍奉沙虹隐士第九十日的早晨，这位老隐士在持续数日的剧烈腹痛和严重的腹泻之后，与世长辞了。临终之时却欣慰不已，因为他认为自己的死将抹杀掉客观世界——这个让自己罹患难堪痛苦的腹泻与腹痛的客观世界……

悟净诚挚恭敬地办完后事，含泪踏上了新的旅程。

传闻，坐忘先生经常以坐禅的姿势入眠，五十日才醒一回。且深信睡梦中的世界乃现实，偶尔清醒之时所见的现实才是梦境。悟净千里迢迢来访之时，先生果然正在睡梦中。

因此处是流沙河最深的谷底，河面上的光几乎透不下来，悟净难以辨认，直到眼睛习惯这昏暗，周围景象才模糊浮现于眼前：幽暗的河底石台上，一僧人模样者以结跏趺坐之姿沉沉睡着。此处鲜有鱼类到访，也听不到外界的声响，悟净无可奈何，只得在坐忘先生面前坐下，他试着闭上双眼，周围一片寂静，竟感到失聪一般。

悟净到访的第四日，先生睁开了眼睛。悟净立刻在他眼前慌张地起身行礼，先生似看非看，只眨了两三下眼。两人相对而坐，沉默了一阵之后，悟净战战兢兢地开口道："大师，恕我冒昧，在下有一事请教。究竟'我'

为何物？""咄！秦时䁔钻！（䁔钻是传说中秦始皇造阿房宫时用的吊车，能吊起很重之物，却不够灵活。后成了大而无当之物的代名词。又："秦时䁔钻"出自《五灯会元》等禅宗典籍，用作当头棒喝之悟。）"

随着这声激动的呵斥，悟净猛地吃了当头一棒。他险些跌倒，连忙正襟危坐，片刻后又小心翼翼地重复了方才的问题。这次大棒倒是没有敲下来。坐忘先生张开厚实的嘴唇，周身上下一动不动，似呓语般答道："久不进食而觉饥肠辘辘，这便是你。冬天知道寒冷，这便是你。"然后先生合上了那厚厚的嘴唇，盯着悟净看了一会儿，又闭上了眼睛，此后五十日间不曾睁开过。

悟净耐心地等待着。到第五十日，再次睁开双眼的坐忘先生看着坐在眼前的悟净说："你还在这？"悟净拘谨地回答自己已等了五十日。"五十日？"先生用还在梦境中一般的惺忪眼睛注视着悟净，凝神陷入了一时的沉默。不久那厚重的嘴唇张开了："时间长短的度量只在于感受时间者的实际体会，不明此理者是为愚者。听说在人的世界已有了度量时间长短的器具，可谓播下了日后产生巨大误解的种子。大椿之寿、朝菌之夭，实则长短无异。所谓时间，不过是你我头脑中的一个装置罢了。"说完，先生又闭上了眼睛。悟净明白要想先生再次睁开眼只有再等五十日之久，于是他对着熟睡的先生恭敬地行了个礼，便离开了。

"畏惧吧！颤抖吧！而后，相信神灵！"

一年轻人站在流沙河最为繁华的十字路口高声呼喊着。

"我们短暂的一生淹没于前后漫漫无止境的'永劫'；我们所居的狭小空间被置于不可知亦不为人所知的无限广袤之中。试问谁能不为自身的渺小而战栗不安？我们皆是戴着枷锁的死囚。每个瞬间都有数人在你我面前被处决。你我毫无盼头，只是等待着轮到自己而已。时不我待啊！这短暂的时间，你要在自我欺瞒与麻痹中度过吗？被诅咒的懦夫！你打算仗着那可悲的理性自我满足吗？傲慢而自不量力之徒！你那贫瘠的理性与意志，连个喷嚏都无法左右，岂非如是乎？"

皮肤白皙的青年涨红了脸，声嘶力竭地叱责着。那如女性般高雅的风姿里竟潜藏着这等刚烈。悟净一面大为震惊，一面看着他美丽的瞳仁出了神。悟净从青年的话语里感到如火般的神圣箭矢直戳自己的灵魂。

"我们能做的，唯有敬爱神灵、憎恶自我而已。万不可自大地以为自己是独立的实体，自己仅是部分，要始终以整体的意志为自我的意志，为了整体而度过己生。与神合二为一才能化而为灵。"

这确实是圣洁而睿智的灵魂之音，悟净想，但尽管如此，他还是觉得自己眼下如饥似渴寻求的并非这样的神灵之声。教诲犹如一剂良药，但药不对症（给患疟疾者开治疗疖子的药）也无济于事。

在离十字路口不远的道旁,悟净看到了一个丑陋的乞丐。背佝偻得厉害,高耸的背脊吊着身体,五脏全都向上移,头顶落得比肩都低,下巴遮住了肚脐。加之从肩头到背部全是发红溃烂的疖子,原貌尽毁。悟净不禁驻足叹了口气。蹲着的乞丐闻声晃动不利索的脖颈,浑浊充血的眼珠向上一翻,目光锐利,露出只剩一颗的长门牙,咧嘴诡异一笑。而后,甩动着两条被吊着的手臂,东倒西歪地走到悟净脚边,仰面看着悟净道:

"竟以同情的目光看我,真是不自量力!年轻人啊,你是否觉得我是个可怜的家伙?我却看你才可怜可悲。我这副模样,你肯定以为我怨恨造物之主吧。何故?何必?我反而要盛赞造物之主呢,让我长成这珍奇的模样,我甚至期待今后自己会变成怎样有趣的样子。若左臂变成雄鸡,那就让我为世人报晓;若右臂变成弹弓,那就抓一只鸭来做成炙肉;若尻变为车轮,灵魂化为马,那没有比这更胜的坐骑了,便利哉!怎样?大吃一惊吧。我大名子舆,与子祀、子犁、子来三人乃莫逆之交。我等皆是女偶氏的弟子,已超脱万物之形入不生不死之境,水火不侵,睡无梦,醒无愁。前些天我们四人还谈笑风生,道我等以无为首、以生为背、以死为尻。啊哈哈哈⋯⋯"

笑声令人毛骨悚然,悟净不由一惊,但又觉得或许这乞丐才是真人。他所言若属实那还真是了不得。然此人的言语和态度中让人感觉有几分炫耀的意味儿,令人怀疑他是忍着痛苦勉强吐出些豪言壮语,且他的丑陋与脓水的恶臭让悟净生理性厌恶。悟净虽心里大受震动，但仍打消了在此侍奉这乞丐的念头。只不过方才提到的女偊氏，悟净倒想去求教一番，遂吐露了心思。

"啊，师父吗？师父结庐在往北二千八百里，这流沙河与赤水、墨水的交汇处。若你悟道之心足够坚定，想必师父定会谆谆垂训于你。你就在那好生修行吧。也请代我问候师父。"可怜的驼背尽全力端起双肩，趾高气扬地说。

四

悟净奔着流沙河与墨水、赤水的交汇处，向北开始了自己的旅程。夜晚他在芦苇丛中入梦，破晓后又在漫无边际的水底沙地中一路向北。他一日不停地赶路，时而见到银鳞飞舞怡然自乐，不禁怅然叹息为何只有自己一人忧心忡忡。途中若遇上有名的修行得道者，便一一登门求教。

悟净前去拜访了以贪食和力大闻名的虮髯鲇子，这位肤色黝黑、身形魁梧的鲶鱼怪捋着长髯训诫道："拘于远虑，必生近忧。通达者非通观全局也。好比这条鱼——"鲇子当即抓住一条从他眼前游过的鲤鱼，塞进嘴里大口大口啃了起来，"这条鱼啊，这鱼为何从我的眼前经过，又为何成了我的口中食，深究其中因缘着实符合得道仙人之举，但若捕鱼前还困于思索，猎物不早就跑了。先迅速抓住鲤鱼，放入口中后再来思索也不迟。我看你就是总困于一些荒谬高深的问题，诸如鲤鱼为何是鲤鱼，鲤鱼和鲫鱼有何不同之类的形而上学的思索，却放走了眼前的鲤鱼。你那忧郁黯淡的目光就是最好的证明。怎样？我说中了吧。"悟净听完垂丧着脑袋，他说的确实没错。妖怪此时已将鲤鱼啃完，眼神贪婪地转向悟净那耷拉着的脖颈，突然，目露凶光，喉咙咕嘟咽了下口水。悟净正巧抬头，霎时间感觉危险逼近，随即抽身避让。妖怪那刀一般的利爪以骇人的速度掠过悟净的咽喉。一击未中，妖怪贪婪的脸上燃起了愤怒，狠狠地朝悟净扑将过来。悟净奋力蹬水，扬起一股烟雾般的泥沙，仓皇逃出了洞穴。"狰狞凶猛的妖怪给自己好好上了一课，真是切身体验了残酷的务实主义。"悟净心有余悸地想。

无肠公子因宣扬爱护邻里、乐善好施而远近闻名，悟净前去听他布道之时，眼见这位圣僧中途忽感饥饿，将自己的孩子抓起二三只大口吃掉（他本是只螃蟹精，一次能产卵无数孵化成子），悟净瞠目结舌。

慈悲为怀、忍辱负重的布道圣人如今却在众目睽睽之下将自己的孩子抓来吃了。吃完之后仿佛忘记了此事一般，再次宣扬起慈悲之心。他恐不是忘了，而是刚才的充饥之举完全是无意识的。或许其中正有我应当学习之处呢——悟净冒出些奇怪的想法。

我的生活里是否有如此本能的忘我的瞬间呢——他觉

得获得了宝贵的教训，跪下拜了一拜。不，如此这般，任何事物皆须诉诸于概念性的解释否则难以心安，这正是我的弱点——悟净重新整理思绪。教诲不该被加工封存，而是应该接受其鲜活的原貌，对了！原来如此！悟净又跪拜一次，这才恭恭敬敬地离开。

蒲衣子的庵堂是个不同寻常的道场。弟子仅有四五人，所有人都遵循着师父的足迹，探究自然的奥秘。与其说是探求者，倒不如说他们是陶醉者。他们所做之事仅是观赏自然，并深深地融于自然的美妙和谐之中。

"最重要的是感受。要将自己的感官锤炼到至美聪慧。思考之流若远离自然美的直观感受，那就仅仅是灰色的梦。"弟子中的一人如是说。

"潜心静气凝望自然吧。白云、晴空、和风、瑞雪，薄冰微蓝、红藻摇曳，夜晚水中的硅藻似繁星点点，鹦鹉螺旋状的花纹，紫水晶的透亮，石榴石的暗红，萤石的碧绿。它们都在美妙地讲述着自然的秘密。"他的话语仿佛诗人的诗句一般。

"尽管如此，解读自然的暗语如今也只迈出了一步，幸福的预感骤然消失，我等又不得不再次端详自然美丽又冷峻的侧脸。"其他的弟子接着说，"这是你我的感官修炼得还不够，未能真正深潜内心之故。我等还须多加努力。想必假以时日，就能拥有师父所说的'观即是爱，爱即创造'的瞬间。"

其间，师父蒲衣子一言不发，只聚精会神地端视着手心里的一块鲜绿色孔雀石，目光平静而不胜欢喜。

悟净在此庵堂停留了约一月之久。他和众弟子一起做自然的诗人，赞颂宇宙的和美，祈愿能与宇宙最深处的生命融合。他感到这并不是属于自己的地方，但却被他们宁静的幸福所吸引。

众弟子中，有一非比寻常绝美的少年。肌肤如银鱼般透亮，一双黑眸如梦幻般炯炯，额头的几缕鬈发如鸽子胸前的羽毛般柔软。心中蒙着些许忧愁时，他俊美的面容上就会挂起朦胧的阴郁，好似薄雾蒙住皓月；欢喜时，恬静澄澈的瞳仁便熠熠生辉，如同夜空中闪亮的宝石。师父也好朋辈也罢，都喜爱这少年。这少年的心天真纯粹，不知猜疑是何物。只是过于美好、过于纤弱，仿佛有贵气萦绕，让大家颇感不安。他一有时间，就将琥珀色的蜂蜜滴到白石上画旋花。

在悟净离开庵堂四五天前，少年于清晨出走再也没回来。和他一同出行的一名弟子带回了不可思议的消息：在自己没注意时，少年忽然与水融为一体了，自己亲眼所见千真万确。其他弟子都笑道怎会有这等荒唐事，但师父蒲衣子严肃地点头道："或此言不虚，那孩子或许如此吧，因为，他过于纯粹了。"

悟净思考着欲取自己性命的鲶鱼怪之凶悍与融于水中消失不见的少年之美好，辞别了蒲衣子。

继蒲衣子之后，悟净来到了斑衣鱖婆处。斑衣鱖婆是个已五百来岁的女妖怪，但她肌肤柔美，与少女无异，她那婀娜的身姿令铁石心肠的硬汉都心神荡漾。这老女妖以穷尽肉体的欢愉为唯一的生活信条。后院房间连成一排，她搜罗了数十个容貌端正的年轻男子。当她作乐沉湎其中时，便屏退亲友、断绝交游、深藏后院之中夜以继日，三个月才出来见人一次。悟净到访之时正好赶上她三个月一次露面的时机，有幸得见老女妖。鱖婆绰约的姿容中透出几分懒散的疲惫，她听闻是问道之人，便对悟净说："此即是道，道即是此啊！圣贤之教也好仙哲的修行也罢，其目的都是为了将这无上心醉神迷的瞬间持续下去。你想想，在这世间享受'生'本就是于百千万亿恒河沙劫无限的时间中难遇难得之事。同时，'死'以令人愕然的速度降临到我们头上。我等以难得的'生'等待着司空见惯的'死'，除此道之外，究竟还能思考些什么呢？啊，那浑身酥麻的欢愉！那永远新鲜的迷醉！"

女妖醉了似的眯起妖艳的双眼喊道："恕我直言，你过于丑陋无法留于我的庭院，因此我可以告知以实情。我后院中每年有数百人的年轻男子力竭而亡。可是啊，我告诉你，他们全都满心欢喜，认为自己不枉此生、死得其所。没有一个人抱怨过留在此处，倒是有人因死期将至无法继续享乐而心有不甘。"

鱖婆投来怜悯的目光，似乎在同情悟净的丑陋，最后又补充道："所谓德，乃行乐事之能力也。"

悟净庆幸因样貌丑陋未能成为每年死去的百人之一，他继续踏上自己的旅程。

贤哲们的训诫众说纷纭，悟净全然无所适从。

"'我'为何物？"对于他的问题，一贤者如是说："你先叫唤一声。若发出'哼哼'的叫声，那你就是猪；若发出'嘎嘎'的叫声，那你就是鹅。"其他的贤者又说："若放弃强行阐述'自己是什么'的话，那认识自己就会变得不那么困难。"又或曰："眼可观一切，唯独看不到自己。'我'终究是自己不可知之物。"

另有贤者道："我就是我。我存在于现在的意识产生之前，无限久远之前（所有人对此都已无记忆）。换言之，过去的我成为了现在的我。而我现在的意识消亡以后，也将存在于无限久远之后。对此，眼下谁也无法预见，只不过待到那时，现在的我的意识定会被全部遗忘。"

还有男子如是说："一个连续的我是什么？只是记忆影像的堆叠。"他接着指点悟净："记忆的丧失本就是每天发生之事。我们忘记了自己已忘记，因此对很多事倍感新鲜，事实上，那是因为我们将所有的一切都遗忘了。昨日之事自不必说，一瞬之前的事情即当时的知觉、当时的情感，所有的一切都在下一个瞬间被遗忘。仅是其中极微小的一部分被模模糊糊地复制，从而留下一点斑驳的痕迹而已。所以，悟净啊，现在这一瞬间无可比拟，不是吗？"

遍历流沙河近五年，悟净往来于众多医者间，他们给相同的病症开出不同的药方，在不断重复这种愚蠢行径之后，悟净最终发现自己一点都没变聪慧。何止聪慧，似乎沦落为轻飘飘的（好像不是自己）不明所以之物。自己以前虽然愚钝，但至少比现在稳重——是肉体上的感觉，但起码有自己的重量。而如今，仿佛变成了毫无重量、一吹便能飞走的东西。外观上涂成了各式各样花里胡哨的图案，内里却空空如也。

这样下去不妙啊，悟净想。他预感到，通过思索去探寻意义之外应该有更为直接的答案。于此类问题上寻求计算似的解答，真是愚蠢之至。此时，悟净已行至河水赤黑浑浊处，他终于抵达了目的地——女偊氏之所。

初见女偊氏，她看上去是个极平凡的仙人，甚至看起来有些迂拙。她并没有使唤来访的悟净，亦没有垂训于他。古语有云，坚强者死之徒，柔弱者生之徒。仙人似乎厌恶"我要学，我要学"之类生硬死板的态度。她只偶尔嘟嘟哝哝，亦非说与别人听。每当这时，悟净就急忙竖起耳朵倾听，但声音过于低微多半都听不清楚。三个月的时间里，悟净最终没有得到任何的教诲。

"贤者知人，不如愚者知己，故自己的病还须自己医治。"这是悟净从女偊氏口中听到的唯一一句话。

三月已满，悟净断念，向师父辞别。见到悟净时，女偊氏难得地垂训于悟净，缕缕道来："没长三只眼便悲悲戚戚乃愚蠢";"指甲、头发的生长不受意志所左右便耿耿于怀乃不幸";"醉酒者坠车亦无大碍";"笼统地思考也并非无益,不思考者的幸福犹如不知晕船的猪一样,只不过困于思考本身是不应该的";云云。

女偶氏说起了自己曾熟识的某个有奇妙智慧的妖怪。那妖怪上至斗转星移,下到万物生死,无所不知无所不晓。他通过颇为玄妙的计算,可得知既往亦可推知将来。谁料这妖怪却十分不幸。这么说是因为某天他突然想到——自己可预见的世间一切,究竟是为何(不是经由怎样的过程,而是根源性的缘由)必然发生的呢?他发现即使通过自己甚为玄妙高深的计算也无法探明其终极的缘由。为何向日葵是黄色?为何草是绿色?为何世间万物乃这般模样?这些疑问让那神力无边的妖怪受尽折磨、绞尽脑汁,最终招致惨死。

女偶氏又说起了另一妖精的故事。这次是个弱小又难看的妖怪,他还是她经常说,自己是为了寻找某个微小但闪着刺眼光芒之物而生。无人知晓那发光之物究竟是什么,总之小妖精执着地追寻着,为其生为其死。最终,虽并未找到所寻之物,但小妖精的一生可谓是极幸福的。女偶氏就这样讲述着,但对于这些故事所蕴含的意义却没有任何解释。只是到最后如此说道:

"懂得神圣纯粹的疯狂是福,懂得之人通过杀死自己来拯救自己;不懂神圣纯粹的疯狂是祸,不懂之人既不杀死自己也不放生自己,只是渐渐地走向灭亡。你要懂得,所谓爱，是更加高级的理解之法；所谓行，是更加明确的思索之法。可怜的悟净啊，无论何事你都不由得浸泡在意识的毒液中。但左右你我命运的剧烈变化皆发生在意识缺席的时刻。你试想啊，你出生之时，你意识到自己的出生了吗？"

悟净恭敬地回答："师父您的教诲，我尤能切身深刻地理解。遍历河底的这些年，我逐渐感到仅凭思索似乎让自己在泥沼里越陷越深，然而又苦于无法冲破现在的自己得到重生。"

女偊氏听了悟净的话说道："溪流行至断崖附近时会先形成一个漩涡，然后再变为瀑布一泻而下。悟净啊，你现在距漩涡仅一步之遥，正踟蹰不前。若往前一步卷入那漩涡中，就会瞬间落入地狱。途中毫无思索、反省、徘徊的空隙。怯懦的悟净啊，你一面怀着恐惧与怜悯遥望那些被卷入漩涡坠落之人，一面犹豫不决自己是否也该纵深一跃如何是好。你明知自己迟早不得不坠入谷底；你明知虽未被卷进漩涡，但也绝对算不上幸福。即便如此，你还是对'旁观者'的位置恋恋不舍不肯离去吗？愚蠢的悟净啊，你难道不知，正在巨大的漩涡中挣扎的众人其实并没有看上去的那么不幸吗？（至少比起心怀犹疑的旁观者要幸福不知多少倍）。"

悟净痛感到师父此番教诲宝贵无比，但他仍觉得有些事无法释然、心有不甘，便就此辞别了师父。

"我再也不向谁问道了，"悟净心想，"一个个都装模作样，事实上什么都不懂。"悟净嘟嘟囔囔地踏上了归途。"'我们就互相假装懂了吧。因为其实彼此都深知谁也不懂。'大家好像在这样的约定下生活着。倘若真有这样的约定，那事到如今，到处叫嚣着'不懂不懂'的我简直就是不识趣、让人头疼的家伙。真是的！"

五

由于悟净迟钝、愚笨，未能展现幡然大悟、见地渊粹等华丽的技艺，但渐渐地，他身上似乎发生了隐形的变化。

起初是一种赌徒的心理。一条路是无尽的泥泞，而另一条路虽充满艰险但或许能得到救赎，若只能择其一，众人皆会选后者。那么为何踌躇不前？于是，他头一次察觉到自己的思考中藏着卑劣的功利。自己选择了艰难的道路，历经苦难最终却无法获救，这简直是不可弥补的损失，就是这样的想法在不知不觉间导致了自己的优柔寡断。为了避免徒劳无功而滞留在没有险阻却定会走向灭亡的道路上，这就是自己懒惰、愚蠢、卑劣的心理。在女偊氏之处问道的那段时间里，悟净的心态也逐渐被驱往了某一方向。开始是被迫的，而最终变为了自己主动前进的方向。本以为自己这一路并非为了追求个人的幸福，而是为了探寻世界的意义，可这是最荒唐的错误，他逐渐意识到自己恰是以一种不同的形式，最为执拗地探求着自己的幸福。自己并不是能对世界的意义高谈阔论的伟大生灵,他这么想的时候并非怀有自卑感,反而有一种安慰的满足感。且一股勇气油然而生,他想,在大言不惭之前先探寻那个自己都未知的自己,并将其展现出来吧。犹疑不定之前先尝试吧,不考虑结果的成败,尽全力去尝试,哪怕结局注定失败。一路以来,悟净总是惧怕失败而放弃了努力,如今他已升华到了不惧徒劳的境界。

六

悟净已精疲力竭。

某日,他倒在路旁,就那样沉沉地睡着了。将一切都忘记酣睡起来。他昏昏沉沉地接连睡了好几日,不知腹中空空,亦无梦。

当他忽然睁开眼时,周围一片青白色的明亮。是一个月明之夜。银盘似的春日满月将月色洒下来,浅浅的河底落满平静而皎洁的月光。悟净在酣睡后的畅快中起身。他忽感饥饿,徒手抓住了在身边游来游去的五六条鱼大快朵颐,另一手拿起挂在腰间的葫芦仰面喝酒。真美味!他咕嘟咕嘟地喝,将葫芦里的酒喝个精光之后,心满意足地迈开了步。

四周分外亮眼,河底的细砂粒粒清晰可见。一串串细小的水泡好似水银球一般闪闪发光,沿着水草摇曳着升腾而去。时而有鱼群看到悟净便落荒而逃,腹部的那抹白亮一闪而过，消失在了青绿水藻的阴影中。悟净渐觉陶然，竟然想唱起歌来，差一点儿就放声高歌了。就在此刻，从遥远的地方传来一阵歌声，他驻足聆听，那声音似从河水之上传来，又好似从水底某个遥远的地方传来。声音虽微弱但通透，侧耳倾听，若有若无的歌声唱道：

江国春风吹不起，
鹧鸪啼在深花里。
三级浪高鱼化龙，
痴人犹戽夜塘水。

悟净席地而坐，听得出了神。在被月光染成青白一片的透明水下世界，这平淡的歌声犹如随风消散的狩猎号角一般，隐隐约约却久久回荡。

亦梦亦醒，悟净茫然地蜷缩在那里良久，感觉灵魂温柔地隐隐作痛。不觉间，他进入了一个玄妙的似梦似幻的世界。水草和鱼的身影猝然从他的视线消失，一阵难以名状的兰麝香气突然飘来。他正觉不可思议，便看到两个生人朝自己走来。

前面这人手持锡杖，是个与众不同身材魁伟的男子。后面那人头戴宝珠璎珞，顶上肉髻相，妙相端严，圆光隐约可见，怎么看都不是寻常人。前者走到悟净跟前说：

"我乃托塔天王次子木叉，法号惠岸行者。此乃吾师南海观世音菩萨摩诃萨。天龙、夜叉、乾达婆乃至阿修罗、迦楼罗、紧那罗、摩侯罗伽、人、非人，众生平等，皆得师父垂怜。此番，见悟净你苦心劳力，特现身于此点化于你，当拜谢恭听。"

悟净不由自主垂首而拜，他觉有似美妙的女声——不知是妙音，还是梵音，抑或是潮音——萦绕在耳畔。

"悟净——谛听吾言，善思念之。你不知天高地厚，未得谓得，未证谓证，世尊斥之增上慢。你欲证不可证之事，可谓增上慢之极也。你所求之物，乃阿罗汉、辟支佛都未能求且不可求之物。可怜的悟净——你就此误入了悲惨迷途。若得正观本应成净业，然而你却因心相赢劣陷入邪观，如今苦于三途无量。想必你也无法通过观想度己，故往后你须抛开一切思念，身体力行以求度己。人之行谓之时。当你概观世界时仿佛了无意义，但作用于微处时就生出无限意义。悟净啊，当务之急乃将自己置于应在之处，专注于应做之事。不自量力的'为何'之追问今后定要舍弃。此外，尔无获救之道也。今秋，三个僧人将从东往西横渡这流沙河，乃西方金蝉长老转世的玄奘法师与弟子二人，奉大唐皇帝之命，前往天竺国大雷音寺求取大乘三藏之真经。悟净，你也随玄奘去西天取经吧。这于你是应在之处，应做之事也。途中定会历经苦难，你只须不犹疑、走好脚下的路。玄奘的弟子中有一人名叫悟空，他无知无识，坚信不疑。你还须向他多多学习。"

悟净再次抬起头，眼前已空无一人。他茫然呆立在水底的月光中。奇妙的心情难以言表。脑袋里一片恍惚，思绪万千：

"……世事因人而起，适时而发。若是半年前的我，定不会做刚才那样奇怪的梦吧。……细想来，刚才梦中菩萨的点化与女偊氏、虻蛣蜎子的训诫并无二致，但今晚却有醍醐灌顶之感，怪哉怪哉。当然，我也并不会以梦境自救，可又不知为何，我有一种强烈之感，今晚梦中得菩萨指点的唐僧一行人或许真的会经过此地。所谓世事适时而发啊。……"

悟净想着，久违地露出了笑容。

七

这年秋天，悟净果然得见大唐玄奘法师，借其法力出水，变成人身。于是，与果敢天真烂漫的齐天大圣孙悟空、懒惰乐观的天蓬元帅猪悟能一同踏上了新的旅程。可是，在途中，悟净仍未完全摆脱以前的病症，依然会自言自语。他喃喃道：

"着实怪哉！无法领会！不再强求追寻不懂之事，最终就可算作是懂了吗？真是含混不清！算不上彻底的脱胎换骨啊！哼，哼，实在难以接受。不过无论如何，还是有点值得庆幸——我不再像以前那么痛苦了……。"

——《我的西游记》之中——

悟净叹异

沙门悟净之手记

午饭过后，师父在道旁的松树下小憩，悟空趁此当儿带八戒到附近的空地上练习变化之术。

"你试上一试！"悟空道，"你须当真想着自己变作龙。听着，须当真啊。彻彻底底地想着，抛开所有杂念，可明白？须一门心思地想，真心真意，真得不能再真。"

"得嘞！"八戒闭上眼，双手结印。只见八戒化作五尺有余的大青蛇。我在一旁看着，不禁笑出了声。

"呆子！是否你只能变作大青蛇！"悟空大喝一声。又见青蛇遁形，八戒现身。"俺老猪不行啊！真不知为何如此？"八戒颇难为情地撒娇作态道。

"不行不行！你没有凝神，你这呆子！再试一次。听好了，认真点，聚精会神地想着我要变成龙、我要变成龙。就只剩想要变成龙的意念，让你自个儿消失就成了。"

"得嘞！"八戒又一次结印。这次和之前不同，变出一奇怪的东西来。倒是条蟒蛇，但生着短小的前肢，又像只大蜥蜴。那肚子好似八戒自己的肚子，软乎乎、胀鼓鼓的。只见它伸出短小的前脚向前爬了两三步，笨拙的样子丑不堪言。我又没忍住哈哈大笑起来。

"行啦行啦，别变了！"悟空怒斥道。八戒挠了挠脑袋现出真身。

悟空："都怪你想变成龙的意念还不够彻底，所以你不行！"

八戒："胡说！我已这般尽力，只一门心思想着要变成龙要变成龙。如此心切，如此一心一意。"

悟空："你做不到就说明你的心思不够集中。"

八戒："太过分了！这不就是结果论吗？"

悟空："没错。仅从结果来批判原因当然不是最好的方式，但这多半是世上最实际、最有用的法子。看你刚刚的样子，不正是如此吗？"

依悟空所说，变形之法不外乎只要变形之念无上纯粹、无上强烈，最终就能成。无法变成则是因为意念还未达到至强至纯的境地。法术的修行就在于修炼凝神统一之法，在于将自己的意念凝聚成纯净无垢、无比强烈之念。此修行当然并非易事，可一旦达到那种境界，就无须再如从前那般付出巨大努力，只需心念所至，便能轻而易举地变化。这与其他各种技艺并无二致。为什么人无法掌握变形之术而狐狸却可以，正是因为人所想的各种事物过于繁杂，故极难做到全神贯注；而野兽则无诸多琐事劳心伤神，故很容易凝神聚意，云云。

毋庸置疑，悟空确是个天才。我第一次见到这猴头瞬间便有这种感觉。起初，他那红褐色的毛脸，只令我觉得容貌丑陋，但很快便被他由内而外散发出的魅力所折服，全然顾不得外在的容貌。如今，我甚至有时觉得这泼猴容貌俊俏（虽说不上俊美，但至少相貌周正）。他的神色、言语皆灵动鲜活地洋溢着对自己的笃定。他从不说谎。比起对他人，他首先对自己诚实。他体内永远燃烧着一团旺盛的、激烈的熊熊火焰。那火会迅速蔓延到周围人身上。听他说话时，自己也会不由自主地相信他所相信之物。仅仅在他身旁，就会充满自信、丰盈无比。他是火种，世界是为他而准备的薪柴。世界的存在就是为了被他点燃。

在我等看来稀松平常之事，在悟空眼里全是神奇冒险的开端，或是他大展拳脚的机缘。与其说本就有意义的外部世界引起了他的注意，倒不如说是他给外部世界逐一赋予了意义。他内心的火焰将沉睡于外部世界空洞而冰冷的火药，一一点燃。他并非以侦探之眼去搜寻，而是以诗人之心（虽是个非常粗野的诗人）温暖他所触碰到的一切（有时甚至担心他将其烤焦），使其生出种种意想不到的新芽，进而开花结果。所以，在他孙悟空眼里绝无平庸陈腐之物。每天早晨起来，他必定要对着日出朝拜，然后，如初见般由衷地赞叹和惊异于那壮美。这几乎是他每天早晨必行之事。即使只是看到松子萌芽，他也会瞠目结舌地感叹其不可思议。

相较于悟空这般天真烂漫的样子，且看他与劲敌战斗时的模样！那是多么夺目、完美的姿态！全身健硕紧绷，无一丝破绽。自如地挥舞着如意金箍棒，毫无多余的招式。不知疲惫的身体欢腾、怒吼、大汗淋漓、奔跑跳跃，彰显着压倒性的力量感。积极地迎难而上，强韧的精神充沛饱满。那是一种比耀眼的太阳、盛放的向日葵、聒噪的鸣蝉更为全神贯注、更充满活力、更忘我也更灼热的美。这正是那不成体统的泼猴战斗时的姿态！

　　大约一个月之前，悟空在翠云山与牛魔王大战，彼时的场景我至今仍记忆犹新。我大为惊叹，甚至将战斗过程详细地记录了下来。

　　……牛魔王变作一只香獐，悠然自得地吃草。悟空识破，遂变为一只猛虎，奔将过来欲食香獐。牛魔王连忙化身一头巨豹，迎击猛虎一跃而起。悟空见状变作狻猊扑向豹子，牛魔王顺势变为黄狮如雷鸣般狂哮一声，扑将过去欲撕开狻猊。只见悟空这时就地翻滚，竟化为一头大象。象鼻如长蛇、象牙似尖笋。牛魔王抵挡不过只得现出了原形，瞬间化作一头大白牛。头如高峰、眼似电光、一对牛角宛如两座铁塔。从头至尾全身长千余丈，从蹄子到背脊高八百丈。大声吼道："你这泼猴，今日奈我何！"悟空亦显露真身，大喝一声，眼见他身高万丈，脑袋似泰山、火眼金睛如日月，大口好似血池一般。他愤然挥着金箍棒砸向牛魔王。牛魔王见状用牛角抵挡，两人在半山腰激烈奋战，真是山崩海啸，天翻地覆，着实令人惊骇。……

何等的壮观啊！我呼地长舒一口气。全然生不出从旁相助的念头。并非毫不担心那孙行者败下阵来，而是耻于在一副如此完美的名画上妄添蛇足。

灾厄于悟空的胸中之火来说，是油。遭遇困难时，他全身（精神和肉体）就会熊熊燃烧。相反，平安无事时，他反倒颓丧得出奇。他仿佛陀螺一般，若不全力旋转便会倒下。在悟空看来，艰难的现实像是一张地图——将到达目的地的最短路线用粗线清晰标记出来的地图。他能在认清现实的同时，十分明朗地看到通往自己目标的道路。或者更确切地说，他眼中只有那条路。宛如在漆黑的夜里发光的文字，眼前清晰浮现的只有那条必经之路，其余一切皆不可见。我等天资愚笨之辈还茫然不知所措时，悟空就已经开始了行动，踏上了通往目的地最近的道路。世人皆叹于他的英勇和力大无穷，而这惊人的天才智慧似乎不为人所知。他的思虑及判断已浑然天成般地融进了行为之中。

我知道悟空是个文盲，没什么学问。曾在天庭任了个养马的小官——弼马温，却连"弼马温"几个字都识不得，亦不懂弼马温的职责所在。尽管如此，我却对悟空与其力量相称的智慧及精准的判断力倍加赞赏。有时我甚至觉得他素养深厚。至少在动物、植物、天文等方面，他的知识储备不容小觑。一般的动物，他只要看上一眼，便能看穿它的秉性、强弱及所使兵器的特征等。路边杂草哪个是药草，哪个是毒草，他也能熟知。但那些动物或植物的名称（世间普遍通用的名称）他却全然不知。他还擅于观星象辨方位、时刻和季节，却对角宿、心宿等名称一无所知。反观我自己，二十八星宿的名称倒背如流却无法辨得实物，这究竟是何等的差距！在这只目不识丁的猴子面前，我才深感基于文字的教养是多么可悲。

悟空身体的每一部分——眼、耳、口、脚、手——所有的器官似乎总是欢欣雀跃、生机勃勃、灵动鲜活。尤其是战斗的时候，身体的各部分就兴奋至极，像夏天花丛中的一群蜜蜂似的一齐发出"哇"的欢呼声。或许因此缘故，悟空打斗的样子虽全神贯注、气势逼人，却总带着几分玩耍的趣味。人们常说"抱着必死的决心"，但悟空绝对没有想过会死。无论身陷何种险境，他只一心想着自己所行之事（降妖除魔或救出师父）能否成功，至于自身性命则全然置之度外。在太上老君的八卦炼丹炉中被烧炼时也好，惨遭银角大王的泰山压顶之法，被压在泰山、须弥山、峨眉山三座大山之下不得动弹时也罢，他都绝没有为自己的生死发出一声哀号。最痛苦的莫过于在小雷音寺被黄眉老佛困于不可思议的金铙之中。任悟空左拱右撞，金铙都纹丝不动；他想长到千百丈高将其撑破，怎料自己的身体变大金铙也随着变大，身体缩小金铙也随着缩小，毫无办法。于是，悟空拔了一根身上的毛变作锥子，想用锥子刺穿金铙，怎奈其坚不可摧。悟空百般折腾之时，金铙将内里之物融化成水的法力起了效，悟空的屁股开始慢慢变软，尽管如此，他也只一心想着被妖怪擒住的师父。悟空对自己的命运有着无边的自信（他自己似乎并未意识到这种自信）。不久之后，从天庭赶来支援的亢金龙用他那坚硬如铁的龙角用尽全力刺穿金铙。虽然龙角拱了进去，但这金铙却好似皮肉一般将角缠住，无一丝暇缝。但凡有丝透风的缝隙，悟空都能变成芥菜子儿脱了身，此时却无可奈何。眼见屁股已开始化水，悟空绞尽脑汁，终于想到一计，他从耳中取出金箍棒变作钢钻，在亢金龙的角上钻了个孔，自己则变成芥菜子儿藏身于孔中，再让亢金龙将角拔出去，这才获救。脱身后，他完全顾不得自己变软的屁股，立刻前去搭救师父。事后他也绝口不提当时身处的险境。或许他从来就没感觉到"危险""不行了"。他肯定连自己的寿命生死都从未考虑过。估计他将死之时，恐怕自己都没有意识到，就砰的一下死掉了。直到死前的那一刻，他一定还是精力充沛、四处撒泼。他的所作所为给人以雄壮浩大之感，却毫无悲壮。

都说猴子模仿人类，这是怎样一只猴子！根本不愿学人。休说是模仿，只要他本人无法信服，他绝不接受任何强加于他的思想，哪怕那思想已流传千百年，为众人所认同。

无论是成规旧例抑或是世间名望，在他面前都毫无威信可言。

悟空还有个特点——绝不提及过往。他似乎会将已逝的一切都忘得一干二净。至少是将一件一件的事情全都遗忘了。但从每一次经历中所获得的教训却会渗透到他的血液里，直接化作他精神和肉体的一部分。因此，那些具体的事件便没有必要再逐一收进回忆。他在战略上绝不会重蹈覆辙，正说明了这一点。并且，他彻底忘记了那些教训是何时、经历了怎样的痛苦才获得的。这只猴子拥有一种不可思议的能力——在无意识间将所经历的事完全内化。

但他也有一个难以磨灭的阴影。他曾对我感慨万千地说起当时的恐惧。那是他最初遇到释迦如来时的事。

彼时，悟空还不知自己能力的界限。他脚踩藕丝步云履，身披锁子黄金甲，挥舞着从东海龙王那儿夺来的重一万三千五百斤的如意金箍棒，天上凡间所向无敌。他搅乱了众仙云集的蟠桃大会，为此受罚被扔进八卦炼丹炉里锻炼，他却将炼丹炉踢飞逃出，在天宫大闹一番。横扫众天兵天将，又与率三十六名雷将前来讨伐的佑圣真君于凌霄殿前大战半日有余。适逢释迦牟尼如来携迦叶、阿傩二尊者路过，挡在悟空面前，阻止了打斗。悟空怫然反抗，如来笑道："你如此猖狂，究竟何方生长，修得何道？"悟空道："我乃东胜神州傲来国花果山石头里蹦出的美猴王，你竟不知我有何能耐，实在愚蠢。我已修得长生不老之法，能腾云驾雾，一个筋斗云便是十万八千里。"如来闻言，道："休得口出狂言！十万八千里也飞不出我这手掌心。""一派胡言！"悟空大怒，一下跳上了如来的掌心。"俺老孙神通广大，能飞十万八千里，如何飞不出你那掌心！"话音未落，悟空便打一个筋斗云即刻飞出了二三十万里，忽见有五根肉红柱子。他来到跟前，在中间那柱子上以浓墨写下"齐天大圣到此一游"。写毕，腾着云又飞回了如来掌中，扬扬得意地说："你的掌中算什么，俺老孙已飞出三十万里远，在那柱子上留下了记号！""愚蠢泼猴！"如来笑道，"你的神通何以见得？方才不过是在我掌中往返而已。若不信，你自己看看这手指。"悟空诧异，定睛一看，如来右手中指上墨迹未干，分明写着自己的笔迹——齐天大圣到此一游。"这是？"悟空大惊失色，仰面望去，方才的笑容从如来脸上消失不见。如来的眼神忽然变得肃穆，目不转睛地盯着悟空，他瞬间变得遮天蔽日般巨大，朝悟空压来。悟空只觉惊恐万分，仿佛周身的血液都凝固了，他慌忙地想跳出手掌，却被如来翻手制住，只见五指化为五行山，把悟空压在山下，山顶则贴上了"唵嘛呢叭咪吽"的六字金书。悟空一时间震颤不止，他只觉世界翻了个底朝天，眩晕迷惘，似乎自己已不再是从前的自己。确实如此，于他而言，世界自那时起完全天翻地覆。此后，他饿了食铁丸，渴了饮铜汁，只得被封印在那岩洞之中，等着赎罪期满。从前极度高傲自负的悟空骤然坠入极度的不自信。他逐渐变得怯懦，有时不堪苦楚，甚至不顾羞耻和颜面哇哇地嚎啕大哭。五百年过去，三藏法师前往天竺的途中偶然经过，将

139

山顶的咒符揭下救出悟空，那一刻悟空再次哇哇大哭起来。只不过这次是喜极而泣。悟空决定追随三藏不远万里前往天竺，也仅是出于这份喜悦和感激。这着实是最为纯粹又最为热烈的感恩。

如今想来，受制于释迦牟尼时的那份恐惧，给了先前无法无天、狂妄自大（无所谓善恶）的悟空一个世间的约束。加之，为使这猴样的巨大存在有益于世间，还需在五行山下压制五百年，使其凝集缩小。如今的悟空已凝集变小，可在我等看来，是何等的出类拔萃、伟大卓越！

三藏法师是个不可思议之人。他实在太柔弱了，弱到惊人。且不说丝毫不懂变幻之术，若途中遇到妖怪袭击，转眼就被抓走。这简直是毫无自我防御的本能。如此懦弱的三藏法师吸引我们仨的究竟是何呢？（思考这问题的只有我，悟空和八戒只是一味地敬爱师父。）我想，吸引我们的或许是师父那懦弱中裹挟的悲剧性。因为那正是我们这些修炼得道的妖怪身上所欠缺的。三藏法师早已参透这大千世界中小我（或是人类、抑或是万物生灵）的可悲与可贵。他不仅忍受着那份可悲，与此同时还能勇敢地追求正确且美好的事物。这正是我们欠缺而师父拥有的东西。原来如此，虽然我们比师父力大，也多少懂些变化之术，可一旦悟得自我的可悲，就无法再认真地继续这正确且美好的生活。看似懦弱的师父拥有的这份可贵的坚韧着实令人惊叹。我认为，内在的可贵包裹于外在的懦弱之中，这正是师父的魅力所在。可那浑不讲理的八戒却说，我们——至少悟空对师父的敬爱之中多半掺杂了男色的成分。

　　与悟空在实干方面的天才相比，三藏法师在务实方面真是愚钝！然而，这是由于二人人生目的之差所致。遭遇外界困难时，师父并不向外寻求解决之道，而是一心向内，即自己做好了准备去承受和忍耐。他甚至并非事到临头才慌张应付，而是平日里就做好了准备，不让自己的内心因外界意外而有所动摇。师父早已修炼好平静的内心，哪怕随时随地因困苦而死，亦能感到幸福。所以，他不必向外寻求解脱之道。在我等看来，肉身毫无防御能力便危险至极，但于师父的精神而言并无大碍。悟空呢，看上去光鲜耀眼，可即使以他的天资，世间还是存在他无法解决之事。师父就没有这样的担心。因为在师父看来，这世间种种本就没有解决的必要。

　　悟空会震怒却无苦恼，有欢喜却无忧愁。他能单纯地认可"生"，这并不稀奇。可三藏法师呢？他拖着多病的身体，孱弱而不知防备，还时常遭受妖怪的迫害，却欣然自得地肯定着"生"。这是多么难能可贵！

　　有趣的是，悟空并不明白师父优于自己，只觉得自己不能离开师父。不顺心时，他甚至会想，自己之所以追随三藏法师只因受困于紧箍咒（悟空头上戴着金色头箍，当他不从师父之令时，头箍就会变紧嵌进肉里，让他痛不欲生）。师父被妖怪抓走时，他嘴里嘟囔着："师父真不叫

141

人省心。"却还是即刻赶去搭救。有时悟空抱怨:"又陷入险境实在叫人看不下去,为何师父总那样!"他自大地以为这是对弱者的怜悯,其实,悟空对师父的感情中,更多是众生本能地对高尚者的敬畏及对美好与珍贵的憧憬,只是他自己并未察觉。

更奇怪的是,师父自己也并不知他优于悟空之处。每次悟空把他从妖怪手里救出来时,他都流着泪向悟空连连道谢:"若不是有你相助,恐怕为师早就没命了!"而实际上,不论何方妖怪想吃师父,他的生命都不会结束。

这师徒二人都未觉察到彼此间真正的关系却能互敬互爱(当然有时也会发生口角),着实有趣。我发现这完全相反的两人之间仅有的一个共同点:在他们的生存哲学中,都认为经历的一切是必然,而从必然中感受到圆满。更进一步说,他们将这种必然视为自由。据说钻石与碳由同种物质所形成,他们二人的生存方式比钻石与碳的差异更为显著,却都基于同一种接受现实的方式,这甚是有趣。然而,这种"必然与自由的等价"不正是他们天才的证明吗?

悟空、八戒和我,我们三人完全不同,性格迥异。日暮时分无处歇脚,我们商量后一致决定在道旁的废弃寺庙中暂住一晚,在结果上我们达成了一致,却是基于各自不同的想法。悟空觉得,这样的破庙正是捉拿妖怪的绝佳之所,于是主动选择此地;八戒则想,天色已晚睡意来袭,懒得再去寻住处，还是早些安顿下来填饱肚子要紧；而我认为，"反正这一带尽是心术不正的妖精。若走到哪儿都要遭遇一劫的话，倒不如索性就在此处"。三个活物凑在一起就会如此这般不同吗？没有比世间众生的生存方式更有趣的东西了。

相较于孙行者的光芒耀眼，猪悟能八戒显得黯淡无光，但他也是个独具特色之人。这老猪近乎于恐怖地爱着此"生"，爱着这凡尘。倾尽嗅觉、味觉、触觉所有的感官执着于这世间。八戒曾对我说："我们千里迢迢去天竺究竟为何？是为了今生修善业，来世转投极乐吗？那极乐到底是什么样的地方呢？若只是坐在莲叶上摇摇晃晃，又有何意义？极乐世界有边吹着热气边啜饮羹汤的快乐吗？能大嚼外酥里嫩香气逼人的烤肉吗？若都没有，只是如传说中的仙人那般饮霞吞雾过活的话，啊，我可不乐意，不乐意！那样的极乐世界，我才不愿意去！还是这世界好，哪怕有痛苦，亦有能让人忘掉痛苦的无与伦比的快乐。至少对俺老猪来说是这样。"八戒说完，便开始一一细数他觉得在这世间令人愉快的事：夏日树荫下午睡、溪水里冲凉、月夜吹笛、春晓晨寐、冬夜炉边畅谈……他数了那么多事，是那般兴致勃勃！尤其当他说起年轻女子身体的曼妙以及四季时令食物的美味时，他似乎有说不完的话，滔滔不绝。我大吃一惊。我从没想过这世上居然有如此多令人愉快的事，也没想到居然有人如此不遗余力地享受着这一切。我才意识到享受也是需要才能的，自那以来，我不再轻视这头猪了。不过，随着和八戒交流的增多，我最近发现一件奇妙的事情：八戒享乐主义的背后，时而能窥见怪异的令人悚然的暗影。他嘴上虽说着："若不是对师父的敬爱和对孙行者的畏惧，俺老猪早就放弃这艰辛的取经之路了。"但我却看穿，他享乐主义的外表之下潜藏着战战兢兢如履薄冰的思绪。此去天竺的征途，对那头猪而言（于我亦然），不可否认是幻灭和绝望之后抓住的最后一根稻草。可眼下我不能沉溺于探究八戒享乐主义的秘密。我必须先向孙行者学习一切可学之物，无暇顾及其他。三藏法师的智慧也好，八戒的活法也罢，这些都只等我向孙行者学完后再说。我从悟空身上学到的东西还少之又少。从流沙河里出来之后，我究竟进步了多少呢？是否仍是吴下阿蒙？此去西天的途中，我的作用无非是平安无事时劝阻悟空行为过激；每日告诫八戒莫要懒惰。仅此而已。我起不到任何积极的作用。如我这般的人，无论生于何时何地，终究只是个调停者、忠告者、观察者吗？是否始终无法成为行动者呢？

每当目睹孙行者的行为时，我都不禁思索："熊熊燃烧的火焰并不会察觉自己在燃烧。觉得自己正在燃烧之时，其实并没有真正燃烧起来。"看着悟空豁达开阔、自由自在，我时常想："所谓自由的行为，是那股冲动在自己的内部成熟，自然而然地向外流露出来的行为。"但我只是想想而已。一步都无法跟上悟空。我虽然想着要学、要学，但面对悟空磅礴的气势和暴戾的性情，我心生敬畏不敢靠近。其实，坦率地讲，悟空无论如何都算不上一个难得的朋友。他对别人缺乏体谅，一开口就厉声呵斥。以自己的能力为标准去要求别人，别人若做不到他就怒骂，让人难以忍受。也可以说他没有认识到自身才能的非凡。不过，我们深知他并非故意刁难，只是他无法理解弱者能力的大小，因此，对于弱者的犹疑、踌躇、不安等全然无法共情，最终因焦躁不安而大动肝火。只要我们的无能不触怒他，他其实是一个心地善良、天真烂漫、孩子般的男人。八戒经常因贪睡、懒惰、使不好变身之术而被训斥。而我则不太惹他动怒，因为我一直与他保持距离，不轻易在他的面前暴露缺点。可这样下去我什么也学不到，我必须更加接近悟空，无论被他怎样粗暴地对待，即使被骂被打被训斥，甚至有时对骂，我也得切身学习那只猴子的一切。若只是敬而远之徒有感叹的话，我将一事无成。

夜晚。我独自一人醒来。

今晚未寻得借宿之处，我们师徒四人在山阴面溪谷的大树下席草而卧，和衣而眠。悟空睡在一个身位之外，他的鼾声回荡山谷，此起彼伏，头顶树叶上的露水随着声响滴滴答答往下落。虽是夏天，这山间夜晚的空气还是微微透着寒意。已经深更半夜了。方才起，我就一直仰面躺着，从树叶的缝隙间望着天空的繁星。孤独，不知为何深感孤独。我仿佛只身一人站在那颗孤零零的星星上，眺望着漆黑、清冷、一无所有的世界。我一直不太喜欢星星，因为它总让人想到永恒、无止境。尽管如此，因我仰面躺着，不喜欢也只能看着。在一颗青白的大星星旁边有一颗红色的小星星。顺着一直往下，有一颗泛着温暖黄光的星星，当夜风拂过树叶摇摆，那颗星星便若隐若现。流星拖着尾巴划过夜空，消失不见。不知为何，我突然想起了三藏法师澄澈而忧郁的眼眸。那双眼像是永远凝望远方，盛满悲悯。究竟为何悲悯，我平日不得其解，可现在忽然明白了：师父一直注视着永恒。他清晰地守望着与永恒相对的世间万物的宿命。师父悲悯的目光一直追随着世间种种美好，诸如注定消亡却在消亡之前用力绽放的睿智与慈悲。望着星星，我似乎都明白了。我起身，凑近睡在身旁的师父，端详他的面庞，看着他那安详的睡颜，听着他那均匀的呼吸，我感到心底被嘭地点燃，一阵温暖。

——《我的西游记》之中——

牛人

鲁国叔孙豹年轻时曾为避乱一度投奔齐国。途经鲁国北境一处名为庚宗的地方时，遇见了一位美妇人。两人一见倾心，共度良宵。次日清晨，与妇人作别后进入齐国。在齐国安顿下来后，叔孙豹便迎娶了大夫国氏之女为妻，并育有二子，将道旁那夜的露水情缘早忘得一干二净。

某天夜里，叔孙豹做了个梦。四周的空气沉闷压抑，一种不祥之感笼罩着寂静的房间。突然，屋顶开始无声地下沉，极缓慢，却也极为真切，一点一点往下沉。屋里的空气渐渐变得混沌，呼吸也开始愈加困难。他挣扎着想要逃，但身体却在床铺上仰面躺着，动弹不得。虽看不到，却能清晰地感觉，漆黑的夜空如磐石般重重地压在屋顶上。

屋顶越来越近，胸口的重压难以承受。猛然侧首，一男子立于身旁。只见他肤色乌黑，弯腰驼背，眼睛深陷，嘴巴突出似兽类，整体看来犹如一头黝黑的牛。

"牛！救我。"叔孙豹不禁高声呼救。那黝黑男子闻声遂伸出手，挡住了压顶而来的千钧重量。而后用另一只手轻抚叔孙豹的胸口，那令人窒息的压迫感瞬间消失殆尽。"啊,得救了!"叔孙豹失声道,随即醒了过来。

第二天一早,叔孙豹便将随从、下人们召集起来逐一核查,并未找到似梦中黑牛之人。自那之后,亦暗中留意出入齐国都城人等,均未遇到如那般相貌的男子。

数年后,故国再次发生政变,叔孙豹将家眷暂留于齐匆忙归国。后来,在鲁国朝中官至大夫,遂欲接妻儿来鲁相聚,怎料妻子已与齐国某大夫私通,根本不打算再到丈夫身边。最终,只有两个儿子——孟丙、仲壬追随了父亲。

某日早晨,一女子手持山鸡前来拜访。起初叔孙豹毫无头绪,在交谈的过程中很快明白过来,眼前之人便是十多年前,逃往齐国途中在庚宗之地有过一夜姻缘的美妇人。叔孙豹询问她是否独自前来,她说携子同来,且是那一夜叔孙豹所留之子。叔孙豹命其带上前,一见不由得失声惊叹。那孩子肤色黝黑、眼睛凹陷、弯腰驼背,与梦中出手相救的黑牛男子一模一样。不禁脱口而出:"牛!"那黝黑的少年满脸错愕应声回答。叔孙豹愈发惊讶,问其姓名,只听少年答:"名牛。"

母子二人即刻被收留,少年做了一名竖(童仆)。因而,这名长相似牛的男子成人后也被人称作"竖牛"。竖牛虽然其貌不扬,但十分机灵,办事颇为得力,却总阴沉着脸,亦不与同龄人玩闹。对主公之外的人不露一丝笑意。叔孙豹甚是宠爱他,等他长大成人后便将家中一切事务交给他打理。

眼窝深陷、嘴巴前突、皮肤黝黑的竖牛偶尔才露出笑脸，他笑起来有种极滑稽的可爱之感。给人的印象是，有着如此滑稽长相的男子必定不会心怀鬼胎。在长辈面前呈现的是这副滑稽可爱面孔。当他板着脸陷入沉思时，脸上又有种非人的怪异残忍相。同伴们皆恐惧的是这另一张脸。他在下意识中便能自然地区分使用这两副面孔。

叔孙豹虽然对他百般信任，但也并未想要立其为嗣。竖牛作为左膀右臂是无可替代的，但要成为鲁国名门之主，单从这相貌风度来说也难以胜任。竖牛当然也心知肚明。因此对待叔孙豹的儿子们，特别是从齐国接来的孟丙、仲壬二人，竖牛常是一种极尽殷勤的态度。二人对竖牛也只感到几分悚然，更多的是轻蔑。他们对于父亲的偏宠没有多少嫉妒，那是因为他们自信在品格上竖牛完全无法逾越。

鲁襄公死后，年轻的昭公继位，自那时起叔孙豹的身体每况愈下。从丘莸打猎归来的途中染上风寒便卧病在床，逐渐一病不起。从身边诸事的照料到传达命令，全都交由竖牛一人处理。可竖牛对待孟丙等人的态度却是越来越谦恭。

叔孙豹在病倒之前，决定为长子孟丙铸钟，他说："你与本国的诸大夫尚未熟识，等这口钟铸成，你便可以庆祝之名宴请诸大夫。"这显然是欲立孟丙为嗣。

在叔孙豹卧病期间，钟才终于铸成。孟丙欲询问父亲宴会的日期何时为宜，便托竖牛代为传话。平日若无特殊事宜，除竖牛外任何人不得进出病房。竖牛受孟丙之托进了病房，却并未禀报此事，他很快退出来对着孟丙胡乱说了一个日子，谎称这就是主君的意思。

到了指定的日子，孟丙大宴宾客，席间第一次敲响了新落成的钟。叔孙豹在病房听到钟声觉得奇怪，便询问那是什么。竖牛回答："孟丙家设宴庆祝新钟的落成，宾朋满座。"生病的叔孙豹脸色突变："没有得到我的允许，他擅自以继承者自居，是何居心！"竖牛又添油加醋道："孟丙公子在齐国的母亲也派人远道而来道贺。"竖牛深知，只要提起不守妇道的妻子，叔孙豹定会不悦。果然生病的叔孙豹恼羞成怒想站起来，却被竖牛抱住，劝其千万莫伤了身体。

叔孙豹咬牙切齿说道："这逆子是认定我命不久矣，于是开始为所欲为了吧！"命令竖牛，"罢了，派人把他抓起来送入大牢。他若是抵抗但杀无妨。"

宴会结束，年轻的叔孙家继承人兴高采烈地送走一众宾客，谁知翌日清晨便成为一具死尸被丢弃在自家后院的草丛中。

孟丙的弟弟仲壬与昭公的某近侍甚为亲近，一日，去宫中拜访友人时，偶然引起了昭公的注意。昭公唤住他言语几句，听了他的对答昭公甚是满意，离宫之际赐玉环一枚。仲壬守礼，认为要向父亲禀报此事才能佩戴，于是委托竖牛呈上玉环向生病的父亲禀此殊荣。竖牛接过玉环进了内室，却没有禀告父亲，甚至连仲壬来拜见一事都只字未提。随即退出来对仲壬说，父亲大悦，命你即刻佩戴。于是仲壬才戴在身上。

数日后，竖牛劝谏叔孙豹："既然孟丙已亡，故应立仲壬为嗣，何不现在就让其去拜见主君昭公？"叔孙豹答："此事还未定，眼下无须如此。"

竖牛道："无论父亲大人意下如何，仲壬恐怕早有主意，已经直接面见过主君昭公了吧。"

叔孙豹断言："不可能有此等荒唐之事！"竖牛言之凿凿："可近日确有见仲壬佩戴昭公所赐玉环。"

仲壬立刻被传唤到父亲跟前，果然见他身佩玉环。他还禀明父亲这确是昭公赏赐之物。父亲从床上撑起已不利索的身体，勃然大怒。不听一句儿子的辩解，只命他立即退下，闭门思过。

那夜，仲壬便悄悄地逃到了齐国。

病情日渐加重，立嗣问题成了必须认真考虑的燃眉之急，叔孙豹还是想将仲壬召回。他命竖牛把仲壬召回来，竖牛领命出去，他当然没有派人去齐国传召仲壬。很快向父亲复命，说自己当即派人找到仲壬，但仲壬却答复不会再回到暴戾无道的父亲身边。

事到如今，叔孙豹也终于对这位近臣产生了怀疑。故吞吞吐吐地反问道："你……所言当真？"竖牛答："我为何口出虚言？"在他说这话的时候，病卧着的叔孙看到他嘴角一歪，露出了嘲讽。所有的事情，都是这个男人来到府邸之后才发生的。叔孙豹怒从心头起，欲起身却毫无力气，立刻倒了回去。黑牛般的脸居高临下冷冷地看着他，脸上浮现着轻蔑的表情，露出了只对同辈和下人展现的那副残忍面孔。叔孙豹想要传唤家臣和其他的贴身侍卫，但至今为止已成习惯，不通过这个男人无法传唤任何人。当晚，卧病在床的大夫想起了被自己杀掉的儿子孟丙，流下了万般悔恨的泪水。

次日，残酷的虐待开始了。生病的叔孙豹不愿接触旁人，一贯都是命厨房的人备好膳食后呈到外室，再由竖牛将膳食端到他枕边。如今事情败露，竖牛竟不让病人进食。送来的膳食他自己吃掉，仅将空盘拿出去放着。厨房的人只以为是叔孙豹吃掉了。无论叔孙豹怎么喊饿，牛人也仅是冷笑着，甚至都懒得回话。此刻叔孙豹即使想向人求助，也毫无办法。

一天，家宰杜洩前来探病。病人向杜洩控诉起竖牛的所作所为，可杜洩知道叔孙豹向来信任竖牛，便以为他所言是玩笑话，全然不予理会。见叔孙豹甚是严肃急切地再度控诉，杜洩纳闷是不是病人因病发热心神错乱了。竖牛也从旁向杜洩使了个眼色，一副对于头脑糊涂、心神错乱的病人实在束手无策的表情。

最后叔孙豹悲怒交加，流着泪用那枯瘦如柴的手指着一旁的剑，对杜洩喊道："执剑杀了这男人！杀了他！快！"当叔孙豹终于明白说什么都是徒劳，皆被人当作失心发狂之人，他颤抖着极度虚弱的身体号啕大哭起来。杜洩与竖牛相视告辞，蹙着眉默不作声地退出了卧室。见客人离去，牛人脸上立刻浮现出诡异莫测的笑意。

病人在饥饿和疲惫中哭泣着，不觉间迷迷糊糊做起梦来。或许没有睡着，只是看到了幻象。屋里的空气浑浊令人窒息，充斥着不祥的预感，只有一盏灯毫无声响地燃着。那光并不耀眼，泛着异样的白。他一直盯着那火光，渐渐觉得它很遥远——仿佛在十里、二十里之外。病榻正上方的屋顶，和以往的某个梦境一样，开始徐徐下沉。极缓慢，却也极为真切地，一点点压下来。他想逃，可腿脚不听使唤，动弹不得。侧首，一旁站着个黝黑如牛的男子。叔孙豹向他求救，但这次他没有伸手相助，只是悄无声息地站着，露出阴险的冷笑。叔孙豹再一次绝望地哀求，忽地，牛人的表情好似愤怒般凝固，眉眼一动不动地俯视着他。胸口压着漆黑的重物，叔孙豹在发出最后哀号的一瞬间清醒过来。

不知何时已入夜，房间昏暗，角落里亮着一盏惨白的灯。刚刚梦境中看到的或许就是此灯。抬头看了一眼身旁，如梦境中一般，竖牛的脸正默默地俯视着自己，那张脸上满是非人的冷酷残忍。那张脸已经不是人的脸，好似生根在黑漆漆的原始混沌中的一个物体。叔孙豹顿时寒意刺骨。这恐惧并非因为面对一个即将杀害自己的男人，更像是面对这个世界的冷峻恶意，心生卑微的恐惧。方才的愤怒已被这宿命般的畏惧感所吞噬。如今的自己，已完全丧失了向这个男人反抗的力气了。

三日后，鲁国的名大夫叔孙豹饥饿而死。

盈虚

卫灵公三十九年秋，太子蒯聩奉父王之命出使齐国。途经宋国时，听到耕田的农夫们都唱歌嘲讽道：

既定尔娄猪，盍归吾艾豭。

（既然已经给了你们母猪，为何还不归还我们的公猪？）

卫太子闻之色变，因为他想到了一桩丑事。

父亲灵公的夫人（并非太子蒯聩的生母）南子，便是来自宋国，南子不仅貌美更有出众的才情，将卫灵公玩弄于股掌之间。这位夫人近来劝谏灵公，将宋国的公子朝召来卫国，任命其为卫国大夫。宋国公子朝是位有名的美男子，灵公的夫人南子在嫁到卫国之前曾与公子朝有染，此事除了灵公之外无人不知。二人如今在卫国宫中几乎是明目张胆地维持着不正当关系。宋国百姓所唱的母猪公猪无疑指的就是南子和公子朝二人。

太子从齐国归来后，召近臣戏阳速共谋此事。翌日，太子去给南子夫人请安时，戏阳速已早早携匕首藏在了房间一隅的帷幕之后。太子若无其事地与南子夫人寒暄，其间向帷幕那边递眼色，但不知是不是戏阳速临阵胆怯，一直都未现身。太子三度示意，却都只见黑色幕布嘎吱嘎吱摇晃而已。南子发现太子举止可疑，循着太子的视线看去，发现房间一隅居然藏着一刺客，遂惨叫着逃到了内室。灵公被叫声所惊，闻声而出，拉着夫人的手极力安抚，夫人却发了狂似的喊着："太子杀我！太子杀我！"灵公召来侍卫欲处罚太子，可太子和刺客都早已逃出都城。

太子蒯聩奔逃至宋国，继而入晋，他逢人便说："斩杀淫妇此等义举全因怯懦的愚蠢之人临阵叛逃而功亏一篑。"从卫国出逃的戏阳速听闻此言，回击道："一派胡言！反倒是我差点被太子所害。太子威胁我，让我刺杀他的后母。如果我不答应肯定会被太子所杀，而如果刺杀夫人成功，我也一定会被灭口。我假意答应太子而没有行刺正是我深谋远虑之处。"

晋国当时因范氏中行氏之乱而自顾不暇，又有齐、卫等国暗中支持作乱，故叛乱久难平定。

逃到晋国的卫太子藏身于晋国权臣赵简子之处。赵氏对此流亡太子礼遇有加，究其原因，无非是想拥立此太子便可与反晋派的现任卫侯抗衡。

虽说礼遇有加，但也始终无法与在故国时相比。晋国都城绛山峦叠嶂，与卫国一望无垠的平原风光大为不同，太子蒯聩在这里度过了冷清的三年时光后，从遥远的故国传来了父亲卫侯的讣告。传闻说，因卫国无太子，不得已只能让蒯聩之子辄即位。辄是蒯聩出奔时留下的儿子。蒯聩以为定会从自己的异母兄弟中选一人即位，当听闻自己的儿子即位时，胸中之感一时难以言说。那个小孩子竟成了卫侯？他想起三年前儿子天真幼稚的模样忽然觉得可笑。他认为自己现在即刻归国登上卫侯之位是一件轻而易举的事。

流亡太子在赵简子军队的护送下意气风发地渡过了黄河。在终于即将重归卫国之时，却遭遇了新卫侯军队的迎击。归国受阻，滞留在戚地一步也无法东进。就连进入戚地，都是一行人以为父吊丧的名义，穿着丧服痛哭先王之死，以此获得当地民众的好感才得以进入。蒯聩对这意外之事愤怒不已却也束手无策。一条腿都踏上了故土，也只得就此停下，伺机而动。且事与愿违，这一等竟是十三年之久。

曾经可爱年幼的儿子辄已不复存在，如今只有一个抢夺了本属于自己的王位并执意阻拦自己归国，贪婪可憎的年轻卫侯而已。自己曾照拂的诸大夫竟也无一人来问候请安。所有人都欣然臣服于那年轻傲慢的卫侯及辅佐卫侯的上卿孔叔圉（一个装腔作势、老奸巨猾的糟老头子，算起来还是自己的姐夫），全是一副不知蒯聩为何人的嘴脸。

晨昏更替，十余年的岁月，每日满眼尽是黄河水。曾随心所欲、任性妄为的白面公子也在不知不觉间变成了冷酷无情、性情乖张、饱经风霜的中年人。

寂寥的生活中，唯一的慰藉是自己的儿子公子疾。公子疾与当今卫侯辄是异母兄弟。蒯聩一入戚地，他与母亲就追随父亲，于戚地一同生活。蒯聩暗下决心，一朝得志必定立疾为太子。

除了儿子，蒯聩还在斗鸡中找到了宣泄胸中愤恨的出口。他从中寻求侥幸心理和嗜虐心理的满足，同时也沉湎于雄鸡那骁勇健硕的身姿。甚至从本不宽裕的生活中拨出大笔费用，修建了一排富丽堂皇的鸡舍，豢养了大量雄美健壮的斗鸡。

孔叔圉死后，蒯聩的姐姐、未亡人伯姬将自己的儿子孔悝当作傀儡，自己手握大权。自此之后，卫国都城的风向才转向了流亡太子蒯聩。伯姬的情夫浑良夫作为使者开始频繁地往返于卫国都城与戚地之间。太子蒯聩许诺良夫："大业终成之时我定封你为大夫，并免你三次死罪。"以此换得浑良夫为自己的手下，暗中精心筹谋。

周敬王四十年闰十二月某日，蒯聩在浑良夫的接应下，长驱直入到了都城。薄暮时分，蒯聩男扮女装潜入了孔氏宅邸，伙同姐姐伯姬、浑良夫，胁迫身兼孔家主人、卫国上卿的外甥孔悝（伯姬的儿子），逼他入伙，断然发动了政变。儿子卫侯连夜出逃，流亡太子蒯聩即位为王，即卫庄公。自受南子逼迫逃出国门起，如今已是第十七个年头。

庄公即位之后，首先做的既非调整外交亦非振兴内治，而是补偿自己不得已虚度的往昔，或者说是对过去的报复。在自己失意坎坷的前半生中未能得到的快乐，如今要刻不容缓且十二分地讨回来；郁郁不得志的那些年被挫伤的自尊心，如今急剧地倨傲膨胀、恢复如前；对颠沛流离的岁月里欺凌过自己的人施以酷刑，蔑视过自己的人施以严惩，未怜悯自己境遇的人则冷眼相待。害自己被迫流亡的先王夫人南子前年去世了，这对蒯聩来说是最大的憾事。因为流亡时代最痛快的梦就是把那奸妇抓起来，百般羞辱后处以酷刑。

蒯聩对未曾关心过自己的诸大臣说："寡人曾久尝流离之苦，怎样？诸公也不妨尝一尝，当作一剂良药以增益处。"此言一出，立即仓皇逃往国外的大夫不止两三。对姐姐伯姬和外甥孔悝理应好好报答一番，可蒯聩于某夜宴请二人，灌至酩酊大醉之后将二人抬上马车，命驭手驱车直奔国外去了。

当上卫侯的第一年，蒯聩完全着了魔一般地复仇。为了补偿自己在空虚的流离岁月中逝去的青春，搜罗都城的美女纳入后宫这样的事更自不必说。

如之前想的那样，蒯聩很快将与自己在流亡时同甘共苦的公子疾立为太子。他总以为公子疾还是个少年，可不觉间儿子已长成翩翩公子，且或是幼年起就遭遇坎坷，见惯了人心险恶，因此公子疾给人些许与年纪不相符的令人悚然的冷酷刻薄。由于幼年时父亲蒯聩的溺爱，导致了儿子傲慢无礼、父亲一味谦让,这种关系一直持续至今。蒯聩也只会在这个孩子面前才显露旁人怎样都不可理解的脆弱。可以说,此时庄公的心腹只有公子疾和升为大夫的浑良夫二人。

某夜,庄公与浑良夫说起前任卫侯辄出奔时卷走世代国宝一事,问其有何妙计可追回宝物。良夫屏退执烛的侍者,自己持烛靠近庄公,低声说道:"出逃的前卫侯也好,现太子也罢,都是您的儿子,当初他越过您登上王位想必也并非出自本心。索性趁此机会,召回前卫侯辄,将二人比较一番,再立胜者为太子如何?若辄的才华不如太子疾,到时只需没收他的宝物即可……"

屋内某处似乎潜伏着密探,浑良夫谨慎地屏退旁人,但此次密谈还是原封不动地传到了太子疾的耳朵里。

次日早晨,太子疾愤然作色,领着五个手提白刃的壮汉闯入了父亲的寝宫。庄公见状只觉惶恐,脸色煞白,完全顾不上训斥太子的胆大无礼。太子命随从将带来的公猪当场杀死,胁迫父亲盟誓,确保自己的太子之位,并提出立即处死奸臣浑良夫。庄公答道:"可我与他有约在先,曾许诺免其三次死罪。""那么,"太子厉声威胁道,"等他第四次犯死罪时,您就一定会处死他了,是吗?"庄公全然慑服,只得唯唯诺诺地答道:"是"。

第二年春,庄公在郊外的游览地籍圃建一亭,墙垣、器具、帷幕等皆以虎纹装饰。落成典礼当日，庄公大宴宾客，卫国名流皆满身绫罗盛装赴宴。浑良夫出身低微，一朝平步青云，本就是个好打扮爱慕虚荣之人。那日，他身着紫衣，外披狐裘，赶着两匹公马拉的豪华马车赴宴。庄公说此宴不必拘于礼数，故浑良夫入座时未摘下佩剑，宴席过半他觉得闷热，于是又脱了狐裘。太子见状，猛地扑向浑良夫，揪住其前襟将其拽了出来，白刃直指鼻尖，呵斥道："你恃宠而骄毫无礼数，我今日便替主公将你就地斩首。"

良夫自知腕力不敌，并未强行抵抗，只是向庄公投去哀求的目光，大声呼救道："主公曾允诺免我三次死罪，纵然我今日有罪，太子也不可对我下手。"

"免你三次？那就让我替你数来：今日你着国君的服饰紫衣，其罪一；乘两马一辕的上卿座驾，其罪二；于主公面前脱狐裘，堂而皇之不释剑而食，其罪三。"

"仅此三件，太子亦不可杀我！"良夫拼命挣扎着叫喊。

"不！未完。莫忘了，那夜你对主公说过些什么？你这离间君臣父子的佞臣！"

良夫的脸色倏地煞白如纸。

"如此已有四宗罪。"话音未落，良夫的项上人头已颓丧地滚落在地，鲜血唰地飞溅到黑底秀金虎的巨大帷幕上。

庄公满脸铁青，呆若木鸡地看着儿子所做的一切。

晋国赵简子差使者前来。传口信道，卫侯流亡之际，也曾略尽绵力施以援手，为何归国即位后杳无音信，连一声问候也没有？倘若卫侯有诸多不便，那至少派太子前往，向晋侯表达问候。听闻这盛气凌人的言语，庄公不禁又回想起自己过去悲惨的境遇，自尊心再一次被狠狠挫伤。他急忙遣使者带话给晋侯，因眼下国内纷争不断，恳请宽限些时日。

怎料太子派去的密使与卫侯的使者先后抵达了晋国。太子的密使言，父亲卫侯的回话不过是搪塞之词，实际上由于曾蒙恩于晋国，如今反而颇为不安，故而有意拖延，还望晋国不要被欺瞒。赵简子虽明知这是太子想早日取代其父的伎俩，心中有些许不快，但另一方面，他又想着必须惩罚一下忘恩负义的卫侯。

是年秋，某夜，庄公做了个奇怪的梦。

荒凉的旷野中，耸立着一座屋檐都已歪斜的老旧楼阁，一男子登上楼阁，披头散发地喊道："看到了，看到了！瓜，一大片的瓜。"庄公感觉此地似曾相识，猛然想起这正是古代昆吾氏的残垣，目光所及之处尽是瓜。阁楼上的男子捶胸顿足，如狂人一般叫唤："是谁把小小的瓜养育成这硕大的瓜？又是谁庇护悲惨的流亡者，甚至将他扶植登上卫侯之位？"庄公闻声亦觉几分熟悉，不禁心中诧异，侧耳倾听，那声音愈发清晰嘹亮："我乃浑良夫！我何罪之有！何罪之有啊！"

庄公惊醒，浑身冷汗，十分不悦。他走到露台边眺望，想驱散胸中的不快。旷野尽头迟月升起，月光泛着赤铜色，红彤彤，浑浊不堪。庄公眉头紧锁，像见到了不祥之物一般。他转身进入室内，心神不宁地在灯下自己取了一根筮签。

次日早晨，庄公召筮师解签。答曰无害。庄公大喜，当即封赏其领地，可谁知筮师告退之后立即逃往国外。他料定若是将筮签所显之象如实禀告必定会惹庄公不悦，故暂且敷衍庄公一番，而后连忙出奔。庄公又卜一卦。卦象上所见："如鱼窥尾，衡流而方羊。裔焉大国，灭之将亡。阖门塞窦，乃自后逾。"所谓"大国"，想来就是晋国，其余意思茫然不解。不过，无论如何，庄公已深感前途暗淡。

庄公自知时日无多，对于晋国的压迫和太子的专横选择视而不见，只一心想着在那黑暗的预言实现之前及时行乐。他大兴土木，强制人们过度劳动，工匠、石匠等怨声载道、苦不堪言。

庄公自己又再次沉湎于一度被淡忘的斗鸡戏。与流亡时代不同，如今便可痛快地肆无忌惮地沉溺其中，不惜动用金钱和权势，从国内外尽数搜罗雄鸡良品。其中，从鲁国某贵人处购得一罕见珍品，羽如金距如铁，昂尾高冠。此后，卫侯可一日不入后宫，却断不可一日不欣赏此雄鸡立毛振翅之英姿。

一日，庄公自城楼上俯瞰下面的街市，一处杂乱无章、狭窄肮脏的角落映入眼帘。询问侍臣是何地，答曰戎人部落。所谓戎人，乃西边化外之民的异族。庄公看着碍眼便下令驱赶，将戎人放逐到距都城门十里开外的地方去了。

只见那些贱民扶老携幼，将家财用具一应堆在车上，接连不断地往城门外走去。他们被官兵驱赶的仓皇狼狈之态，从城楼上看去尽收眼底。庄公发现，被驱赶的人群中，有一女子秀发浓密美丽，十分耀眼，便即刻差人去叫住那女子。原来她是戎人己氏的妻子，相貌平平，可那一头秀美的乌发甚是夺目。庄公便命侍臣将此女的头发齐根剪下，说是要给后宫的一宠妃做假发。丈夫己氏看到归来的妻子被剃光了头，连忙用头巾将妻子裹住，转而怒视仍站在城楼上的卫侯。不论官兵怎样地鞭打，他都立在那里久久不肯离去。

冬天，晋军从西边入侵，卫大夫石圃应声举兵，攻入了卫国皇宫。据说石圃得知卫侯要铲除自己，故而先发制人。而另一种说法是，他与太子疾同谋作乱。

庄公紧闭城门，亲自登上城楼向叛军喊话，他提出了种种议和条件，但石圃态度坚决、拒不接受。庄公无计可施只得以寥寥亲兵抵抗，就这样，夜幕降临了。

庄公趁着月色未明的暗夜仓皇出逃，只带了诸公子、侍臣等少数随从，临走还不忘抱着那昂尾高冠的爱鸡，逾后门而出。翻墙这等事庄公自是不习惯，慌乱中一脚踏空摔在地上，大腿重重地着地，脚也扭伤了。但无暇处理伤势，只在侍臣的搀扶下，于漆黑的旷野中匆忙逃走。无论如何，欲在破晓之前越过国境进入宋国。

走了许久，突然天空呈模糊不清的淡黄色，似乎从原野的黑暗中飘浮起来一般。原来是月亮升起来了。就像之前被夜梦惊醒，站在宫中的露台上所见的赤铜色浑浊月亮。庄公正觉晦气，忽地几个零乱的黑影从左右两旁的草丛中袭来。是强盗吗，还是追兵？根本无暇深思，双方便激战起来。诸公子和侍臣被斩杀殆尽，庄公只得独自在草丛里匍匐前行落荒而逃。他因腿伤无法起身，反而没被发现，才得以脱身。

等回过神来，庄公才发现自己还紧紧地抱着那只雄鸡。不过鸡早就一命呜呼了，所以一直一声未啼。即便如此，庄公还是舍不得丢弃，仍一只手抓着死了的鸡匍匐前行。

爬到原野一隅时，庄公意外地发现一片似有人家的地方。他好不容易到了那里，拖着奄奄一息的身躯爬进第一户人家。庄公被扶进屋内，主人家递过一碗水来，他接过水一饮而尽，这时，响起一声粗犷的吼声："你终于落到我手里了！"庄公大惊，抬头望去，一个红脸龅牙的汉子正死死地盯着自己，此人像是这一家之主。然而他对此人全无印象。

"不记得了？也罢，你怎会记得我等。那这个人总该有印象吧。"

汉子招呼一个蜷缩在墙角的女人过来。借着昏暗的灯光,看到了女人的脸庞,庄公不禁吓得扔掉了鸡的死尸,自己差点瘫软在地。用头巾遮着脑袋的眼前这女人正是庄公为了给自己的宠妃做假发将其头发齐根剃光的己氏之妻。

"饶我一命!"庄公用嘶哑的声音喊道,"饶我一命吧!"

庄公双手颤抖着取下身上佩戴的美玉,递到己氏面前。

"我把这个给你,请饶我一死!"

此时,己氏的番刀已出鞘,他逼近庄公,邪魅一笑。

"我杀了你,难道美玉还会跑掉不成?"

这就是卫侯蒯聩最终的结局。

狐凭

有传言说奈乌里部落的夏克中邪了。五花八门的东西附到了这个男人身上。鹰啊、狼啊、水獭啊之类的，让可怜的夏克吐出一些不可思议的话来。

后来被希腊人称为斯基泰人的土著之中，这一支也尤为与众不同。他们为了躲避野兽的袭击在湖上建房居住。将数千根桩子打入湖中较浅的地方，在桩子上铺上木板，再在木板上建造他们的住所。还在地板上零星地开一些洞，将网从洞口放到湖中捕鱼。坐着独木船去捕水狸或水獭。他们掌握着麻布的制作方法，将麻布与兽皮一起穿在身上。平时吃马肉、羊肉、木莓、菱角，爱喝马奶或马奶酒。在母马的腹部插入一根兽骨做的管子，让奴隶吹管子使奶水流出，这种古老的神奇挤奶方法代代相传。

奈乌里部落的夏克，曾是这群湖上居民中最平平无奇的一个。

夏克开始变得异常是在去年春天，他的弟弟德克死后。那时，剽悍的游牧民族乌古里族的一支从北方杀来，乘着马挥舞着偃月刀，如风驰电掣般袭击了整个部落。湖上的居民拼死抵抗。起初他们还能到湖畔迎敌，痛击侵略者，但终究抵不过声名在外的北方草原骑兵，故而退守到了湖上的居所。他们撤掉了连接湖岸的桥桁，以家家户户的窗户为堞口，用投石器及弓箭迎敌。不善于控制独木船的游牧民族放弃了歼灭全村的想法，只将湖畔的家畜掠夺一空，又如疾风般撤回北方去了。湖畔的土地被鲜血染红，入侵者留下了数具没了头和右手的尸体。他们将头和右手砍下来带走了。头盖骨将被制成外侧镀金的骷髅杯，右手则连着指甲一起被剥下来当作手套。弟弟德克的尸体也这样受辱被弃。由于没了脸，只能靠衣服和贴身物品来辨认，夏克通过皮带的印记及板斧的装饰找到了弟弟的尸体，确认尸体时，他怔怔地注视着弟弟惨不忍睹的样子。事后有人说，夏克当时那模样，看起来似乎不是在悼念弟弟。

那之后不久，夏克便开始说些奇怪的胡话。最初，附近的村民也不知道是什么东西附到了这男人身上，让他说出些怪言怪语。从他的言语来推断，似乎是被活生生剥掉皮的野兽的灵魂。大家思量再三，得出结论：是被那入侵的蛮人砍下带走的他弟弟德克的右手在说话。过了四五日，夏克像变了个人又说起了胡话。这次人们立刻就认出来了，大家都一致认为这肯定是弟弟德克本人。他哀怨地讲述着自己武运不佳战死的经过，死后还被空中的巨大灵物一把抓住脖颈扔到了无尽黑暗的他界。人们在想，这应该是夏克茫然伫立在弟弟的尸体旁时，德克的灵魂悄悄地潜入了哥哥的体内所致。

夏克最亲的骨肉兄弟,以及他那被砍断的右手,这些附在夏克的身上也并无不可思议之处。那之后夏克一度恢复了平静,当他又开始口出呓语时,人们都吓了一跳。因为夏克这次说出的是与他毫不相干的动物或人的事迹。

迄今为止也有过被灵魂附体的男女,但如夏克这般各式各样的灵魂附在一个人身上的先例还未曾有过。一会儿,生活在部落下面的湖里的鲤鱼借夏克之口讲述鱼类生活的悲哀与喜乐。一会儿,特拉斯山的隼鸟讲述湖泊、草原和山脉,以及彼岸湖泊那平静如水的雄伟景象。也讲述过草原上的公狼在冬季泛白的月光下,一边为饥饿发愁一边在冻僵的土地上来回踱步的艰辛。

人们觉得新奇,都来听夏克的呓语。奇怪的是,夏克(或者说附在夏克身上的灵魂)似乎也在期待着更多的听众。夏克的听众日渐增多,但某天,他们之中的一人说道:夏克的那些话不是附体的灵物所说,而恐怕是夏克自己编出来的吧。

此人一语道破,一般情况下被灵魂附体的人说话时应是一种更为恍惚出神的状态。越来越多的人附和:夏克没有太多疯癫的样子,并且他的话太过于有条理,这有点儿反常。

而夏克自己其实也并不知道近来所做之事的意图。当然,夏克也察觉到自己和一般的灵魂附体似乎有些不一样。但自己为何会数月持续着这种奇怪的行为且毫不厌倦，他本人也无法理解，因此，他想这应该还是某种灵物附体了吧。最开始确实是悲痛于弟弟的亡故，胡思乱想被砍下带走的头和手的下落，愤恨不平，最终说出一些莫名其妙的胡话来。这并非他有意为之，却让原本就爱空想的夏克体会到了任凭自己的想象化作世间万物的乐趣。渐渐地，听众更多了，他们的表情随着故事的情节一张一弛，夏克看到他们或放松、或惊恐，大家的脸上浮现出真实不做作的表情，夏克对这种乐趣欲罢不能。虚构的故事日渐精妙，想象的情景也越来越栩栩如生。夏克自己都感到意外，各色的场景鲜明且细致地在自己的脑海中浮现出来。他惊讶不已，仍然认为这就是某种灵物附在了自己身上。只是，他至今也没想到应该用文字记录下来，如此才思泉涌，不经意间创作出的这些故事应该流传到后世。当然他也无从知晓，现在自己演绎的角色会被后世称作什么。

人们即使觉察到夏克的故事是他自己编造的，听众也仍丝毫未减。大家反而希望夏克不断地编些新故事出来。看客们有着和夏克相同的想法：哪怕这些都是夏克自己编造的故事，天生平庸的他能编造得如此精彩，那么也肯定是被某种灵物附体了。因为对于没有被灵魂附体的村民们来说，想要如此细致地讲述自己根本没见过的事是无法想象的。或在湖畔的岩石阴凉下，或在附近森林的冷杉树下，或在那倒挂着山羊皮的夏克家大门口，人们围着夏克坐成一个半圆，听得津津有味——住在北方山地的三十大盗的故事，森林里的暗夜怪兽的故事，抑或是草原上的年轻公牛的故事。

看到部落的年轻人沉迷于夏克的故事而劳作懈怠，部落的长老们面露不悦。他们中的一人说，出现夏克这样的男人是不祥之兆。如果他是被灵物附体的话，那这般出奇的灵物还闻所未闻；如果不是被灵物附体的话，也未曾见过这般疯癫、日复一日信口胡诌之人。无论如何，突然出现这种家伙，那就是有悖于自然的不吉之事。说这话的长老有豹爪家印、家世显赫，所以他的说辞得到了其他所有长老的支持。他们开始密谋抵制夏克。

夏克的故事逐渐多以周围人类社会为素材。听众们已经无法满足于鹰啊公牛啊之类的故事，于是夏克开始讲年轻的俊男美女、吝啬妒忌的老太婆、对外人耀武扬威却唯独在年老色衰的妻子面前抬不起头的酋长。当讲到一老者脑袋如脱毛期的秃鹫，却和年轻男子争抢美丽的姑娘，而狼狈地败下阵来的故事时，引得听众们哄堂大笑。众人大笑不已，询问其中缘由，竟是因为提议抵制夏克的那位长老最近有类似的惨痛经历。

长老愈发地怒起心头。他绞尽蛇蝎般的奸智，想出了一条计策。而一名自己的妻子最近与他人私通的男人也加入了计划。因为他相信了夏克在故事中讽刺他的传言。两人千方百计用尽手段，将大家的注意力引向夏克作为部落民常常不履行自己的义务：不捕鱼，不喂马，不伐木也不剥水獭皮。自从北边山脉的狂风将鹅毛大雪送过来之后，有谁见过夏克承担村子里的工作吗？

人们听后觉得甚是有理。因为实际上，夏克什么也没做。分过冬的必需品时，人们更尤为清晰地感觉如此，甚至连夏克最忠实的听众也这么觉得。尽管如此，人们还是被夏克那精彩有趣的故事所吸引，因此不情不愿地将过冬的食物分给了不劳作的夏克。

人们用厚实的毛皮遮挡北风，点燃野兽粪便或枯木，在石炉旁边喝着马奶酒，跨越寒冬。当岸边的芦苇冒出新芽时，人们才再度外出劳作。

夏克也到了田地里，但他看起来目光呆滞、昏聩糊涂。人们注意到他已经不再讲故事了。若硬要他讲，他也只讲些从前讲过的故事，毫无新意。哦不，甚至连从前的故事都讲得死气沉沉。语言完全失去了往日的生动活泼。人们便说道：附在夏克身上的灵物不见了。让夏克侃侃而谈的那灵物明显已经消失了。

灵物消失了，而以前勤劳的习惯却没有回来。不劳作，也不讲故事，夏克就这样浑浑噩噩地望着湖面度日。每当看到他这副样子，曾经听故事的那帮人便觉得，把自己那些昂贵的过冬食物分给了这样一个愚蠢懒惰的人，真是让人恼火。对夏克怀恨在心的长老们暗自窃喜。只要大家公认他是对部落有害无用之人，经协定就可以将之处置。

戴着硬玉颈饰、胡须浓密的当权者们屡次聚在一起商议，却没有一个人愿意为无亲无故的夏克辩护。

雷雨季刚好到来。村民们最忌讳惧怕雷鸣，他们说那是天化作独眼巨人发怒的诅咒之声。一旦雷声轰鸣，人们就不得不停下一切工作禁闭家中，驱除恶气。老奸巨猾的长者用两支牛角杯收买了占卜师，成功地将近来频发的雷鸣归咎于不祥之物夏克。村民们决定，若是某日，自太阳从湖心的正上方西落之时起，至太阳落到西岸的山毛榉大树的树梢上止，此间要是雷鸣声在三次以上，那么次日就依据祖先传下来的规矩，将夏克处决。

那天下午，有人听到了四次雷鸣。有人说听到了五次。

次日傍晚，在湖畔围着篝火，召开了盛大的飨宴。一口大锅之中咕嘟咕嘟地炖着羊肉、马肉和可怜的夏克之肉。于食物不是很丰足的当地居民来说，除了病死的人以外，所有新鲜尸体当然都会用作食材。夏克曾经最狂热的听众——卷毛青年，火光映照着他的脸庞，只见他腮帮鼓鼓囊囊，大口塞着夏克肩上的肉。陷害夏克的长老，将仇敌的大腿骨拿在右手，满足地唧了一下粘在骨头上的肉，啃噬完之后便将骨头朝远处一抛，只听咕咚一声水响，骨头沉入了湖底。

没有人知道，远在那位叫荷马的盲眼诗人吟唱出那么优美的诗歌之前，就有一位诗人被这样吃掉了。

木乃伊

这是发生在波斯王冈比西斯二世入侵埃及时的故事。冈比西斯是居鲁士大帝与卡桑达涅皇后的长子，他麾下有一位名为帕里斯卡斯的部将。帕里斯卡斯的先祖是从遥远的东边巴克特里亚一带过来的乡下人，他们闷闷不乐，一直都无法融入这个城市。帕里斯卡斯爱幻想，因此，他虽然身居高位，却依然时常成为人们嘲笑的对象。

波斯军队穿越阿拉伯半岛，终于踏入埃及境内时，帕里斯卡斯的异样引起了朋辈和部下们的注意。他用极为不可思议的眼神眺望着周围陌生的风景，露出一种忐忑不安的神情，若有所思。能明显看出他在尽力回想些什么，却又怎么都想不起来，故而焦躁不安。当一群埃及军的俘虏被押送到军中时，其中一人所说的话传入了帕里斯卡斯的耳中。片刻间，他脸上有几分怪异，专心听了一会儿之后，他对旁人说，不知为何我感觉听懂了这些俘虏的话语。虽然我自己不会讲，但似乎能理解他们所说的话。帕里斯卡斯让部下盘问那个俘虏是不是埃及人（因为埃及军队大部分都是希腊人及其他地方的雇佣军）。俘虏回答确是埃及人。帕里斯卡斯又面露忐忑陷入了沉思。只因他迄今为止一次都未踏上过埃及的土地，也未曾与埃及人有往来。他一直恍恍惚惚沉思着，即使是在战况最激烈的时候。

当追击溃败的埃及军，进入古老的白壁之城孟斐斯时，帕里斯卡斯那种沉闷的激奋愈加明显，屡屡令人想到癫痫病患者发病前的样子。以前笑话他的朋辈们这下也多少感到了些悚然。孟斐斯城边上建有一座方尖塔，帕里斯卡斯在塔前用低沉的声音读着刻在碑面上的象形文字，并低声向同袍们讲述修建石碑的国王的姓名及其功绩。诸位将领都觉不可思议，面面相觑。帕里斯卡斯自己也满脸讶异。并无人（包括帕里斯卡斯本人）听说过他通晓埃及历史，能阅读埃及文字。

从那时起，帕里斯卡斯的主人——冈比西斯王也开始逐渐变得狂暴疯癫。他下令让埃及王普萨美提克三世饮牛血而死。如此还不满足，又打算羞辱半年前去世的埃及先王阿玛西斯的尸体。其实，更令他怀恨在心的是阿玛西斯王。他亲率一支军队，朝着埋葬阿玛西斯王的塞易斯城奔去。一到塞易斯，他便命令手下找出阿玛西斯王的墓，将其尸体挖出来抬到自己面前。

埃及人早有准备，阿玛西斯王的墓被巧妙地隐藏了起来。波斯军的将士们只得将塞易斯城内外数量繁多的墓地一座一座挖开来查验。帕里斯卡斯当然也是这搜墓队里的一员。其他队员都疯了一般掠夺埃及贵族墓中与木乃伊一起陪葬的无数宝石、贴身饰品、日用品，只有帕里斯卡斯不为所动,依旧一脸阴郁沉闷,在墓穴间走来走去。他阴沉的表情中时而露出一丝明朗,犹如阴天里偶尔透出的微弱阳光,那抹光亮转瞬消失,又变回原来心神不宁的忧郁。似乎心里某个欲解未解的谜团无法释怀一般。

搜索开始几日之后的某个下午,帕里斯卡斯只身一人伫立在一个十分老旧的地下墓室中。他似乎搞不清楚自己何时与同袍、部下走散了,亦不清楚这个墓室在城市的哪个方位。他从往常的幻梦中清醒过来,猛然回过神,自己便独自一人站在了古墓的昏暗中。

眼睛适应了这昏暗之后,墓室中散乱的雕像、器具以及周围的浮雕、壁画等都朦胧地浮现在了眼前。棺材就那样被掀了盖子丢在地上,巫沙布提俑的脑袋零散地滚落一旁,一看便知已被其他的波斯士兵洗劫过一番。陈旧的灰尘气味冷冷地袭鼻而来。黑暗深处,一座巨大的鹰头神立像面容冷峻,窥视着帕里斯卡斯这边。近处的壁画上是阴森森的队列,净是些长着豺狼、鳄鱼、苍鹭等动物脑袋的怪异神灵。其中有一只无身无脸的巨大眼睛,生着细长的手和脚。

帕里斯卡斯不由自主地往更深处走去。走了五六步,他绊了一下。定睛一看,脚边躺着一具木乃伊。他几乎毫不思索地将木乃伊抱起来,靠在神像的台子边。这是一具近日来已经看腻的再普通不过的木乃伊。他正准备往前走的时候,忽然瞥见那木乃伊的脸。那一瞬间,也道不清是冰凉还是滚烫的东西窜过了他的背脊。他目不转睛地盯着那具木乃伊,根本移不开视线。像是被磁铁牢牢吸住,一动不动地注视着那张脸。

不知过了多长时间，他就一直在那里，呆呆地没有一丝动弹。那段时间里，他体内似乎发生了非同寻常的变化。组成他身体的所有元素在他的皮肤之下猛烈地沸腾着（像后世的化学家在试管中做实验一样），待恢复平静之后，他的性情则变得与之前完全不同。

他内心变得很平静。回过神来便恍然大悟：进入埃及以来，一直挥之不去的那些事，如清晨醒来努力回想的昨夜梦境一般，印象模糊，无论如何都想不起来。现在终于清楚明白了。"啊，原来如此！"他不禁失声道，"我原本是这具木乃伊啊！没错。"

帕里斯卡斯在说出这句话的时候，木乃伊的嘴角似乎略微歪斜了一下。不知是不是从哪儿漏了一点光线，木乃伊的脸明亮了几分，看得愈发清楚了。

此时，电光一闪，劈开了黑暗，遥远的前世记忆一下子苏醒过来。是他的灵魂曾寄居于这具木乃伊时的种种记忆：沙漠里灼烧着大地的阳光、树荫下的微风徐徐、河水泛滥后淤泥的气味、穿行于繁华大街上穿白衣的人们、沐浴后发油的清香、跪拜在幽暗的神殿里那石砖上的冰冷……这些鲜活的感受从遗忘的深渊霎时复苏，蜂拥而来。

彼时，他也许曾是卜塔神殿的祭司吧。之所以说"也许"，是因为此刻在他眼前浮现的是他曾经看见、触碰、经历的事物，而当时自己的模样却全然毫无头绪。

忽然，他瞧见一只颇忧伤的眼睛，那是自己曾供奉到神前献祭的公牛之眼。他感觉这眼神很像自己熟悉的某个人。对了！是那个女人，千真万确！转瞬间，那女人的一双眼睛、略施孔雀石粉末的脸、纤细的身体，和他熟悉的一举一动，甚至是那令人留恋的体味，都一同出现在他眼前。啊！真叫人怀念。可这女人如傍晚湖边的火烈鸟般，何等的寂寞啊。这毫无疑问是他曾经的妻子。

不可思议的是，他全然想不起任何一个人名，连地名、物品名也全都毫无印象。只有无名的形状、颜色、气味、动作，在空间与时间离奇倒错的异常的寂静中，在他面前忽而出现又转瞬消失。

他已经不再看木乃伊。或许是灵魂已出窍进入木乃伊的体内了吧。

又一个情景浮现在他眼前：自己发着高烧躺在床上，妻子忧心忡忡地站在旁边。妻子身后似乎站着老人、孩子。他觉得嗓子十分干渴，动了动手，妻子便上前来喂他喝水。那之后迷迷糊糊过了一会儿，醒来时，高烧已经完全退了。半睁开眼睛看了看，妻子在一旁哭泣着。她身后的老人们似乎也都在哭。突然，像是湖上遮盖着阴云，眼看变得灰暗，苍白的大片阴翳笼罩在自己的上方。令人目眩的坠落感让他不由得闭上了眼睛。

就此，他往世的记忆戛然而止。自那之后，混沌的记忆持续数百年，当再次清醒（也就是现在），已作为一名波斯军人（作为波斯人生活了数十年后）站在了曾是自己躯体的木乃伊前。

帕里斯卡斯对于这怪异的神秘景象不寒而栗，此时，他的灵魂如同北国冬天结冰的湖面一般，极为清澈也极为紧张。但他的灵魂依然继续凝视着被湮没的前世记忆的最深处。在那里，他往世的种种经历无声地沉睡着，犹如深海的黑暗中独自发光的盲鱼。那时，他的灵魂，从黑暗的深渊看到了一个离奇的前世的自己。

前世的自己，在一间昏暗的小房间里，和一具木乃伊相向而立。战栗不安却终究不得不承认，这具木乃伊就是前前世的自己的躯体。就在如同现在一样，在晦暗、冰冷、满是尘土的气味中，前世的自己忽然回想起前前世的自己的生活……

他打了个寒战。到底是怎么回事？这种令人恐惧的似曾相识感。他克制自己的恐惧，仔细观望，惊人地发现，在前世唤起的前前世的记忆中，竟也看到了前前前世的自己相同的模样。像两面相对的镜子，在镜中无限堆叠的毛骨悚然的记忆，就这样无限地、令人目眩地无边持续着。

帕里斯卡斯全身起了鸡皮疙瘩，他想要逃出去，但双腿发软动弹不得。然而又无法将自己的视线从木乃伊脸上移开。身体像被冻住似的，立在那琥珀色的干瘪的躯壳面前。

第二天，当其他部队的波斯士兵发现帕里斯卡斯时，他死死地抱着木乃伊倒在了古墓的地下室。帕里斯卡斯经救治终于苏醒过来，但已明显有疯癫的迹象，开始口吐呓语。所说的不再是波斯语，而全都是埃及语了。

光·风·梦

一

一八八四年五月的某天深夜，在法国南部耶尔的旅馆里，三十五岁的罗伯特·路易斯·史蒂文森[1]突然严重地咯血。他用铅笔在纸片上写下："别怕，如果这就是死，那么死也倒是轻松。"递给了急忙跑到他身旁的妻子。因为此时他满嘴是血，根本无法开口说话。

自那之后，他为了寻找一个适宜疗养之所而辗转各地。在英格兰南部的伯恩茅斯住了三年之后，医生建议他到美国科罗拉多试试，于是他横渡了大西洋。结果，美国也令人不甚满意，他又决定前往南太平洋试一试。乘着七十吨的纵帆船，经过马克萨斯、土阿莫土、塔希提、夏威夷、吉尔伯特等地，在历时一年半的巡游后，于

---

[1] 罗伯特·路易斯·史蒂文森：苏格兰随笔作家、诗人、小说家、游记作家。其代表作有《金银岛》《化身博士》《诱拐》等。

一八八九年底到达了萨摩亚①的阿皮亚港。海上的生活很舒适，各个岛屿的气候也无可挑剔。被史蒂文森自嘲为"空有一副骨架只剩咳嗽"的身体也逐渐好转，状态平稳。他萌生了在这里住下的念头，于是在阿皮亚郊外买了约四百英亩的土地。当然，他也并非想在此地度过余生。次年二月，他将买入的土地的开垦、建造等事宜暂时委托别人，自己则前往悉尼，打算在那里搭便船先回英国一趟。

然而，不久后，他只得给在英国的一位朋友写信道："坦白说，现如今我感觉自己最多只会回英国一趟了，那就是我死的时候。只有在热带地区我才能勉强维持健康，哪怕在亚热带的此地（新喀里多尼亚）我都会动不动就感冒，在悉尼时我还是咯血了。要回到那浓雾弥漫的英国，我现在是想都不敢想。……若问我是否伤怀？想到无法与英国的七八个好友及美国的一两个好友相见，我确实难过，但除此之外，我倒是更喜欢萨摩亚。大海、群岛、土著人以及岛上的生活和气候，或许能让我真的幸福吧。我丝毫不觉得此番'放逐'是不幸的……"

同年十一月，史蒂文森终于恢复健康，回到了萨摩亚。在他买的那块地皮上，当地的木匠已经建好了临时的小屋。正式的主体建筑只能等白人工匠来完成。在那之前，史蒂文森和他的妻子芬妮在临时的小屋里起居，并亲

---

①萨摩亚：南太平洋岛国。

自监督土著们开垦土地。这块地位于阿皮亚市往南三英里处，瓦埃阿休眠火山的山腹地带，这里有五条溪流、三处瀑布，还有其他几处峡谷断崖，是一片高六百英尺到一千三百英尺不等的台地。土著人称此处为"维利马"，即"五条河流"之意。这里还有郁郁葱葱的热带丛林，浩瀚的南太平洋尽收眼底，在这片土地上靠自己的力量一点一点地筑起生活的基石，对史蒂文森而言，这种单纯的快乐好似孩提时代的盆景游戏一般。由自己的双手最直接地支撑着自己的生活——住在自己亲手打过桩的房子里，坐在自己拿着锯子参与制作的椅子上，吃着自己手握铁锄翻耕过的田地里种出的蔬菜和水果——这种意识唤醒了幼年时第一次将自己亲手做好的手工艺品放在桌上，左右端详时的那种新鲜的自豪感。搭建这幢小屋的柱子、木板，以及每天的食物，所有这些都知根知底——这些木材都是从自己的山上伐来并在自己的面前用刨子刨好的，而这些食物的来源也都一清二楚（这个橙子是从哪棵树上摘下的，这根香蕉是在哪片林里采来的）。这一切也给年幼时只有妈妈做的饭才能放心享用的史蒂文森一种愉悦、安心之感。

他如今正体验着鲁滨孙·克鲁索[①]或沃尔特·惠特曼[②]的生活。

[①]鲁滨逊·克鲁索：是英国作家丹尼尔·笛福创作的长篇小说《鲁滨逊漂流记》的主人公。
[②]沃尔特·惠特曼：美国著名诗人、人文主义者，其代表作品是诗集《草叶集》。

热爱太阳、大地和生命，蔑视财富，施舍乞者，将白人文明看作一大偏见，与未受过教育却充满力量的人们共同阔步向前，在明媚的阳光和清风里，感受因劳动而汗流浃背的皮肤下血液奔涌的快感，抛开唯恐他人嗤笑的顾虑，只说真正想说的话，只做真正想做的事。

这，就是他的新生活。

二

一八九〇年十二月×日

五点起床。黎明时分，天边泛起美丽的鸽子色，转而渐渐变成明亮的金黄。在遥远的北边，森林与城市的那一边，大海如明镜似的闪闪发光。但环礁外侧依然波涛汹涌、白沫飞溅。侧耳倾听，怒涛的声响犹如大地轰鸣一般。

将近六点吃早餐。一个橙子，两个鸡蛋。我边吃早餐边漫不经心地望着阳台下面，发现正下方的田地里，两三棵玉米摇晃得出奇。我惊奇地看着，眼见其中一棵径直倒了下去，一下子消失在繁茂的玉米叶之中。我立刻下楼冲进田里查看，谁知两头小猪慌张逃窜，溜走了。

对于小猪的恶作剧我束手无策。这里的猪与欧洲那些被文明阉割的猪完全不同，野性十足、活力充沛且健硕无比，甚至可以称得上健美。我一直以为猪是不会游泳的，可谁知南太平洋的猪游泳技艺如此高超。我曾亲眼所见，一头大黑母猪游了五百码。它们聪明伶俐，甚至掌握了把椰子的果实放到向阳处晒干然后砸开的方法。可一旦碰上凶猛的，有时还会捕食小羊羔。芬妮近来每天就为了对付这群猪而忙得不可开交。

六点到九点工作。我写完前天开始动笔的《南洋来信》的一章，停下笔马上跑出去割草。土著青年们分为四组，分别干一些农活和开路的活儿。到处是斧子的声音、烟草的气味。有亨利·西梅内做监工，这些活儿都进展得非常顺利。亨利是萨瓦伊岛酋长的儿子，是一名放到欧洲的任何地方也毫不逊色的有志青年。

寻找并清除篱笆里丛生的咬咬草（或叫绊绊草），这种草是我们最大的敌人。它灵敏到令人吃惊，有着十分狡猾的知觉——当它随风摇曳触碰到其他草木时并无任何反应，可一旦有人轻轻碰它一下，它立刻就会合上叶子。它是一种收紧后像鼬鼠一样紧咬不放的植物，如同牡蛎吸附岩石那样，根部死死地与泥土及其他植物的根缠绕在一起。清理完咬咬草之后，下一个目标便是野生酸橙。我的双手被尖刺和有弹力的吸盘弄出许多伤口。

十点半，从阳台传来螺号声。午餐是冷肉、木犀果、饼干和红葡萄酒。

饭后，我本想整理一下诗却不太顺利。吹了会儿竖笛。一点又外出，着手开拓通往瓦伊特林卡河岸的道路。

我手拿斧头，独自一人向密林中走去。头顶是一根根重叠交错的巨大树木，在树叶的缝隙间，不时看到闪着光的天空，像一些白色的，白得几乎呈银色的斑点。地上到处倾倒的大树挡住了去路。随处攀爬、下垂、缠绕、成圈的藤蔓植物泛滥成灾。周围还有呈穗状盛开的兰花、伸着有毒触手的羊齿草、巨大的白星海芋。那些多汁的幼树枝丫，斧头一挥便啪的一下利落地断开，但有韧劲的老树枝就没那么容易被砍断了。

一片寂静。耳边只有我挥舞斧头的声音。这片繁茂的绿色世界，是如此的寂寥！白昼的巨大沉默，是如此的令人悚然！

突然，远处传来一个沉闷的声响，紧接着是短促而尖锐的笑声。我后背感到一阵寒意。开始的声响是回声吗？那笑声是鸟叫吗？这一带的鸟儿会发出分外像人的叫声。日落时分的瓦埃阿山充满了宛如孩童叫声般尖锐的鸟鸣。但刚才的声响似乎又有些不同。最终我也没搞清楚那到底是什么声响。

回去的途中，我脑海里忽然浮现出一个作品的构想。是以这片密林为舞台的浪漫故事。这个念头（还有其中的一个情景）像枪弹一般击穿我自己。我也不知道能否将这个故事写好，暂且先将自己的这个灵感放在脑海一隅孵化着。就像母鸡孵蛋时那样。

五点吃晚餐，有牛肉炖菜、烤香蕉、菠萝红葡萄酒。

饭后，我教亨利英语。其实是英语和萨摩亚语的互教互学。每日傍晚的学习是如此的令人压抑，亨利是如何能够忍受，我难以想象。（今天是英语，明天则是初等数学。）享乐派的波利尼西亚人中，他们萨摩亚人是尤其生性快乐的。萨摩亚人不喜欢强迫自己。他们喜欢的是唱歌、跳舞、华美的服饰（他们是南太平洋的时尚达人）、凉水浴和卡瓦酒。还有谈笑、演说和玛琅伽——很多年轻人成群结队从一个村子到另一个村子，连续数日旅行游玩。到访的村落一定得用卡瓦酒和舞蹈热情款待他们。萨摩亚人这种极致的爽快还体现在他们的语言中没有"借钱"或"借"这样的词。最近他们使用的"借"是源自塔希提语的外来语。萨摩亚人原本就不会做"借"这么麻烦的事，都是直接"要"，因此，他们的语言中自然没有"借"这样的词汇。"要""乞求""勒索"诸如此类的词语倒是数不胜数。并且根据索要东西的不同种类——鱼啊、塔罗芋头啊、乌龟啊、席子啊，等等，来区分使用各种说法的"要"。

还有一个萨摩亚人心宽的例子：土著犯人们身着奇特的囚服在道路上施工时，他们的族人竟会穿上节日盛装，带上饮品和食物，去到正在施工的道路中间铺上席子，和囚犯们一起整日喝酒、唱歌，愉快地度过一天。这是怎样一种滑稽的开朗啊！

可是，我们这位亨利·西梅内与他的族人有些许不同。这个青年身上有一种追求组织性而非随性而为的劲头，在波利尼西亚人里他算异类。而与他相比，厨师保罗虽是白人，在智慧上却远逊于他。可说到负责饲养家畜的拉法埃内，他又是非常典型的萨摩亚人。萨摩亚人本就体格健硕，拉法埃内大概有六英尺四英寸（将近两米）那么高。不过他只是个徒有大块头，没志气、脑子迟钝、常常哀求的人。这样一个形同大力神赫拉克勒斯[①]、英雄阿喀琉斯[②]般的巨型大汉居然用撒娇的口吻喊我"爸爸、爸爸"，实在是让人受不了。他非常害怕幽灵，天一黑就不敢自己一个人去香蕉地。（一般来说，当波利尼西亚人说"他是人"的时候，他们的意思是"他不是一个幽灵，而是活生生的人。"）

两三天前，拉法埃内讲了件有趣的事。说他的一个朋友看到了已故父亲的幽灵。傍晚，那个男人伫立在约二十天前去世的父亲的墓前。当他忽地回过神，不知何时一只雪白的仙鹤立在珊瑚屑堆成的坟冢上。"这一定是父亲的幽灵。"他一边想一边注视着那只仙鹤，仙鹤的数量慢慢多了起来，其中还夹杂着黑仙鹤。不一会儿，仙鹤都不见了，坟冢上却来了一只白猫。不久白猫的周围又出现了灰色、杂色、黑色等各种毛色的猫，如幻象一般悄无声响，它们不吭一声偷偷地靠近。却又眼见着，它们的身影全都消失在周围的夜色中。那个男人坚信自己看到了幻化成仙鹤的父亲，云云。

[①]赫拉克勒斯：古希腊神话中的最伟大的英雄，天生力大无穷。
[②]阿喀琉斯：特洛伊战争中希腊军的主将，希腊神话中的大英雄。

十二月××日

  上午，我借来了三棱镜和罗盘开始工作。这些工具我从一八七一年以来就再没碰过，也没想起过它们，不管怎样，我先画了五个三角形。这又让我重新找回了作为爱丁堡大学工科毕业生的自豪感。我曾是一个多么懒惰的学生啊！我忽然想起了布拉奇教授和德特教授。

  下午又是和植物们旺盛张扬的生命力做无言的斗争。如此挥舞着斧头和镰刀干能挣六便士的活儿，我内心也会因为自我满足而充盈，然而在家中趴在桌上，哪怕挣二十磅，我笨拙的良心也会为自己的懒惰和时间的虚度而悲哀。这究竟是为何呢？

  我劳作时突然开始思考：我幸福吗？却发现我不懂幸福本身，它是存在于自我意识之前的东西。但要说快乐的话，我现在就知道各式各样的、种类繁多的快乐（虽然每一种都算不上完美）。在众多的快乐之中，我将"在热带丛林的寂静中独自一人挥舞着斧头"这一伐木的活儿放在很高的位置。的确，这"美好如歌，激情洋溢"的工作使我着迷。现在的生活，拿其他任何环境我都不愿去换。但另一方面坦白讲，我正因一种强烈的厌恶感而时刻战栗不安。难道这就是勉强置身于本质上与自己并不相称的环境中，而不得不承受的生理上的抵触吗？那种逆触神经的粗暴的残酷时刻挤压着我的内心，蠕动的、纠缠的东西令我作呕。在空寂与神秘的笼罩下，四周散发着迷信般的阴森恐怖：我自身的颓丧之感；不停杀戮的冷酷无情。我通过自己的指尖感受到植物的生命，它们的挣扎如同哀求一般击中了我，我感觉自己鲜血淋漓。

芬妮的中耳炎似乎还在疼。

木匠的马踩碎了十四个鸡蛋。听说，昨晚我家的马脱了缰，在旁边（其实也相距甚远）的农田里刨了个大坑。

我的身体状况感觉良好，但体力劳动似乎有点过量了。夜里，我躺在罩着蚊帐的床上，背部一阵生疼，像牙疼似的。近日来，每晚我合上双眼，眼前都会清晰地浮现无边的、生机勃勃的杂草丛，清晰到根根可见。当我筋疲力尽地躺在床上时，还得花好几个小时将白天的劳作再回顾一遍。即使在梦中，我也继续扯拽顽固的植物藤蔓，苦于荨麻的刺毛，被香橼的尖刺扎伤，被蜜蜂蜇个不停，像火燎一般。脚下尽是黏滑的泥土，怎么也拔不起来的树根，可怕的酷暑，忽然吹过的微风，附近森林中传来的鸟鸣，有人戏谑地喊着我的名字，笑声，打暗号的口哨声……大抵是将白天的生活在梦里再过上一遍。

十二月××日

昨夜，有三头小猪被盗。

今天早晨，巨汉拉法埃内畏畏缩缩地出现在我们面前，我们就此事套问了他，其实完全是欺骗小孩子的伎俩。不过是芬妮干的，我可不喜欢这样。芬妮首先让拉法埃内坐下，自己则站在他前面稍远一点的地方，伸出双手，用两只手的食指对准拉法埃内的双眼，然后慢慢靠近。面对芬妮这煞有介事的架势，拉法埃内露出了惊恐万分的神色，等手指逼近，他一下闭上了双眼。这时，芬妮张开左手，用食指和大拇指触碰他的眼皮，右手则绕到他的背后，轻轻敲打他的头和背。拉法埃内认定碰到自己双眼的是芬妮左右手的两根食指。所以当芬妮收回右手恢复到原先的姿势，让拉法埃内睁开眼睛时，他一脸狐疑地问道，刚刚是什么敲打自己的后脑勺。"是附在我身上的怪物。"芬妮说，"刚才我唤醒了它，现在没事了。怪物会帮我们抓住偷猪贼的。"

三十分钟后，拉法埃内心事重重地又来找我们。他再次确认刚才怪物的事是否属实。

"当然是真的啦。偷猪的人今晚睡觉时，怪物也会去他那里睡。然后那个男人很快就会患病，这就是偷猪的报应啊。"

眼前这个相信幽灵鬼怪的巨汉神色愈发地不安起来。我倒不认为他是犯事者，但我能肯定他知道是谁偷的。而且，多半今晚就会举行小猪宴，他应该也会受邀参加。只是于拉法埃内而言，那恐怕不再是一顿愉快的晚餐了。

前些天，我在森林中想到的那个故事，好像已经在头脑中发酵成型了。我打算起名为《乌鲁法努阿的高原森林》。"乌鲁"是"森林"之意，"法努阿"是"土地"之意。优美动人的萨摩亚语啊。我打算将其用作故事中岛屿的名称。虽然还未动笔，但作品中的各个场景宛如连环话剧一般不停地在我脑海中浮现，目不暇接。也许能写成非常精彩的叙事诗呢。但也有可能沦为一个无聊的过于甜腻的爱情肥皂剧。我感觉思绪如电流般游走，蓄势待发，看来正在执笔的《南洋来信》这类的游记是无法从容地写下去了。我写随笔或诗（当然我的诗都是为休闲所作的娱乐之作，不值一提）的时候，从不会被这种兴奋所困扰。

傍晚，巨树梢头、山的背后，布满了壮丽的晚霞。不一会儿，洼地和海的彼岸升起了一轮满月，这片土地上少有的寒冷袭来。谁都无法入眠。大家纷纷起来翻找被子。也不知是几点左右——外面亮得像白昼。月亮正好升到了瓦埃阿山巅。恰巧在正西方。鸟群悄无声息，安静得出奇。房子背后的森林看起来也寒意刺骨。

气温肯定降到六十度（华氏温度）以下了。

三

新年到来，一八九一年的一月，洛伊德从伯恩茅斯的老宅斯克里沃阿山庄收拾好家当什物来到我们身边。洛伊德是芬妮的儿子，已经二十五岁了。

十五年前，史蒂文森在枫丹白露森林初见芬妮时，她就已是一位母亲，有一个快二十岁的女儿和一个九岁的儿子。女儿叫伊莎贝尔，儿子叫洛伊德。芬妮当时在户籍上还是美国人奥斯本的妻子，但她很早之前就逃离了丈夫远渡欧洲，一边做着杂志记者，一边抚养两个孩子，独自谋生。

两人相遇的三年之后，史蒂文森追随已回到加利福尼亚的芬妮，毅然横渡了大西洋。为此他和父亲几乎断绝了关系，也对朋友们恳切的劝说（朋友们都担心史蒂文森的身体状况）置之不理，他拖着病恹恹的身体，在最差的健康状态及最窘迫的经济条件下出发了。等他抵达加州时，不出所料，已经到了濒死的边缘。但他终究顽强地活了下来，第二年，等芬妮和前夫离婚之后，他才终于与芬妮成了婚。当时的芬妮四十二岁，比史蒂文森大十一岁。前一年她的女儿伊莎贝尔成为了斯特朗夫人并生下一个男孩，因此芬妮已经是一位祖母了。

就这样，尝遍世间辛酸的美国中年妇女和出身优渥、任性妄为的天才苏格兰青年开始了他们的婚姻生活。由于丈夫体弱多病，加之妻子年长，这二人不像是夫妻，倒更像艺术家与经纪人的关系。芬妮颇有实干家的才能，这是史蒂文森所欠缺的，她作为他的经纪人确实很优秀。但有时，她的过分优秀也会成为缺点，特别是当她越过了经纪人的界限，试图进入批评家的行列时。

事实上，史蒂文森的稿子必须得经过芬妮的校阅。将史蒂文森花了三个通宵完成的《杰基尔和海德》的初稿扔进火炉的是芬妮；将史蒂文森在婚前所作的情诗断然扣压不许出版的也是芬妮；在伯恩茅斯时，说是为了丈夫的身体，将史蒂文森的老朋友们拦在病房之外，不许入内的还是芬妮。这让史蒂文森的朋友们十分不快。性情直率的W.E.亨利（将加里波第将军写成诗人的那个男人）第一个表示愤慨。他说："那个肤色发黑、双眼像鹰隼一样的美国女人为何如此多管闲事！为了那个女人史蒂文森简直完全变了！"虽然这位豪爽的红胡子诗人能在自己的作品中十分冷静地观察到友情如何因家庭或妻子的关系而遭遇变化，但如今实实在在地摆在眼前，自己最有魅力的朋友被一个女人夺走，他还是难以接受。而史蒂文森本人也确实对芬妮的才能有几分误判。其实只要是稍微伶俐的女人，谁都具备敏锐洞察男人心理的本能，史蒂文森却将这种本能及她作为新闻从业者的才能高估成艺术批评能力。之后，他也觉察到了自己的失误，有时对妻子难以令人心服的批评（其激烈程度已到干涉的地步）而大伤脑筋。他在某一首打油诗里写道："如钢铁般认真，如刀刃般刚直的妻子"，看来在芬妮面前他只得缴械投降。

洛伊德在与继父共同生活期间，不知何时自己也想开始写小说。这个年轻人和他母亲很像，颇有几分新闻工作者式的才能。儿子写的东西，继父修改，母亲加以批评，就这样组成了奇妙的一家人。父子俩之前就合作过一部作品，这次，在瓦伊利马一起生活之后，又计划共同创作一部新的作品——《退潮》。

到了四月，房屋终于建好了。四周环绕着草地和木槿属花，红色屋顶、暗绿色的木造两层房子让当地的土著人惊叹不已。他们都深信史蒂布隆先生，或斯特雷文先生（很少有土著人能正确发出"史蒂文森"这一读音），或是茨西塔拉（土著语，"讲故事的人"）是个大富翁，是大酋长。有关他"豪华壮丽"的宅邸的传言，不久便乘着木舟，远远地流传到了斐济、汤加诸岛。

不久后，史蒂文森的老母亲从苏格兰来到这里与他们一起生活。与此同时，洛伊德的姐姐伊莎贝尔·斯特朗夫人也带着自己的大儿子奥斯汀来瓦伊利马与他们会合。

史蒂文森的健康状态出奇地好，连伐木、骑马都不会觉得累。每天早晨固定有五小时左右的写作时间。因为建筑费用花掉了他三千英镑，所以即使再不情愿也只能奋笔疾书努力写作。

四

一八九一年五月×日

在自己的领地（以及周边毗邻地带）内的探险。前些天已经去看过瓦伊特林卡流域，今天打算去探访瓦埃阿河的上游。

在丛林中大致辨明方向后向东进发。好不容易到了河边，最开始这段河床已经干涸。虽然我带着杰克（一匹马）一同前来，但由于河床上低矮的树木丛生，马儿无法通过，因此我只能将马拴在了丛林中的一棵树上。我沿着干涸的河道向上走，山谷变得狭窄，洞穴随处可见，可以不用弯腰就能从倾倒的树下钻过去。

河道急转向北，听见水流潺潺。不久后，高耸的岩壁出现在眼前。水流像帘子一样清浅地流过岩壁，顺而向下流去，很快潜入地下，不见了踪影。那块岩壁看起来难以攀登，于是我顺着树木爬上了侧面的河堤。青草的味道扑面而来，热腾腾的。含羞草的花儿，凤尾草的触角。脉搏剧烈地跳动，敲击我的身体。正在这时，我似乎听到了什么声响，于是竖起耳朵倾听。好像是水车转动的声响。只听两三声巨响传来，像是巨大的水车在脚下发出呜呜轰鸣，又像是远处的雷鸣一般。而且，每一次声音响起，我感觉整个寂静的山谷都在摇晃。是地震！

我继续沿水路前行。水流大了起来，水凉刺骨清澈见底。周围有夹竹桃、香橼、山菠萝、山橘。在这些树形成的拱顶下走了一会儿，水流又消失不见了，它钻到地下熔岩洞穴的长廊中去了。而我正走在那长廊上面。不论我怎么走，就是走不出这枝繁叶茂的树荫，像被盖住的井底似的。直到走了好长一段路，密林才终于变得稀疏，天空才透过叶子间的缝隙映入眼帘。

突然，我听到了牛的叫声。这是我家的牛，可牛却不认识自己的主人，所以很危险。于是我停下脚步，观察它的情况，巧妙地避让了过去。又走了一会儿，碰到了层层叠叠的熔岩崖壁，崖壁上挂着薄薄的美丽瀑布。瀑布下方的水塘中，手指大小的小鱼身影轻快地游来游去，里头好像还有小龙虾。一棵大树腐朽倒塌，一半浸泡在水里，露出了树洞。溪流底部有一块岩石红得不可思议，像块红宝石。

继续向前，河床又变干涸了，我终于登上了瓦埃阿山陡峭的山坡。河床已逐渐消失，我来到了靠近山顶的台地。徘徊片刻之后，在台地东侧，靠近大峡谷的边缘地带，我发现了一棵壮丽的大树。是棵榕树！高约两百英尺，巨大的树干和它不计其数的随从（气生根）宛如擎天巨神阿特拉斯般，支撑着像怪鸟展翅一样的无数巨枝，而在树枝群形成的峰岭上又盘踞着密密麻麻的羊齿类、兰类植物，就像又长出了另一片森林。一堆堆树枝交错成一个大得骇人的穹顶。树枝层层叠叠向上生长，与西边明亮的天空（已经临近黄昏）高高地遥相呼应，它的巨大阴影从东边数英里的山谷蜿蜒覆盖到山野那边，蔚为壮观！

时间已不早了，我匆忙踏上归途。回到拴马的地方一看，杰克已处于半疯癫的状态。想必是因被独自扔在这深山老林中半日之久，心里极度恐惧吧。当地人说瓦埃阿山上有个名叫阿伊特·法菲内的女妖出没，说不定杰克看到她了。我几次差点被杰克踢到，好不容易才使它平静下来，将它带回了家。

五月×日

下午，我伴着贝尔（伊莎贝尔）的钢琴吹了会儿竖笛。克拉克斯通牧师来访，提出想把《瓶中的妖怪》译成萨摩亚语，刊登在杂志《欧·雷·萨尔·萨摩亚》上。我欣然答应。在自己的短篇作品中,我最喜欢很久之前创作的《任性的珍妮》和这则寓言。因为是以南太平洋为背景创作的故事,或许也能得到当地人们的喜爱。如此一来,我便真的成为他们的茨西塔拉(讲故事的人)了。

夜晚,睡下之后雨声传来。远处海上闪电微弱。

五月××日

我下山到城镇上去。几乎一整天都在折腾换汇的事。银价的涨落在这里是个大问题。

午后,在港口停泊的船只纷纷降半旗,因为哈米尔顿船长去世了。他生前娶了土著人的女儿为妻,被岛上居民亲切地称为萨梅索尼。

傍晚,我往美国领事馆那边走去。这是个美丽的满月之夜。转过马塔托的街角时,前方传来了赞美诗的合唱声。死者家的露台上有很多土著女人正在唱歌。成了未亡人的梅阿丽(她是萨摩亚人)坐在家门口的椅子上。与我早就熟识的她让我进去,坐在她的旁边。我看到屋内的桌子上,横放着用床单包裹着的已故之人的遗体。唱完赞美诗之后,土著人牧师站起来开始讲话。他讲得很久。长明灯的光从门和窗户流向屋外。许多褐色皮肤的姑娘们坐到了我的近旁。闷热得厉害。牧师的讲话结束后,梅阿丽将我领进屋。已故的船长手指交叉放在胸前,容颜平静,似乎马上就要开口说话似的。我从未见过如此栩栩如生、如此精美的蜡制面孔。

我行了个礼便走到屋外。月色明亮，不知从何处飘来橙子的香气，在如此美妙的热带之夜，亡人仿佛已结束了与这个世界的战斗，在少女们的歌声中安静地沉睡着，我只觉一种甘甜的羡慕。

五月××日

听说我的《南洋来信》引起了编辑和读者们的不满。他们说："南洋研究资料的收集或科学观察，应由他人为之。读者期待于R.L.S[①]先生的是用精美的文笔写出猎奇的冒险诗歌。"开什么玩笑！我在写那篇稿子时，脑袋里的范本是十八世纪风格的游记，即尽量克制作者的主观看法和情绪，始终实事求是地贴近对象观察。难道说《金银岛》的作者就应该只写些海盗和被埋葬的宝物吗？就没有资格考察南太平洋的殖民状况、土著居民的人口减少现象以及传教情况吗？令我难以忍受的是居然连芬妮都和美国编辑持相同意见，说什么"应该写一些华丽且有趣的故事，而不是精准的观察"。

事实上，近来我本就逐渐厌倦了一直以来自己那种着色浓重的描写。最近我的文风追求两个目标：一是杜绝无用的形容词，一是向视觉描写宣战。可无论是《纽约太阳报》的编辑还是芬妮，抑或是洛伊德，他们都还没弄清这一点。

---

①R.L.S：即史蒂文森

《遇难船打捞工》的写作进展得很顺利。除了洛伊德，又多了伊莎贝尔这个细心的笔记员，这对我帮助很大。

向主管家畜的拉法埃内询问目前家畜的数量，他回答道，奶牛三头、小牛犊公母各一头、马八匹（以上这些不问我也清楚）、猪三十多头。鸭子和鸡随处出没，因此不好计数只能说大约无数只，另外，还有数量惊人的野猫横行。野猫也能算作家畜吗？

五月××日

听说市里来了环岛演出的马戏团，我们全家出动去看演出。在正午的大天幕下，在土著男男女女的喧闹中，吹着温热的海风看着杂耍。对我们来说，这里是唯一的剧场。我们的普洛斯彼罗①就是踩着球的黑熊，而米兰达②则一边在马背上狂舞一边钻过火圈。

傍晚回家。不知为何心情低落。

六月×日

昨天夜里八点半左右，我和洛伊德在自己的房间，米塔伊埃雷（十一二岁的少年仆人）跑来找我们，说和他同住的帕塔利瑟（最近从户外劳工晋升为室内杂役的十五六岁的少年，瓦利斯岛人，完全不懂英语，萨摩亚语

---

①普洛斯彼罗：莎士比亚戏剧《暴风雨》中的主角。
②米兰达：莎士比亚戏剧《暴风雨》中的人物。普洛斯彼罗的女儿。

也只会五个词。）忽然说出些奇怪的话，样子吓人。完全听不进别人的话，只是一直说"现在我要去见我森林里的家人"。我问他："那孩子的家在森林里吗？"米塔伊埃雷答道："怎么可能！"我和洛伊德立刻赶到他们的寝室。帕塔利瑟看起来像是睡着了，但嘴里说着胡话。有时还发出像受惊吓的老鼠那样的声音。我摸了摸他的身体，很凉。脉搏并不快，肚子随着呼吸大幅度地上下起伏。突然，他站了起来，头垂得低低的，一副快向前摔倒的样子，朝着门跑去。（不过他的这一系列动作不是很迅速，像是发条松了的机械玩具一般出奇地迟缓。）洛伊德和我抓住他，将他按回床上让他睡好。可谁知没过一会儿，他又想冲出去。这一次气势凶猛，大家迫不得已只好用床单、绳子将他绑在床上。被控制住的帕塔利瑟时而嘴里嘟嘟哝哝，时而像生气的孩子一样大哭。他嘴里重复着"法阿莫雷莫雷（请）"，此外似乎还说"我家人在喊我"。不久，阿利库少年、拉法埃内和萨瓦纳也来了。萨瓦纳和帕塔利瑟是同一个岛的人，因此他们可以无障碍交流。我和洛伊德将之后的事托付给他们就回房去了。

　　突然，阿利库跑来喊我。我急忙赶过去一看，帕塔利瑟已经完全挣脱了捆绑，正在巨汉拉法埃内手里拼命挣扎。我们五个人一起动手想要制服他，但发狂之人力量大到惊人。洛伊德和我压着他的一条腿，结果我俩居然被他踢起两英尺高。折腾到将近凌晨一点，我们终于将他控制住，把他的手腕和脚腕绑到了铁的床脚上。虽然心里过意不去，但也是不得已而为之。此后的发作越来越激烈。不过也无大碍了。这简直就是赖德·哈格德笔下的世界。（说到哈格德，他的弟弟现在住在阿皮亚城里，当着土地管理委员。）

"那个疯子情况很不好，我去拿点自己家祖传的秘方药来。"拉法埃内说完便出去了。不一会，他拿来几片不常见的树叶，把树叶嚼碎后敷在发狂少年的眼睛上，并将叶子的汁滴到少年的耳朵里（这是哈姆雷特中的场景？），还往鼻孔里也塞了一些。两点左右，疯了的帕塔利瑟陷入了熟睡。听说从那之后一直到第二天早晨都没再发作。今早我问拉法埃内怎么回事，他说："那种药有剧毒，甚至可以轻松将一家人灭门。昨晚我还担心是不是有点用药过猛了。除了我之外，这个岛上还有一个人知道这秘方，是个女人，那女的就曾经为了行恶用过这种药。"

早上，我们请停泊在港口的军舰上的医生来给帕塔利瑟诊视，医生说并无异常。这个少年不顾劝告，坚持今天也要工作，并在早餐时间来到了大家的面前，或许是为昨晚的行为赔礼道歉，他和屋子里的每一个人亲吻。这疯狂的亲吻把所有人都吓到了。不过，土著人都相信帕塔利瑟的呓语。有的说帕塔利瑟家死去的众多亲人从森林中来到他的卧室，要把他带去冥府；有的说最近死掉的帕塔利瑟的哥哥当天下午肯定在丛林中见到他了，并打了他的额头；还有的说我们昨晚和死者的幽灵奋战整夜，最终幽灵们败北，不得不逃回暗夜（那里是他们的栖身之处）。

六月×日

　　科尔文寄来了相片。素来不太多愁善感的芬妮也情不自禁地流下了泪水。

　　朋友！现在的我，最欠缺的就是朋友啊！（在各种意义上的）能够平等交谈的朋友，拥有着共同过去的朋友，在对话中不需要添加眉批和脚注的朋友。虽然交谈时语言粗鲁，但发自内心互相尊敬的朋友，在这宜人的气候和充满活力的日子里，唯一美中不足的就是身旁没有这样的朋友。科尔文、巴克斯特、W.E.亨雷、高斯，还有认识稍晚一些的亨利·詹姆斯，如今回想起来，我的青春充满了丰厚的友情。他们全都是比我出色的人。和亨利的感情破裂，现在想来心中倍感深切的悔恨。从道理上来讲，我丝毫不觉得自己有错。但道理什么的不值一提。想想那个身形魁梧、胡须卷曲、红脸的一条腿男人和面色苍白干瘪的我一起在秋天的苏格兰旅行时，那份属于二十多岁年纪的健康与快乐吧。那个男人的笑声——"不仅是脸上和横膈膜的笑，而是从头顶到脚跟的全身的笑"，如今依然犹在耳畔。他是个不可思议的男人。和他交谈，就感觉这个世界上没有什么是不可能的。说着说着，不知为何连我也觉得自己是富豪、是天才、是王者、是手持神灯的阿拉丁……

　　往昔那些亲切的脸庞一张一张止不住地浮现在我眼前，不由得怅然伤怀。为了摆脱这无用的伤感，我连忙躲进工作中，继续前些日子开始动笔的萨摩亚纷争史，或者说白人在萨摩亚的暴行史。

我离开英国、离开苏格兰，已正好四个年头了。

五

　　萨摩亚自古以来实行地方自治制，并且这种制度根深蒂固，名义上虽为王国，实际上国王并没有政治实权。实际的政治相关事务全部由各地方"佛诺"（会议）决定。国王并非世袭制，且，并非常设国王之位。自古以来，这里的诸岛有五个荣誉称号，获得这些称号的人就有当国王的资格。各地的大酋长中，拥有五个称号全数或半数以上者（称号的获得靠声望或功绩）则被推举为王。然而，五个称号集于一人的情况通常很罕见，多数情况下，国王之外，另有其他人拥有一个或两个称号。正因如此，国王会一直受到其他王位争夺权所有者的威胁。这样的状态必然为国内的内乱纷争埋下了隐患。

　　　　　　　　——J.B.斯特阿《萨摩亚地方志》

　　一八八一年，大酋长拉乌佩帕被推举即位，他拥有五个称号中的三个——"马里艾特阿""纳特埃特雷""塔玛索阿里"。拥有"茨伊阿纳"称号的塔马塞塞和拥有另一称号"茨伊阿图阿"的玛塔法两人将轮流担任副王之位，首先由塔马塞塞出任副王。正是从这时起白人的内政干涉愈演愈烈。以前，只是"佛诺"（会议）及掌握实权的茨拉法雷（大地主）们操控国王，如今却被住在阿皮亚城的极少数白人取而代之了。英、美、德三国分别在阿皮亚城里派驻了领事。但手握大权的也并非这帮领事们，而是德国人经营下的南海拓殖商会。在岛内的白人贸易商中，此商会无疑是小人国的格列佛。该商会的经理也曾兼任过德国领事，但之后因与本国派来的领事（一个年轻的人道主义者，反对商会虐待土著劳工）发生冲突而被解任了。阿皮亚西郊的姆黎奴海角附近一带的广袤土地都是德国商会的农场，那里种植着咖啡、可可、菠萝等。近千人的劳工从比萨摩亚更加未开化的其他岛屿或遥远的非洲运来，形同奴隶。

这些黑人、棕色人被强迫进行严酷的劳动，每天都能听到他们被白人监工用鞭子抽打时的惨叫声。接连不断地有人逃跑，但他们中的大多数都被抓回来，甚至被杀害了。同时，在这个食人习俗早就被遗忘的岛上，诡异的流言四散。说那些外来的皮肤黝黑的人会抓岛民的孩子吃。萨摩亚人的皮肤是浅黑色或棕色的，因此非洲来的黑人就被他们视为恐怖之物。

岛上居民对商会的反感逐渐高涨。修整得十分美观的商会农场在土著人眼里就是公园，喜好游玩的他们认为，不允许自由出入是一种不合理的侮辱。而辛辛苦苦种植收获的大量菠萝，自己都没吃上一口就装到船上运往其他地方，这在大部分土著人眼里，简直就是愚蠢至极的荒谬行径。

于是，夜晚偷偷潜入农场毁坏田地一度成为了流行。这种行为被看作是罗宾汉式的侠义之举，博得了岛上居民的一众喝彩。当然，商会也没有忍气吞声。他们一旦抓到犯人，不仅立即将其扔进商会私设的监狱，还会反过来利用此事，与德国领事一起给拉乌佩帕王施压，除了索取赔偿，更有甚者，威逼国王在不合理的税法（只对白人特别是德国人有利）上签字。以国王为首的岛内居民不堪忍受这等压迫，于是他们开始想依附英国。然后，竟做出了一件愚蠢至极的事——国王、副王及各大酋长经决议，准备提出"欲将萨摩亚的管辖权委托英国"的申请。以狼穴换虎口的此次商议很快就传到了德国人的耳朵里。德国商会和德国领事勃然大怒，他们立刻将拉乌佩帕赶出了姆黎奴王宫，准备扶植一直以来的副王塔马塞塞。另有传言说，是塔马塞塞与德方勾结背叛了国王。英美两国都反对德国的做法，纷争持续不断，最终，德国将五艘军舰驶入了阿皮亚港（俾斯麦式的做法），在军舰的威吓下断然发动了政变。塔马塞塞成了新国王，拉乌佩帕则逃进了南方的深山中。虽然岛民们对新国王心怀不满，各地的暴动此起彼伏，但在德国军舰的炮火面前也不得不偃旗息鼓。

为了摆脱德国士兵的追捕，前国王拉乌佩帕在深山老林里四处躲藏。某天夜里，他的一名心腹酋长派人带话道："若阁下明天上午还不在德国人面前现身的话，这个岛上恐怕会遭遇更大的灾难。"拉乌佩帕虽是一个懦弱的男人，但他并未丢失这个岛上贵族该有的道义之心，因此他当即决定牺牲自己。当天夜里，他潜入阿皮亚城，和之前的副王候选人玛塔法秘密会面，托付了后事。玛塔法已得知德方对拉乌佩帕的要求。拉乌佩帕将暂时被押上德国军舰带到某个地方去。不过，德国舰长保证，在军舰上会尽可能厚待这位前国王的。可拉乌佩帕并不相信，他已经做好了自己再也无法踏上萨摩亚这片热土的准备。他写下了给所有萨摩亚人民的诀别信，并交给了玛塔法。二人在泪水中道别后，拉乌佩帕便前往了德国领事馆。下午，他就被押解到德国军舰俾斯麦号上，驶向了不知何处。只留下他悲壮的诀别信：

"……我是如此深爱着这片岛屿，深爱着全体萨摩亚人民，因此我决心豁出性命将自己交给德国政府。任凭他们随心所欲地处置我吧。我不愿看到高贵的萨摩亚之血因我之故再度流淌。只是，我至今不解，我所犯何罪？以至于让那些白皮肤的人对我、对我的国土如此震怒。……"信的末尾，他伤感地呼唤着萨摩亚各个地方的名字。"马诺诺啊，永别了，图图伊拉啊！阿纳啊！萨法拉伊啊……"岛民们读了信无不泪流满面。

这发生在史蒂文森定居于这个岛的三年之前。

岛民们对新国王塔马塞塞的反感极为强烈。众望所归的是玛塔法。武装暴动层出不穷，而玛塔法在不知不觉间，自然而然地被拥戴为叛军首领。拥立新王的德国和与之对立的英美（他们也并非支持玛塔法，只是要对抗德国，因而事事反对新王）之间的倾轧也愈演愈烈。

从一八八八年秋开始，玛塔法公然招募士兵盘踞在密林地带。德国的军舰环岛沿岸航行，炮轰叛军部落。英美对此提出抗议，三国的关系陷入了岌岌可危的境地。玛塔法数次大败国王的军队，并将其赶出姆黎奴王宫，围困于阿皮亚东边的拉乌利伊一带。为了救出塔马塞塞王，德国海军陆战队登陆作战，怎料在方格利峡谷与玛塔法军交锋而遭遇惨败，众多的德国士兵战死。岛民们的震惊盖过了欣喜。因为迄今为止在他们眼中如神一般的白人被他们的棕色英雄给打败了。塔马塞塞王逃到海上，至此，德国支持下的政府已完全垮台。

震怒的德国领事决定用军舰对全岛施加高压手段。英美再次表示反对，特别是美国，从正面反对德国，三国都纷纷派出军舰集结于阿皮亚，事态进一步升级。一八八九年三月，阿皮亚湾内，两艘美国军舰、一艘英国军舰与三艘德国军舰对峙，而城市背后的森林中则是玛塔法率领的叛军虎视眈眈伺机而动。就在这一触即发的危急时刻，老天一挥那绝妙的剧作家手腕，让世人惊慌失色。就是那历史性的巨大灾难——一八八九年席卷萨摩亚的大飓风。超乎想象的特大暴风雨持续了整整一天一夜，前一天傍晚还停泊在海港的六艘军舰遭到巨大损毁，风雨过后浮在水面上的仅剩一艘。事到如今，已没有了什么敌我之分，不论白人还是土著人都团结一心连忙投入到救援工作中。连藏身于城市背后森林里的叛军也来到市区和海岸，加入到了尸体的处理和伤者的看护中。此刻,德国人也不再想着抓捕他们了。这次悲惨的天灾竟意外地缓和了对立的情感。

这一年,在遥远的柏林,关于萨摩亚的三国协定达成。其结果是,萨摩亚依然在名义上拥有国王,而由英、美、德三国人组成的政务委员会从旁辅佐。凌驾于委员会之上的政务长官及手握整个萨摩亚司法权的大法官(裁判所长),这两名最高官员须由欧洲派遣,另外,今后国王的选举产生须得到政务委员会的同意。

同年(一八八九年)末,两年前消失在德国军舰上,杳无音信的前前任国王拉乌佩帕突然形容憔悴地回来了。从萨摩亚到澳洲、从澳洲到德属西南非、从非洲到德国本土、又从德国到密克罗尼西亚,辗转各地又被押送回来。不过此次归来,是德国为了将他作为傀儡国王再次扶植上位。

如果有必要选出一名国王的话,无论是从即位次序,还是从人品、名望上来说,都应当是玛塔法当选。但是,他的剑在方格利峡谷沾满了德国海军士兵的鲜血,德国人全都坚决反对玛塔法即位。玛塔法自己也并不着急,他乐观地想,总会有轮到自己的一天。再者,他对两年前含泪惜别,如今消瘦落魄归来的老前辈也充满了同情。而拉乌佩帕最初是打算让位于头号实力人物玛塔法的。因为他本就是个意志薄弱之人,加之两年的流浪,使他被如影随形的不安与恐惧折磨得彻底失去了雄心。

但这样,两人的友情硬生生被岛上白人的策动和岛民高涨的党派意识给破坏了。政务委员会不容分说地让拉乌佩帕即位当王，而此后还不到一个月，就传出了国王和玛塔法不和的流言，这让关系尚好的两人错愕不已。两人因此心生别扭，事实上，经过一个奇怪又令人痛心的过程之后，两个人之间真的有了隔阂。

从最初来到这个岛上开始，史蒂文森就对这里的白人对待土著的方式愤愤不平。对于萨摩亚而言不幸的是，岛上的白人——从政务长官到穿梭于各岛的行商贩——全都只是为了赚钱才来到这里。这一点上，英、美、德并无二致。他们之中无一人（除了极少数的牧师之外）是因为热爱这个岛屿、热爱这个岛上的人们而留下来的。史蒂文森起初感到吃惊，然后感到愤怒。从殖民的常识来考虑，或许为此感到愕然才可笑，但史蒂文森郑重其事地给远在伦敦的《泰晤士报》投稿，控诉岛上的现状——白人的残暴、傲慢、无耻，土著的悲惨，等等。但这封公开信只收获了嘲笑，说"一大作家对政治的无知令人震惊"云云。一向蔑视"唐宁街那些俗人"的史蒂文森（以前，听说首相格莱斯顿在旧书店寻找《金银岛》初版时，他也并未觉得虚荣心得到满足，而是有一种荒谬的不快之感）不熟悉政治现实或许是事实，但他认为哪怕是殖民政策也应该从热爱土著做起，他并不觉得自己的这一想法有什么问题。他对岛上白人的生活及政策的批判，在他和阿皮亚的白人们（包括英国人）之间筑起了一道鸿沟。

史蒂文森留恋故乡苏格兰高地人的氏族制度。萨摩亚的族长制度与之有着相似之处。第一次见到玛塔法时,那魁伟的体格和威严的风采,让他看到了真正的族长的魅力。

玛塔法住在阿皮亚以西七英里的马里艾。名义上他虽不是国王,但与公认的国王拉乌佩帕相比,他拥有更高的名望、更多的部下,更具王者风范。他对白人委员会拥立的现政府从未有过任何反抗。白人官员自己都滞纳税金时,只有他按时缴纳;若是部下犯事,他也随时老老实实地听从大法官的传唤。尽管如此,不知何时起,他被视作现政府的头号敌人,现政府支持者们恐惧他、忌惮他、憎恶他。甚至有人向政府密告,说他私藏弹药。岛民们要求改选国王的呼声确实已威胁到政府,但玛塔法自己从未有过这样的要求。他是个虔诚的基督徒,独身一人,年近花甲。二十年来,他发誓要像"主活在这世间时一样"活着(说的是关于女人的事),且践行至今。每天晚上,将岛上各个地方讲故事的人聚在一起,围坐在灯下,听他们讲述古老的传说和古歌谣是玛塔法唯一的乐趣。

六

一八九一年九月×日

最近岛内流传着各种稀奇古怪的传言。"瓦伊辛格诺的河水被染成了红色。""阿皮亚湾捕到了怪鱼,它的腹部写着不吉利的文字。""无头蜥蜴在酋长会议的墙壁上爬行。""每天夜里,阿婆利马航道上空,从云端传来巨大的呐喊声。是乌波卢岛的众神与萨瓦伊岛的众神在战斗。"……土著们极为严肃地将这些传闻当作战争即将到来的预兆。他们期待着玛塔法揭竿而起，推翻拉乌佩帕和白人政府。他们这么想也不无道理，现政府真是糟透了。尽是些贪图巨额（至少在波利尼西亚）俸禄却一事不为——真的全然一件事都不做——游手好闲的官僚们。大法官切达尔克朗茨作为一个人并不惹人厌，但作为一个官员真是无能至极。更别提政务长官冯·皮尔扎哈，这家伙事事都在伤害岛民的感情。他只知道征税，却连路也不修一条。上任以来，从没授予过土著官职。对阿皮亚这座城市、对国王、对整个岛屿，完全一毛不拔。他们早就忘记了自己也生活在萨摩亚，忘记了岛上还有萨摩亚人民，更忘记了萨摩亚人也是能听会看，有几分智慧的人种。政务长官所做的唯一一件事就是提议给自己修建富丽堂皇的官邸，并且居然已经动工了。而国王拉乌佩帕的住所就在其官邸的正对面，是个在岛内也只算中等以下的破旧建筑（窝棚？）。

看看上个月政府的人事费用明细吧！

大法官的薪俸……………………………$500

政务长官的薪俸…………………………$415

警察署长（瑞典人）的薪俸……………$140

大法官秘书的薪俸………………………$100

萨摩亚国王拉乌佩帕的薪俸……………$95

窥一斑而知全豹。这就是新政府管理下的萨摩亚。

"R.L.S先生不过是对殖民政策一窍不通的一介文人,真是多嘴多舌,还对那帮愚昧无知的土著人投以廉价的同情,简直一副堂吉诃德的样子。"这是阿皮亚城里一个英国人说的话。首先我感谢他将我与那奇特的对人类有着大爱的正义之士相提并论,无上荣幸。我确实对政治一窍不通,并且我为此感到骄傲。我也不懂在殖民地、半殖民地究竟何为常识。我是个文人,哪怕我知道,若无法真心地认同和接受,我就决不可能以那些所谓的常识作为自己的行为准则。

只有真实、直接、铭感至深的东西才能让我(或艺术家)付诸行动。若问我"直接感受到的东西"是什么?于现在的我而言,就是"我早已不再是以一种旅行者猎奇的眼光去打量四周,而是怀有一个居住者的依恋之心,开始去热爱这座岛屿及岛上的人们。"

总之,我得想办法阻止目前迫在眉睫的内乱,以及引发内乱的白人的压迫。可在这些事情上我是如此的无能为力!我甚至连这个岛上的选举权都没有。我尝试过与阿皮亚的要人们当面交涉,但他们根本不会认真搭理我,我知道他们耐着性子听我说完也不过是出于对我文学家的名声有所忌惮。我离开之后他们肯定嗤之以鼻。

无力感强烈地啃噬着我。眼睁睁看着那些愚蠢、非法、贪婪的行径一天天变本加厉,我却无可奈何!

九月×日

　　马诺诺又发生了新的暴乱。真是的！没有哪个岛像这样暴动频发。如此一个小岛，却承载了整个萨摩亚七成的争端。马诺诺岛上玛塔法一派的青年们袭击并烧毁了拉乌佩帕一派岛民们的家。岛上陷入了巨大的混乱。大法官此时正在斐济公费豪华旅行呢，所以长官皮尔扎哈（看来这个男人还有点勇气，这点让人佩服）只得亲自前往，单枪匹马登岛劝说暴徒，并命令犯人们去阿皮亚自首。犯人们也敢作敢当，自己来到了阿皮亚。他们被判监禁六个月，立即被打入大牢。在犯人穿过街道被押往监狱的途中，和他们一同前来的其他剽悍的马诺诺人高喊道："我们会去救你们的！"而走在三十名荷枪实弹的士兵包围中的犯人们答道："大可不必，没什么大不了！"按理说，事情到此就该结束了，但人们都坚信不久就会有人劫狱。于是监狱里加强了戒备，日夜担心不堪忍受的守卫长（一个年轻的瑞典人）最终想到了一个极其残暴的方法。他提出，在牢房下面埋好炸药，如果有人来袭，那么就将暴徒和犯人一起炸死。他向政务长官汇报了自己的想法，竟得到了首肯。随后，他便前往停泊在港口的美国军舰索要炸药，却遭到了拒绝，好像最后是从打捞沉船的工程队（美国决定将前年在大飓风中沉没于港口的那两艘军舰捐给萨摩亚政府，因此他们为进行打捞作业来到了阿皮亚）那里弄到手的。这件事传开了，最近这两三周流言四起。政府害怕继续发酵会引发巨大的骚乱，所以前些天突然用快艇将犯人们转移到了特克拉乌斯岛。要炸死老老实实服刑的人本就荒谬绝伦，居然还擅自将监禁改成了流放，简直是胡作非为！如此这般卑劣、怯懦、厚颜无耻，就是文明面对野蛮的典型姿态。我不能让土著认为所有的白人都赞成这种做法。

我火速就此事给长官寄出了质询书，只是到现在也没有得到回复。

十月×日

长官的回信终于来了。内容不得要领，都是些孩子似的傲慢、狡猾的搪塞之词。我立即又寄出了再质询书。我很讨厌这种纠缠，但却无法对他们要用炸药炸飞土著之事坐视不理。

目前岛民们还没有任何行动，但这能持续到什么时候，我就不得而知了。他们对白人的厌恶与日俱增。我们性情温和的亨利·西梅内今天也忍不住说："我讨厌海滨（阿皮亚）的白人。他们太跋扈了。"听说一个气焰嚣张的白人醉汉举着山刀吓唬亨利说："我一刀砍了你小子的脑袋！"这就是文明人的所作所为吗？萨摩亚人基本上都恭敬有礼（即使算不上高雅）、性情温和、有着自己的名誉观（撇开偷盗习惯不谈），开化程度至少不逊于炸药长官。

在《斯克里布纳杂志》（*Scribner's Magazine*）上连载的《遇难船打捞工》第二十三章完稿。

十一月××日

我东奔西走,俨然成了一个搞政治的人。是喜剧吗?秘密会议、密封信件、暗夜疾行。黑夜里穿过这个岛的森林时,青白色的磷光星星点点铺满地面,美极了。听说是一种菌类发出的光。

有一人拒绝在给长官的质询书上签名,我登门游说,获得了成功。我也变得如此厚颜、难缠了!

昨天,我去拜访拉乌佩帕国王。他住的地方低矮寒酸,这样的房屋哪怕是在穷乡僻壤也遍地都是。刚好在他家正对面,耸立着即将竣工的政务长官官邸,国王不得不每天仰望这栋建筑。他对白人官吏都心怀顾虑,所以似乎不太愿意见到我们。这是一次无聊尴尬的会谈。不过,这位老人的萨摩亚语发音,特别是双元音的发音非常优美,极为动听。

十一月××日

《遇难船打捞工》终于完成了。我正在写《萨摩亚史脚注》。书写现代史真是一件难事,尤其当出场人物全都是自己的相识时,其难度更是成倍增加。

前几天我去访问拉乌佩帕国王的事果然引起了不小的骚动。政府马上出了公告:任何人在未经领事许可及没有官方认可的翻译陪同的情况下,不得与国王会面。好一个至高无上的傀儡!

长官发来了会谈的邀请,应该是怀柔之计。我果断拒绝。

这样一来，我便公然成为了德意志帝国的敌人。经常来我家玩耍的德国士官们也捎口信来说，即将出海无法到访。

讽刺的是，城里的白人也对政府颇有微词。因为政府总胡乱刺激岛民们的感情，将白人的生命财产安全置于危险之中。所以白人比土著更加不愿意纳税。

流感肆虐。城里的舞厅也关门了。听说瓦伊勒勒农场一下子死了七十个壮工。

十二月××日

前天上午，收到了一千五百颗可可种子，紧接着下午又收到了七百颗。从前天中午到昨天黄昏，我们全家出动，一起埋头种植可可。所有人都浑身是泥，露台也成了爱尔兰泥炭沼。种植可可，先要把种子种在用可可树叶编织的筐里。十个土著在后面森林的小屋里编筐，四个少年挖土装箱后运到露台，洛伊德、贝尔（伊莎贝尔）和我筛掉土里的石子和土块，然后装进筐子里，奥斯汀少年和女佣法阿乌玛将这些装满土的筐子搬到芬妮那里去，芬妮则在每个筐子里埋下一颗种子，并将筐子整齐地摆在露台上。我们所有人都筋疲力尽，累得像一摊泥。直到今天早晨疲惫也没消除，但邮船开船的日子临近了，所以我要赶忙写完《萨摩亚史脚注》第五章。这不是艺术品，只是应该尽快写完，尽早让大家看到的东西。这些东西如果不快点公之于世那将毫无意义。

有传言说政务长官要辞职了,都是捕风捉影,恐怕是他和领事之间起了冲突才生出这样的流言吧。

一八九二年一月×日

雨。感觉要起风暴了。我关好门窗点上灯。感冒总是不见好,风湿还犯了。我想起一位老人的话:"所有的主义中最糟糕的要数风湿主义。"

前些日子起,我打算休养一阵,于是开始提笔写从曾祖父那时起的史蒂文森家史。甚是愉快。曾祖父、祖父及祖父的三个儿子(包括我父亲),一代接一代,在浓雾弥漫的北爱尔兰海上,默默无闻地修建灯塔,哪怕时至今日,每当想起他们可敬可贵的身影,我都充满了骄傲和自豪。起个什么标题好呢?"史蒂文森家的人们""苏格兰人之家""工程师一家""北方的灯塔""家族史"还是"灯塔工程师之家"?

关于祖父克服了难以想象的困难,在贝尔·洛克海礁建起一座灯塔的事情,有详细的记录保留至今。我在阅读的过程中,仿佛感觉自己(或者说还未出生的我)也真实地经历过一样。我真切地感受到,自己并非平时所想的自己,八十五年前,曾一边忍受着北海的风浪和海雾,一边和那个退潮时才能露出身影的恶魔海礁搏斗过。我甚至能够清晰地感受到激烈的狂风、冰冷的海水、摇晃的舢板、海鸟的鸣叫。突然只觉胸中一阵灼烧之感。石块嶙峋的苏格兰群山,团团簇簇的欧石楠花,那里的湖泊,早晚习以为常的爱丁堡城的小号声，彭特兰、巴拉黑德、柯克沃尔、拉斯海角，呜呼！

我如今所在之处位于南纬十三度、西经一百七十一度，而苏格兰正好在地球的另一边。

七

史蒂文森在翻阅"灯塔工程师之家"的素材时，不由得想起了一万英里之外那美丽的爱丁堡城。在晨曦的薄雾中隐隐浮现的山丘，巍然耸立在山丘之上的古老城郭到远方圣吉尔斯大教堂的钟楼，它们由近及远的崎岖剪影栩栩如生地浮现在眼前。

史蒂文森自幼气管就十分虚弱，冬天每到拂晓时分，他就会被激烈的咳嗽折磨得无法安睡。于是他便会起身，在保姆卡米伊的搀扶下，裹着毛毯坐到窗边的椅子上。卡米伊也和他并排而坐，两人不说话静静地望着窗外，直到史蒂文森的咳嗽镇静下来。透过玻璃窗看出去，赫里沃特大街还是一片夜色，四处的街灯朦朦胧胧闪着光晕。不久，车轮咯吱咯吱的声响传来，马拉着运往集市的蔬菜车，嘴里吐着白气，贴着窗户跟前驶过。……这就是史蒂文森记忆中这个城市的最初印象。

爱丁堡的史蒂文森家族因世代为灯塔工程师而声名远扬。小说家曾祖父托马斯·史密斯·史蒂文森是北英灯塔局的初代工程技师长，他的儿子罗伯特子承父业，修建了著名的贝尔·洛克灯塔。罗伯特的三个儿子——艾伦、大卫和托马斯也都相继承袭了这个职位。同为小说家的史蒂文森的父亲托马斯是当时的灯塔光学界泰斗、回旋灯和总光反射镜的集大成者。同时他和自己的兄弟齐心协力，建造了斯克里沃阿、奇昆斯等数座灯塔，修缮了众多港口。他是个有才能的实干型科学家，大英帝国忠诚的技术官，虔诚的苏格兰教会信徒，也是那个被称为"基督教中西塞罗"的拉克坦提乌斯的忠实读者，另外，还是古玩和向日葵的爱好者。据他儿子史蒂文森记载，托马斯·史蒂文森时常对自己的价值抱有极为否定的看法，拥有凯尔特式的忧郁，不停思考着死亡，看破了世事无常。

青年时期的罗伯特·路易斯·史蒂文森极为厌恶那高贵的古都和住在其中笃信宗教的人们（包括他自己的家人）。作为长老教会中心的这个都城，在史蒂文森看来是彻头彻尾的伪善之地。十八世纪后半期，这里曾有个名叫迪康·布罗蒂的男人。他白天做木匠兼任市会议员，可一到晚上，他摇身一变成为赌徒、凶恶的强盗。直到很久之后此人才终于原形毕露而被处死。当时二十岁的史蒂文森认为，这个男人正是爱丁堡上流人士的缩影。于是，他不再去经常去的教堂，而是开始出入平民区的酒馆。儿子扬言要走文学的道路，父亲好不容易才勉强认可（父亲最初打算把儿子培养成一名工程师），现在竟做出这种叛教行为，父亲对此无法原谅。在父亲的绝望、母亲的泪水和儿子的激愤中，亲子间的冲突反复上演。看着儿子像个孩子一样即将坠入毁灭的深渊却不自知，同时又像个大人一样固执己见，对好言相劝充耳不闻，父亲绝望了。这种绝望以一种出奇的形式在过于自省的父亲身上表现出来。几番争吵之后，父亲也不再责备儿子了，而是一个劲儿地自责起来。他独自跪下，哭着祷告，由于自己的疏忽让儿子成为了神的罪人，他为此深深自责，并在神前忏悔。儿子百思不得其解，身为科学家的父亲为何会有如此愚昧的行为。

此外，史蒂文森每次和父亲争论过后，总会心生不满："为什么面对父亲就只能说出些如此幼稚的言论来？"若是和朋友交谈，自己明明可以侃侃而谈、发表成熟的言论，这到底是怎么回事？最原始的教义问答，幼稚的神迹驳论，只得以哄小孩般的拙劣事例来证明的无神论。尽管他觉得自己的思想不该是如此幼稚的东西，可一旦和父亲针锋相对，不知为何最终总会沦为这个样子。完全不是因为父亲的论证方法高明而使自己败下阵来。要驳倒对教义从未细致思考过的父亲简直易如反掌，但就是在做这件容易的事的过程中，不知不觉间，自己的态度就会变成孩子式的歇斯底里、任性乖张，自己都觉得讨厌，连争论的内容也会变得荒谬可笑。难道是因为自己至今还尚未摆脱对父亲的依赖（如此说来，就还未成为真正的大人），并和"父亲还拿我当小孩子看待"的想法相互作用，最终才招致这样的结果吗？还是说，自己的思想本就是无聊而不成熟的借来之物,当它和父亲朴素的信仰碰撞时,其表面的装饰被层层剔除,于是现出了原形?那时的史蒂文森和父亲冲突之后,总是会被这样不快的疑问所扰。

史蒂文森表明要和芬妮结婚时,父子之间的关系再度紧张起来。芬妮是个美国人,有孩子,还比儿子年长,但在托马斯·史蒂文森先生看来,比起这些最令人难以接受的还是不论实际状况如何,芬妮目前在户籍上还是奥斯本夫人。任性妄为的独生子在三十岁的年纪第一次决定自立谋生——还下定决心要养芬妮和芬妮的孩子,从而毅然远走,离开了英国。父子之间断绝了音信。一年后,听说在相隔数千英里的重洋之外,自己的儿子连一顿五十美分的午餐都成问题,同时还要和病魔做斗争,托马斯·史蒂文森到底是于心不忍,伸出了援手。芬妮从美国给素未谋面的公公寄了自己的照片,还附带写道:"照片拍得比我本人好看很多,所以请勿以照片为准。"

史蒂文森带着妻子和继子回到了英国。出乎意料的是,托马斯·史蒂文森对儿媳非常满意。原本,他虽明确认可儿子的才能,但总感觉在儿子身上,有些通俗意义上的放不下心的地方。且无论儿子的年龄如何增长,这种不放心总是无法消散。而现在,因为有了芬妮(虽然他当初反对这桩婚事),他感觉儿子有了务实而可靠的支柱。一根生机勃勃又坚韧强劲的支柱,足以支撑起美丽、脆弱、如花般的精神。

经过长期不和之后，一家人——史蒂文森的父母、妻子、洛伊德，大家一起在布雷马的山庄度过了一八八一年的夏天，就算如今回忆起来，史蒂文森也觉得十分愉快难忘。那是个忧郁的八月，阿伯丁地区特有的东北风伴着雨水和冰雹连日呼啸。史蒂文森的身体如往常一样变得很糟。一天，埃德蒙·戈斯来访。比史蒂文森年长一岁的这个博学温厚的青年与父亲老史蒂文森先生也很聊得来。每天早晨，戈斯用完早餐之后就上二楼的病房去。这时，史蒂文森已从床上起来等着他了，两人要下国际象棋。因为医生交代过"病人在上午禁止说话"，所以他们下象棋时都默不作声。其间若是史蒂文森感觉累了，就敲击棋盘的边缘示意。然后，戈斯或芬妮便照顾他躺下，并且，为了让他想写作的时候躺着也能随时写，被子的位置安置得很巧妙。一直到晚饭时间史蒂文森都独自躺着，休息一会儿就写，写一会儿又休息。他一直在写一个海盗冒险的故事，灵感来源于洛伊德画的某张地图。晚餐时间史蒂文森就下楼来。上午的禁令终于解除了，因此他开始滔滔不绝。等到了晚上，他就将当天写好的故事念给大家听。屋外狂风暴雨，从缝隙间吹进来的风把烛台的火光吹得一闪一闪地摇摆。大家都按自己舒服的姿势随意坐着，兴致勃勃地听着史蒂文森的故事。他读完后，大家就会纷纷发表自己的批评和要求。每晚的兴致有增无减，连父亲都说："我来负责写比尔·彭斯箱子里的物品清单吧。"戈斯则一边黯然注视着这无比幸福的一家人，一边思忖着："这个才华横溢的青年才俊被病魔侵蚀的肉体究竟能支撑到何时呢?而现在看起来如此幸福的老父亲又能否躲过白发人送黑发人的不幸呢?"

然而,托马斯·史蒂文森先生还是躲过了这种不幸。在儿子最后一次离开英国的三个月前,他于爱丁堡与世长辞了。

八

一八九二年四月×日

拉乌佩帕国王带着护卫意外来访。一行人在我家用午餐。这位老人今天看起来和蔼可亲,他问道:"你为何不来拜访我啊?"我回答:"因为与国王您会面需要得到那帮领事的同意。"他便说:"别管那些规定,我还想和你一起共进午餐呢,你定个日子吧。"于是我们约好这个周四聚餐。

国王走后不久,一个佩戴着巡警徽章的男子前来。他不是阿皮亚市的巡警,而是所谓的叛乱者阵营(阿皮亚政府的官员如此称呼玛塔法一党)的人。他说自己从马里艾一直步行至此。他带来了玛塔法的信。我现在也能看懂萨摩亚语了(虽然还不会说),这是玛塔法给我的回信,前些日子我写信让他多保重。回信中说道:我想见你一面,下周一请务必来马里艾一趟。我则以土著语的《圣经》作为唯一的参考("吾诚告汝"式的写法,他看到也一定很吃惊吧），用磕磕巴巴的萨摩亚语写下了同意的回复。也就是说，一周之内，我要分别同国王及其对手会面。但愿能从中斡旋取得成果。

四月×日

我的身体状态不佳。

由于和国王有约在先，所以我还是前往姆黎奴那破旧寒酸的王宫赴宴。如往常一样，正对面的政务长官官邸十分碍眼。今天拉乌佩帕国王讲的内容颇有趣。他与我讲述了五年前满怀悲壮地将自己交给德国，而后被带上军舰去往未知土地时的事情。质朴的表达直抵人心。

"……他们命令我，白天不许登上甲板，只有晚上可以。经过漫长的航行，我到了一个港口。那地方一踏上去就是可怕的酷暑，我看到一群犯人在劳作，他们两人一组，脚踝被铁索绑在一起。那里的黑人多到如同海滨的沙子。……之后又乘船走了好久，船上的人说快到德国的时候，我看见奇妙的海岸。所见之处尽是雪白的悬崖在阳光下闪耀。过了三小时之后，那景象竟消失在天边，我更惊奇了。……登上德国后，便在一个玻璃房顶的巨大建筑物中行走，里面装着很多叫作"火车"的东西。然后，坐上了一辆像房子一样有窗户和甲板的马车，在一座有五百间屋子的房子里住下……离开德国后又乘船航行了很久，船慢慢地开进一片像河流一样狭窄的海面。他们告诉我那就是《圣经》中提到的红海，我欣喜好奇地远远眺望。当夕阳在海上洒下一片耀眼的橙红时，我被转移到了另外的军舰上……"

用古老优美的萨摩亚语娓娓道来的此番经历十分有趣，引人入胜。

国王似乎一直害怕从我口中听到玛塔法的名字。他是位健谈又和善的老人，只是他还没意识到自己现在的处境。他对我说，后天也务必再来探望。虽然与玛塔法的会面之期临近，我自己的身体状况也不佳，但我还是答应了他。我想以后翻译的事就拜托霍维特米牧师。如此便决定了后天在牧师家中与国王再次见面。

四月×日

一大早我骑马进城，八点左右到霍维特米牧师家。为的正是和国王约好的会面。可我等到十点国王也没来。倒是来了一名信使，带话说国王正与政务长官商谈要事，无法脱身，若能改到傍晚七点的话可以来相见。于是我先回家了一趟，黄昏时分又来到霍维特米牧师的家中，可谁知我等到八点左右，国王竟还是没来。真是徒劳往返，精疲力竭。怯懦的拉乌佩帕连躲开长官的监视，偷偷溜出来一趟都做不到。

五月×日

凌晨五点半出发，芬妮、贝尔与我同行。我带上了厨师塔洛洛，让他做翻译兼划手。七点划出了礁湖。身体还是有些不适。我们到达马里艾时受到了玛塔法的热烈欢迎。不过，他好像以为芬妮和贝尔都是我的女人。塔洛洛作为翻译实在不像样。玛塔法说了很长一段话，但这个翻译却只告诉我："我大为震惊。"无论对方说什么，他都只会说"震惊"。将我说的话传达给对方时似乎也是同样。我们的交谈毫无进展。

我们喝着卡瓦酒，吃着阿罗·鲁特料理。饭后，我和玛塔法一同散步。我努力用自己那非常有限的萨摩亚语和他交谈。在他家门前举行了为女士们准备的舞蹈表演。

日暮时分我们踏上了归途。这一带礁湖很浅，小船的底部到处碰撞。月牙微光。船划入湖心时，从萨瓦伊岛归来的几艘捕鲸船将我们甩在身后。那些船亮着灯，是十二橹四十人的大型船。每艘船上的人们都边摇橹边合唱。

天色已晚，我们无法回家了，于是在阿皮亚的宾馆住下。

五月××日

早晨，冒雨骑马去阿皮亚。和今天的翻译沙雷·特拉会合后，下午再次前往马里艾。今天走的是陆路。七英里的路程一直下着倾盆大雨，道路泥泞。杂草丛生，高达马脖颈。跳过约八处的猪圈栅栏。等到达马里艾时已是薄暮时分。马里艾的村子里有很多十分气派的民房。那些房屋有高高的拱形茅草屋顶，地上铺着小石子，四周墙壁上门窗敞开。玛塔法家自然也气派非常。此刻，家中已昏暗下来，椰子壳的灯点在中央。四个用人出来跟我们说，玛塔法在礼拜堂。歌声从礼拜堂的方向传来。

不一会儿，主人进来了，我们换下了被雨打湿的衣物，正式行礼问候。主人家端出了卡瓦酒。玛塔法向列席的各位酋长介绍了我："这位朋友不顾阿皮亚政府的反对，为了帮助我玛塔法而冒雨前来，尔等今后也应与茨西塔拉多多亲近，任何时候都不吝援助。"

晚宴、政谈、欢笑、卡瓦酒——就这样持续到半夜。由于我体力不支，主人家将屋内一隅围起来，给我铺了张床。我在五十张上好的垫子上独自睡去。全副武装的护卫兵和几名夜间警察通宵守在玛塔法家周围。从日落到日出，没有换岗。

拂晓四点左右，我醒过来。纤细柔和的笛声从屋外的黑暗中飘来。音色令人愉悦。温和、甜美、似有若无……

后来询问才知道，每天清晨笛声都会在这一时刻响起，是为了给家中安睡的人们送去美好的梦境。多么优雅的奢华啊！听说玛塔法的父亲酷爱各种鸟类的声音，因此被称为"小鸟之王"，看来玛塔法也遗传了父亲的爱好。

吃完早餐后，我和特拉一道策马踏上了归程。由于我们的马靴淋湿了还没干，所以我俩干脆赤着脚。早晨天气晴朗，风景优美，但道路依旧泥泞不堪。丛生的杂草又将衣服打湿到了腰间。我们策马疾驰，速度太快，因此特拉在猪圈栅栏处两次被马儿甩出。乌黑的泥沼，绿油油的红树林，暗红的螃蟹、螃蟹、螃蟹。进入城镇之后，四周响起帕特（木制小鼓）的声音，穿着华丽服饰的土著人姑娘们陆续进入教堂。哦,今天是星期天。我们在街上吃了点东西,然后往家走。

跨越十六道栅栏、骑行二十英里(且前半段还是在暴雨中)、谈论政治六个小时。这与在斯克里沃阿时,曾像饼干里的谷象虫一样蜷曲着的自己,简直天差地别!

玛塔法是位气宇轩昂的老人。昨夜,我们在情感上完全同频共振。

五月××日

雨、雨、雨,像是要弥补之前雨季的不足似的下个不停。可可的嫩芽也尽情地喝个够吧。雨敲打屋檐的声音一停下来,就会听见一阵急流的水声。

《萨摩亚史脚注》完稿。当然,它不是文学,无疑是一份公正且明确的记录。

在阿皮亚,白人们拒绝纳税,因为政府的会计报告含混不清,而委员会也无法传唤他们。

最近,我家的巨汉拉法埃内的妻子法阿乌玛跑掉了。他大受打击,将自己的朋友怀疑了个遍,觉得每个人都有同谋的嫌疑,不过现在看来他死心了,开始重新寻找下一任老婆。

《萨摩亚史》完结,我终于可以专心写《戴维·巴尔弗》了,它是《绑架》的续篇。我曾几次动笔,但都半途而废,看来这次有希望将它写完。《遇难船打捞工》写得过于平平(可听说还很受欢迎,让我颇感意外)。《戴维·巴尔弗》有望成为一部继《巴伦特雷的少爷》之后的佳作。本作者对于戴维青年的爱意，其他人恐怕完全无法理解。

五月××日

大法官C.J.切达尔克朗茨来访。也不知什么风把他给吹来了。和我家里人随意地聊了些家长里短就回去了。他应该已经读了我最近在《泰晤士报》发表的公开信（其中我非常猛烈地抨击了他）。他来我家，到底打的什么主意？

六月×日

受邀参加玛塔法的盛宴，因此我一大早就出发了。同行者有母亲、贝尔、塔乌伊洛（我家厨师的母亲，是附近部落的酋长夫人。她体格庞大，比母亲、我和贝尔三人加在一起还要大上一圈）、担任翻译的混血儿沙雷·特拉、另外，还有两名少年。

我们分别乘独木舟和小艇。途中小艇卡在平浅的礁湖中无法动弹。无奈之下我们只得赤脚走到岸边。约一英里的海滩徒步。头顶着火辣的太阳，脚踩着黏滑的稀泥。我刚从悉尼寄过来的衣服、伊莎贝尔身穿的雪白镶边裙子全都遭了殃。正午过后，我们浑身是泥，终于抵达了马里艾。母亲的独木舟则早已到达。战斗舞蹈已经结束，我们只能从食物献纳仪式的中途开始观看（不过也花了整整两个小时）。

屋前的绿地周围，有一排椰子叶和黑海带围成的临时棚子，土著以部落为单位聚集在巨大的矩形桌案四周。他们的各式服装五彩缤纷。有人裹着塔帕布料，有人身着拼布衣服，有人头上插着落粉白檀木，有人头上则满满地装饰着紫色花瓣……

中央的空地上，食物堆积如山，越来越大。这些是由各大小酋长向他们打心底推崇爱戴的真正王者（不是白人扶植的傀儡）进献的东西。执事和壮工们列队边歌唱边将进献的物品接连不断地运进来。礼物被一件件高高举起示众，负责接收的执事以郑重其事的礼仪性的夸张语调高声念出礼物和进献者的名称。这名执事是个体格强壮的男人，全身似乎涂满了油，油光锃亮的。他一边将烤全猪运过头顶，一边汗流如瀑高声喊叫的样子还真是壮观。当我们带来的饼干罐子被举起时，我听到这样的介绍："阿里·茨西塔拉·欧·雷·阿里·欧·马洛·特特雷"（故事作者酋长·大政府酋长）。

在为我们特别安排的席位前，坐着一个头戴绿色树叶的老人。他阴沉冷峻的侧脸酷似但丁。他是这个岛上特有的职业说书人之一，且还是其中的最高权威，名叫波波。他身旁坐着他儿子和同行们。玛塔法则坐在我们右手边较远的地方，时不时能看到他的嘴唇在动，手腕上的念珠在摇晃。

所有人共饮卡瓦酒。王者举杯喝下一口，这时只听见波波父子出人意料地发出奇怪的叫喊声以示祝福，倒是把我们吓了一大跳。我还从未听过如此怪异的声音，像狼的嚎叫一般，听说是"茨伊阿特阿万岁"之意。不久后开始用餐。玛塔法吃完后又响起一阵奇怪的叫喊声。我注意到,在这个未被政府承认的王的脸上,刹那间闪过年轻气盛的骄傲和野心,随即又消失了。大抵是因为他与拉乌佩帕分道扬镳以来,波波父子第一次来到他这里以"茨伊阿特阿"之名盛赞于他吧。

食物的搬运已结束。所有礼物被仔细地依次清点并记录在册。滑稽的说书人怪腔怪调地高声报出物品的名称和数量,惹得众人捧腹大笑。"塔罗芋头六千个""烤全猪三百一十九头""大海龟三只"……

紧接着,前所未见的奇妙景象出现了。波波父子突然站起身来,手持长棍,跃进堆满食物的院子里,跳起了奇怪的舞蹈。父亲伸长手臂挥着长棍舞蹈,儿子则弯腰向下,以一种难以形容的姿势跳动,他们所画的圆逐渐扩大。跳过去的东西都将为他们自己所有。中世纪的"但丁"忽然变得样子怪异贪婪无情。这种古老的(抑或地方性的)仪式甚至在萨摩亚人之间也引起了阵阵笑声。我赠送的饼干和一头活的小牛犊都被波波跳了过去。但大部分的食物在他宣布据为己有之后,又再次被进献给了玛塔法。

轮到故事酋长(鲁·阿里·淡西塔拉)了。我倒没有跳舞,但也被赠予了五只活鸡、四个装了油的葫芦、四张席子、一百个塔罗芋头、两头烤全猪、一条鲛鱼以及一只大海龟。这是"王给大酋长的礼物"。几个年轻人穿着比兜裆裤还短的拉瓦拉瓦,在收到指令后,要从食物堆里把以上那些赠品搬出来。我还以为他们会蹲在堆积如山的食物上挑半天,怎料他们忽地将对应数量的赠品快速准确地拣了出来，并很快又在远处另一地方摞得整整齐齐。动作一气呵成！我仿佛看到了在麦田里觅食的鸟群。

突然，走出约九十个缠着紫色腰布的壮汉，在我们跟前站定。我正觉奇怪，他们每个人便从手中猛力地往高空抛起活的小鸡。近百只小鸡慌张地扑扇着翅膀落下，然后又被壮汉接住再次抛向空中。多次重复这套动作，空气里充满喧嚣声、欢呼声、小鸡的悲鸣声。只见眼前全是挥动、高举的古铜色健硕手臂、手臂、手臂……作为节目确实有趣，但这究竟要死多少只小鸡啊！

在屋里和玛塔法交谈结束后，我们向下走到水边，船上已经装好了送给我们的食物。我们正准备上船时急风骤雨来袭，只得再次返回玛塔法家，休息了半小时之后五点出发。我们还是分乘小艇和独木舟。夜幕落到水面，岸边灯火迷人。大家唱起歌来。像座小山似的身躯庞大的塔乌伊洛夫人竟有一副美妙的歌喉，我大吃一惊。途中又起了急风骤雨，母亲、贝尔、塔乌伊洛和我，还有海龟、烤猪、塔罗芋头、鲛鱼、葫芦，全都成了落汤鸡。我们泡在小船底部温吞的积水中，将近几点时，终于抵达了阿皮亚。一行人在旅馆住下。

六月××日

用人们吵嚷着说在后山的灌木丛里发现了骸骨，于是我带着大家去探个究竟。到了一看，的确是骸骨，不过已久经年月。参照这个岛上的成年人，这具骸骨要小得多。

或许是因为在丛林深处阴暗潮湿的地方，所以迄今都没被人发现吧。我们在附近拨弄一番，又发现了另一具头盖骨（只有颗脑袋），上面有个子弹孔，约能放入我的两根拇指。当看到两具头盖骨摆放在一起时，用人们瞬间幻想了一个有传奇色彩的解释：这名可怜的勇士在战场上取得了敌人的首级（萨摩亚战士的最高荣誉），但自己也身负重伤，因此无法将自己的战果展示给同伴，虽勉强爬到了这里，可最终也只能抱着敌人的首级在此虚无地死去。（若果真如此，难道是十五年前拉乌佩帕和塔拉沃乌之战时的事？）拉法埃内和其他人连忙开始掩埋骸骨。

傍晚六点左右，我正准备骑马下山时，看到前方的森林上空有一片巨大的云。样子宛如一个额头似独角仙、长鼻子男人的侧脸，轮廓清晰。脸的部分呈绝妙的桃粉色，帽子（卡拉马库人式的大帽子）、胡须、眉毛则是略带青色的灰。有些稚嫩的画风、鲜明的色彩以及巨大的（大得出奇）尺寸，令我有些恍惚。我看着看着，他的表情就变了。像是闭上一只眼，收紧下巴。突然，铅灰色的肩膀向前凸出，脸就随之消失不见了。

我望向别处的云。雄壮、明亮的云柱林立，我不禁屏住了呼吸。这些云柱从地平线拔地而起，其顶部距天顶不超过三十度。这是何等雄伟壮观！云柱下方有如冰河般的暗影，由下往上，从幽暗的深蓝渐变为朦胧的乳白，色彩的细微变化被逐一呈现。背后的天空被临近的夜色染成丰富而深邃的蓝。天的尽头涌动着蓝紫色的、冶艳且深沉的光和影。山丘上已笼罩着落日的暗影，而巨大的云端却如白昼般映照在光里，明亮似火、如宝石般无比华丽温柔的余晖点亮了整个世界。那道光比我们想象之所及的高处更高。从尘世间举头遥望，那份华美且洁净无瑕的庄严肃穆令人惊叹不已。

云的近旁升起了细如弯钩的上弦月。在月牙西面的钩尖上方不远处，我看见一颗明亮如月、闪闪发光的星星。黑暗弥漫的下界森林里，响起鸟儿们高亢的黄昏大合唱。

八点左右我抬头望，月牙比先前明亮了许多，星星已经绕到月牙下方了。不过，它依然明亮如满月。

七月××日

《戴维·巴尔弗》的写作渐入佳境。

丘拉索号进港了，我和船长吉布森先生聚餐。

街头巷尾有传言，说R.S.L（史蒂文森）会被驱逐出岛。英国领事已向唐宁街请求命令云云。我的存在有害于岛内治安？吾非至伟政人哉！

八月××日

昨天，应玛塔法之邀再次前往马里艾。陪同翻译是亨利（西梅内）。交谈时，玛塔法称呼我为"阿菲欧伽"，让亨利大吃一惊。迄今为止我都被称作"斯斯伽"（相当于"阁下"吧？），而"阿菲欧伽"是王族的称呼。在玛塔法家住了一晚。

今天早晨，用完早餐后观看了"大灌奠式"——将卡瓦酒淋在象征着王位的古老石块上，这是一个即使在该岛上都已几乎被遗忘的楔形文字式的典礼。古铜色的战士们身着正装，他们一个个身高六英尺五英寸，肌肉发达、体格健硕，佩戴着兽齿项链，头盔饰须是用老者的白髯制成的，在风中飘扬，气势逼人。

九月×日

我出席了阿皮亚妇女会主办的舞会。芬妮、贝尔、洛伊德及哈格德（之前提到的赖德·哈格德的弟弟，一个好男儿）与我同行。舞会进行到一半，大法官切达尔·克朗茨出现了。这是在几个月前他那次避重就轻地登门拜访之后，我俩的首次会面。休息了片刻，我和他一组一起跳了卡德利尔舞。稀奇古怪令人害怕的卡德利尔舞啊！哈格德说："像奔马的跳跃一样。"我们这对公开的敌人被两位高大又可敬的妇女拥着，挽着手抬起腿跳跃旋转的时候，大法官和大作家双双威严扫地。

一周之前，大法官还忙着教唆我的混血儿翻译搜集对我不利的证据，而我则在今早又给《泰晤士报》写了猛烈抨击这个男人的第七封公开信。

然而，我俩现在互换着微笑，只顾"奔马的跳跃"，心无杂念。

九月××日

《戴维·巴尔弗》终于完稿。与此同时，我这个作者也筋疲力尽了。若请医生看诊，他肯定又会对我说此处的热带气候对"温带人"的伤害性。我深表怀疑。这一年间，在烦人的政治骚乱中持续进行的过量工作，难道在挪威就不会搞垮我的身体了吗？总之，身体已疲惫到了极点。不过对于《戴维·巴尔弗》我基本满意。

昨天下午，被我派去城里办事的阿利库少年，直到深夜才缠着绷带两眼放光地回来了。他说自己和玛拉伊塔部落的少年决斗，打伤了对方三四个人。今早，便成为了家中的英雄。他做了把一根弦的胡琴，自己演奏着胜利的歌曲，还跳起舞来。那兴高采烈的样子还真是个美少年。想他刚从新赫布里底来的那会儿，说我家的饭菜太好吃，于是暴食过量，肚子胀得巨大，为此吃尽苦头。

十月×日

清早开始胃就疼得厉害，我服了十五滴阿片酊。最近两三天都不打算工作了，感觉自己的精神处于一种游离的状态。

曾经的我是个光芒耀眼的青年。之所以这么说，是因为以前比起我的作品，所有的朋友似乎都更喜欢我性格和谈吐的多彩绚烂。但人不可能永远是爱丽儿或帕克。《维琴伯斯·普鲁斯克集》那样的思想和文体，如今是我最厌烦的。其实，在耶尔咯血之后，我感觉对于一切都已看到了尽头。我已对所有事情都不抱希望，如死蛙那般。我怀着平静的绝望参与所有事，好比确信自己随时会溺水而亡还是走向海边一样。但这不是自暴自弃。不仅不会自暴自弃，我恐怕到死都不会失掉快活。这种坚定的绝望甚至可以说是一种愉悦。这是一种近乎于信念，有清醒的意识、勇气及乐趣，足以支撑我往后余生的东西。我不需要快乐，也不需要灵感，我有信心仅凭义务感就足够能走下去，有信心以蚂蚁的心态，一直高唱蝉的歌曲。

在集市，在街头
我咚咚敲响战鼓
身着红色上衣　我所到之处
头顶的飘带翩翩起舞

寻求新的斗士
我咚咚敲响战鼓
朋友啊我答应你
我将怀抱生的希望和死的勇气

九

年满十五周岁之后，写作便成了他生活的中心。他自己也不清楚，是何时、从哪里生出"自己是为成为作家而生的"这种信念，但就在十五六岁时，他已无法想象将来的自己会从事作家以外的职业。

也是从那时起,他外出的时候,总会在口袋里放一本笔记本,将路上的所见所闻、所思所感全都当即用文字记录下来,以此练习写作。他还会将读过的书籍中自己认为"准确的表达"尽数摘抄在那本笔记本上。同时,他也积极训练,学习各家风格。当读到一篇文章时,他就会将同一主题改写成几种不同作家——或黑兹利特、或罗斯金、或托马斯·布朗——的文体风格。少年时代的数年间,他一直孜孜不倦地重复着这样的练习。刚刚告别少年时期,还未有一部成型的小说时,他就已对自己的表达技巧自信满满,就像象棋高手对自己的棋艺无比自信那般。流淌着工程师血液的他,在自己选择的道路上早早就怀抱着作为技术家的那份自豪了。

他近乎本能地知道"自己并非想象中的那个自己"。也清楚"头脑有时会出错,但自己身体里流淌的血液不会错。即使乍一看像是误入歧途,最终,其实是选了一条最忠实于真正的自我也最明智的道路"。他知道"存在于我们体内不为自己所知的东西,往往比自我要聪明百倍"。于是他在规划自己的生活时,尽全力沿着那唯一的路——比自我聪明的东西指引的那条唯一的路,忠诚而勤奋地大步向前,抛开一切杂念,心无旁骛。他不顾世俗的嘲笑辱骂和父母的悲声哀叹,从少年时起直到死的那一瞬,都一直坚持着自己的活法。他"浅薄""虚伪""好色""自负",是"自私自利的利己主义者""俗不可耐的纨绔子弟",但唯独写作这一条路,他始终如一,如修道僧人般虔诚修行、毫不懈怠。他几乎无一日不写作。写作已成为他身体习惯的一部分了。二十年来,肺结核、神经痛、胃痛从未间断地折磨着他,可就是无法让他停止写作的习惯。肺炎、坐骨神经痛及脓漏眼数病齐发时,他眼睛上缠着绷带,一边仰卧在床静养,一边用低声细语口述《炸药党员》,并让妻子代笔记录下来。

他一直与死神为邻。咳嗽时掩住口鼻的手绢上常常是一摊鲜红。仅就对死亡的觉悟而言,这个不成熟、装腔作势的青年与大彻大悟的高僧有着相似之处。平日里,他将自己墓志铭的诗句暗藏在口袋里:"繁星璀璨映苍天,造一墓室供我眠。生而欢乐死亦欢。"云云。比起自己的死,他更恐惧友人的死亡。对自己的死亡他早已习惯。甚至更进一步说,他有种和死神嬉戏、与死神对赌的心态。在死神冰冷的手抓住他之前,他究竟能够编织出多少美丽的"想象和语言交织的锦缎"?这是一场豪赌。他像出发迫在眉睫的旅人般心情急切,不停地奋笔疾书。如此,其实也留下了几匹美丽的"想象和语言交织的锦缎"。譬如《欧拉拉》,譬如《任性的珍妮》,再譬如《巴伦特雷的少爷》。很多人说:"也不过如此,这些作品虽然优美而富有魅力,但总归是一些没有深度的东西。史蒂文森之流也不过就是个通俗作家而已。"但史蒂文森的忠实读者们绝不会无言以对:"聪慧的史蒂文森的守护天使(正是得到天使的指引,他才走上了作家之路)知道他命不久矣,

（不论对谁而言，四十岁之前创作出杰作几乎是不可能的）因此才让他舍弃了揭示人性的近代小说之路，而让他选择富有无上魅力、故事结构怪诞、叙述手法巧妙的写作方式（这样的话，即使英年早逝，也仍可以留下几部精彩绝美的作品）。""再者，这正是自然精巧的安排之一，好比一年中多半是严寒冬季的北国的植物，也会在那极为短暂的春夏里争分夺秒开花结果。"或许有人会说，俄国、法国最杰出最深刻的短篇作家不也是和史蒂文森在同一年纪，甚至比史蒂文森还更年轻就死去了嘛。可他们并没有如史蒂文森这样，一直疾病缠身，被早逝的预感胁迫着。

他曾说，传奇故事就是偶然事件（circumstance）的诗篇。比起事件本身，他更喜欢由事件而产生的诸多场景的效果。作为一名传奇故事小说家（不论其本人有无意识），他试图将自己的一生缔造成自己作品中最大的传奇（并且事实上，也获得了一定程度的成功）。因此，他作为主人公，居所氛围常常和他小说中的要求一致，必须是富有诗意和传奇色彩的。作为情景描写的大师，自己在实际生活中活动的各个场景，若不值得他用生花妙笔来描写一番的话，他便难以忍受。在旁人眼里他那令人不快、毫无用处的装腔作势（或花花公子做派），其真相也正在于此。为何突发奇想非得牵着驴到法国南部的山中打转呢？为何名门子弟要系着皱巴巴的领带，头戴有红色长飘带的老式帽子，装出一副流浪汉的样子呢？又是为何，谈论女性时非要用一种令人作呕、扬扬自得的腔调说出"人偶虽是漂亮的玩具，里面可是锯末子"这种话呢？二十岁的史蒂文森，是一个极度矫揉造作的家伙、令人生厌的无聊汉、爱丁堡上流人士憎恶的对象。在森严的宗教氛围中成长起来的虚弱白面贵公子突然为自己的纯洁感到羞耻，大半夜从父亲的宅邸溜出，在花街柳巷四处游荡。装成维庸、装成卡萨诺瓦的这个轻浮男子，他深知，自己所选的这条唯一的道路，只能赌上自己羸弱的身体和或许很短暂的生命，除此之外别无他法。即使是在灯红酒绿、莺莺燕燕的席间，他也能看到那条道路一直熠熠生辉，如雅各在沙漠中梦见的天堂之梯那样，无限高远，直达星空。

十

一八九二年十一月××日

邮船即将出港，贝尔和洛伊德昨天就去了城里。他们走后，易欧普的脚开始疼痛，法阿乌玛（巨汉拉法埃内的妻子若无其事地再次回到了丈夫身边）的肩上长出一个肿包，而芬妮的皮肤上开始出现黄斑。法阿乌玛的肿包有可能是丹毒，民间疗法似乎不奏效，所以晚饭后我骑着马去找医生。月色朦胧，平静无风，山上雷鸣阵阵。在森林中急行，那菌类的青白色亮光星星点点地闪烁着，洒满地面。跟医生约好明天到家里问诊，然后我们喝啤酒、聊德国文学，一直到晚上九点。

昨天起我开始构思新的作品。时代背景设定在一八一二年左右。地点在拉姆玛穆阿的赫米斯顿附近及爱丁堡。书名未定。"黑色地带"？"赫米斯顿的韦尔"？

十二月××日

扩建完成。

本年度的账单（year bill）到了，约四千英镑，今年也许勉强收支平衡吧。

夜晚，传来炮声。听说是英国军舰入港。街上有传言说，我很快就会被逮捕。

卡斯尔出版社传来消息，要将我的《瓶中精灵》和《费利沙海滩》合在一起，以"海岛夜话"之名出版。这两个故事风格迥异，把它们放在一起不是很奇怪吗？我倒是觉得可以加上《声音之岛》和《流浪女》。

对于要收录《流浪女》一事，芬妮表示抗议。

一八九三年一月×日

低烧持续不退。胃也虚弱得很。

《戴维·巴尔福》的校样稿还没送来。怎么回事？应该至少已完成一半了。

天气十分恶劣。雨。飞沫。雾。寒冷。

我原本以为能够付清的扩建费，只拿得出一半。为何我家的花销这么大呢？我们也没有穷奢极欲。每个月我都和洛伊德绞尽脑汁，但刚填上一个窟窿，又冒出一个缺口。好不容易某个月感觉收支可以平衡了，却定会碰上英国军舰入港而不得不款待军官们。也有人说是因为用人太多了。我们实际雇佣的人并没有很多，但到处都是他们的亲戚、朋友，因此也不知道准确的数字。（即便如此，最多也不超过一百人吧。）不过，这也无可奈何。因为我是族长，是维利马部落的酋长，大酋长不应该为这些小事而喋喋不休。再者，实际上不论有多少土著，伙食费都是固定的。我家中的女用人相貌姣好，略高于岛民的标准，因此有蠢货将维利马比作苏丹的后宫，说故而开销巨大。这明显是出于中伤的目的，但玩笑话也该有个分寸。我这个苏丹别说是精力绝伦了，简直就是个苟延残喘的病秧子。这些家伙一会儿将我比作堂吉诃德，一会儿说我是哈伦·拉希德，现在说不定又成了圣保罗或卡利古拉。此外，还有人说，过个生日邀请上百人的宾客，太过铺张。我可不记得自己邀请过那么多的客人。都是对方不请自来，而他们对我（或是对我家的伙食）心怀好意、前来庆祝，我不也只得好生招待吗？甚至有人说，我就不该邀请土著参加贺宴，真是岂有此理！哪怕是拒绝白人来访，我也想邀请他们。再说这所有的费用从一开始我就列入了预算，计划是绰绰有余的。毕竟在这个岛上，就算想铺张奢侈也没有条件。总之，我去年伏案奋笔，赚了四千英镑以上，却还是入不敷出。我想起了沃尔特·司各特，司各特晚年突然破产，接着失去妻子，不断地被无情的债主催逼，只得机械般飞快地写一些拙劣的作品。于他而言，除了坟墓，没有喘息之处了。

又有战争的传言。波利尼西亚式的纷争真是拖泥带水的。眼看战火将燃却又燃不起来，眼看将要平息却又浓烟四起。这一次是图图伊拉西部的酋长们之间发生了点小摩擦，应该没什么大事。

一月××日

流感肆虐。家中几乎所有人都感染了。我还伴有咯血。

亨利（西梅内）真是得力干将。原本萨摩亚人中，即使身份低微的人也很抵触搬运污物，但身为小酋长的亨利却每晚二话不说钻出蚊帐拎起便桶去清理。现在大家都基本好转，而他却最后一个染上流感，发起烧来。最近我戏称他为"大卫（巴尔福）"。

生病期间，我又开始了新作。让贝尔代为记录。写的是一名法兰西贵族在英国成为俘虏的故事。主人公的名字叫作"安努·德·桑特·伊维"，我想把作品名起作英语的读音《森特·艾维斯》。

我拜托巴克斯特和科尔文给我寄罗兰·德森的《文章法》。一八一〇年代的法兰西及苏格兰的风俗习惯，特别是关于监狱情况的参考书。《赫米斯顿的韦尔》和《森特·艾维斯》的写作都要用到这些参考书。岛上没有图书馆，与书店的交涉又费时费事，这两点让我实在受不了。不过没有被记者围追堵截的烦恼倒是很舒心。

政务长官和大法官要辞职的传言不胫而走，而阿皮亚政府的不合理政策却依然没有任何改变。据说他们为了强行征税，增派了军队，打算赶走玛塔法。无论他们成功与否，白人的不受欢迎、人心的动荡以及这个岛上经济的凋敝都只会有增无减。

我对介入政治的纷争感到厌烦，甚至认为，即使在这方面取得成功，除了招致人格毁坏别无其他好结果。……但我也并不是对政治（于这个岛的）不关心。只是长期卧病、咯血，自然用于创作的时间就减少了，还要因政治问题浪费宝贵的时间，我便有些烦躁。但一想到悲惨的玛塔法，我便坐立难安，却也只能提供精神上的援助，真是窝囊！可即便你有政治上的权利，你又究竟想做什么呢？拥立玛塔法为王吗？好，就算那样，萨摩亚就能够万代长存吗？可悲的文人啊！你当真这么以为吗？抑或是预料到萨摩亚不久将走向衰亡的命运，只不过将悲悯的同情倾注于玛塔法而已？最典型的白人的那种同情。

科尔文的来信中说，我的信里总过多地提及"你的黑咖啡和巧克力（黑色人和褐色人）"。我并非不理解他的心情，他担心我对"黑咖啡和巧克力"的关心过度占用了自己的创作时间。但，归根到底，他（以及其他身在英国的朋友们）并无法真正理解我对"黑咖啡和巧克力"有着怎样亲如骨肉的情感。不仅是这一点，其他事也如此，我们已经四年没有相见，彼此置身于完全不同的环境中，他们和我之间，恐怕已有了难以逾越的鸿沟？这个念头很可怕。亲密的人长时间分离绝非好事。尽管心心念念想见对方，却在见面的一瞬间，出乎意料又无可奈何地必须面对彼此之间的鸿沟。很残酷，但这或许就是真相。人每时每刻都在变。我们是何等奇怪的物种啊！

二月××日于悉尼

我自己给自己放假，打算休假五周左右，从奥克兰到悉尼，游玩一趟。但同行的伊莎贝尔牙疼，芬妮感冒，而我从感冒恶化成胸膜炎。真搞不懂我们究竟是来干什么！即便如此，我也在当地的长老教会总会和艺术俱乐部共演讲了两场。他们给我拍照，制作纪念章，我走在街上人们都会回头指着我低声喊我的名字。名声？神奇的东西。曾经自己最看不起所谓的名流，不知何时自己倒成了名流？滑稽！在萨摩亚，在土著的眼里，我是住在豪华宅邸中的白人酋长。于阿皮亚的白人们而言，我是政治上的敌方或友军，那才是正常的状态。与这片温带地区褪色的如幽灵般的景象相比，我们维利马的森林是何等的美妙！我那清风拂过的宅邸是何等的熠熠生辉！

我去见了归隐此地的新西兰之父——乔治·格雷爵士。一向厌恶政治家的我之所以请求与他会面，是因为我相信他是一个有血有肉的人——对毛利人倾注了最广博的仁爱的人。一见面，我就感到他果真是位气度不凡的长者。他确实非常了解土著——甚至对他们微妙的生活情感都一清二楚。他设身处地为毛利人着想。身为殖民地总督，他完全是个异类。他赋予毛利人和英国人同等的政治权利，承认选出的土著人议员，为此得罪了白人移民而辞去了职务。但正因他的此番努力，才让新西兰成了如今最理想的殖民地。我对他讲了我在萨摩亚所做之事、想做之事，尽管政治上的自由非我能力所及，但为了土著人将来的生活和幸福，我今后亦会尽力等。这位长者一一表示赞同并鼓励了我。他说："万不可绝望。无论何时绝望都是无用的，能活到悟出这一真谛的人是少数，我便是其中之一。"我也大受鼓舞。看尽人间险恶还不失高尚的人，弥足珍贵。

摘一片树叶，看起来也与萨摩亚那绿油油、饱满丰盛的颜色不同，此处的树叶看起来颜色渐褪、了无生气。待我的胸膜炎一好，我便要立刻回到那空中时刻有金绿色微粒在闪耀、光芒万丈的岛上去。在文明世界的大都市里感觉快要窒息了。噪声的喧嚣！金属相互碰撞时生硬的机械声，令人焦躁不安！

四月×日

我和芬妮自澳洲之行以来的病终于痊愈。

早晨爽朗。天空的色彩美丽、深邃、清新。现在，打破这深深沉寂的，唯有那遥远太平洋的呢喃。

在我短暂外出旅行继而生病期间，岛上的政治形势吃紧。政府对玛塔法或者说叛乱者的挑衅愈发赤裸。据说土著所有的武器都会被收缴，而现在政府方面的军备无疑很充足。与一年前相比，形势对玛塔法显然不利。我面见了许多官员、酋长，而令我惊讶的是，他们没有一个人认真地考虑如何避免战争的发生。白人官员只想着利用战争扩大自己的控制权；而土著人，尤其是那些青年们，一听到"战争"就兴奋不已。玛塔法也出乎意料地镇静，他并没有意识到形势对自己不利，他和他的部下似乎都认为，战争是不以自己意志为转移的一种自然现象。

拉乌佩帕王拒绝了我欲在他和玛塔法之间进行调停的想法。我们常见面时，他还是个极为和蔼可亲的长者；而一段时间不见，他就成了这副样子。虽然这明显不是他本人的意愿。

除了袖手旁观、指望着这种波利尼西亚式的优柔寡断不易触发战争之外别无他法了吗？手握权力是一件好事——当它服从于理性、不被滥用的时候。

在洛伊德的帮助下，《退潮》的写作缓慢地进行着。

五月×日

苦于《退潮》的写作。花了整整三周，终于写了二十四页。而这二十四页还都得重写一遍。（想到司各特那惊人的写作速度我更加伏恼。）首先，作为一部作品它毫无吸引力。之前，阅读前一天写好的部分可是我的一大乐趣呢。

听闻玛塔法一方的代表为了和政府交涉，每天往返于马里艾和阿皮亚之间，每日往返十四英里着实很辛苦，于是我让他们住到我家中。可也因为此事，我被公认为叛乱者阵营的一员。寄给我的书信每一封都必须接受首席大法官的审查。

晚上，阅读勒南的《基督教起源的历史》。这是一本佳作，妙趣横生。

五月××日

邮船离港的日子，我却只能寄出十五页的《退潮》。我对这本小说的写作已厌倦。要不我继续写史蒂文森家的历史吧？或者《赫米斯顿的韦尔》？《退潮》我毫不满意。就文章而言，语言的装饰过多，我想要的是更直白的文笔。

征税官催我缴纳新宅的税。我去邮局领取了六本《海岛夜话》。看到插图我大吃一惊，原来这名插画家从没见过南太平洋。

六月××日

消化不良、吸烟过多、不赚钱的过度劳累，感觉自己快要死了。

《退潮》终于写到了一百零一页。我无法准确地把握人物性格，最近甚至连写文章都很吃力，真不像话！写一个句子要花掉半个小时，即使排列出一堆类似的表达，也找不到一句中意的。如此愚蠢的辛劳，无法产出任何东西。真是毫无价值的"蒸馏"。

今天从早晨开始就吹着西风，下雨、飞溅的水沫、冰冷的温度。我站在阳台上，忽地，某种异常的（毫无依据的）情感流过我的身体。我实实在在地打了个趔趄。随后，我终于明白，是因为回到了苏格兰式的氛围、苏格兰式的精神及肉体的状态。与平日的萨摩亚大相径庭的这种冰冷、潮湿、铅灰色的风景，不知不觉改变了我的状态。高地上的小屋，泥炭的煤烟，打湿的衣物，威士忌，鳟鱼雀跃、卷起漩涡的小河。就连此刻传来的瓦伊特林加河的水声，在我听来都像是高地湍急的水流。我究竟为何背井离乡漂泊至此呢？就是为了怀着这令人窒息的热切在遥远的地方怀念它吗？突然，冒出一个毫不相干的奇怪疑问——迄今为止，自己在这片土地上留下了什么有意义的东西？没有答案。我又为什么期望得到答案呢？过不了多久，我、英国、英语以及我的子孙，都会从当地人的记忆中消失。尽管如此，人还是会希望自己在他人心中留下印记，哪怕只是片刻。真是无聊的自我慰藉。……

陷于如此消沉的情绪想必也是过度劳累和《退潮》创作的艰难招致的结果。

六月××日

《退潮》先暂时搁置不管，我写完了《工程师之家》中祖父的那一章。

《退潮》难道要成为我最糟糕的作品了吗？

对小说这种文学形式——至少是我的写作形式——日渐厌倦。

请医生来看诊，医生叮嘱我先休养一阵，暂停写作，只能做些轻微的户外运动。

十一

史蒂文森对"医生"并不信任。医生只能帮他减轻一时的痛苦。医生虽然会找出患者肉体的故障(与一般人正常的生理状态相比之下的异常),但患者肉体的不适与自身精神生活的关联、或是肉体的故障放到患者的整个人生中究竟有多重要,医生对于这些一无所知。仅凭医生的一言就改变人生的规划,如此这般简直就是该被唾弃的物质主义和肉体万能主义!"无论如何,请继续你的创作。即使医生无法预测你的余生还有一年或是一个月,也请无畏无惧,专注于工作,然后看看一周时间所取得的成果吧!值得我们颂扬有意义的工作不仅仅是完成之后的工作。"

话虽如此,他只要稍一过度劳累,身体很快就会产生反应,晕倒、咯血,对此他也束手无策。无论再怎样无视医嘱,眼前就是无法改变的现实。(而不可思议的是,除去病痛会给他的创作带来实际的不便之外,他看起来对于自己的体弱多病并未感觉到不幸。哪怕是在咯血的时候,他都会发现某些R.L.S氏的东西,从而略感满足。若患的是会让容貌浮肿变丑的肾炎,那他该会有多不乐意啊。)

如此这般,当他年纪轻轻就意识到自己寿命不长时,脑海中自然而然浮现出一条安逸的未来之路,那就是成为一名文艺爱好者。放弃呕心沥血的创作,做一份轻松的职业,将自己的智慧和教养尽数用于鉴赏和享受(因为他的父亲相当富裕）。那将是何等美妙且愉快的生活方式啊！

而事实上，他也有成为一流鉴赏家的自信。可最终，某种无法挣脱的东西将他从这条安逸的道路上掠走了。正是某种不属于他的东西。当那东西寄居于他体内时，他宛如在秋千上剧烈晃动的孩童，只能恍惚地顺势而为。他好像变成蕴藏着电流的状态，只不停地写作。而对这种状态可能会消耗生命的担忧早已被抛到九霄云外。即使注重养生，也不知能多活多久；即使长寿，若不走写作之路，那么人生又有何意义呢！

于是，就这样在这条道路上走了二十年。医生曾说过他活不过四十岁，而如今已多活了三年。

史蒂文森经常会想到他的堂兄鲍勃。这位年长他三岁的堂兄，对二十岁左右时的史蒂文森来说，既是思想上也是兴趣上的老师。他是个才华横溢、趣味高雅、知识渊博、前途无量的才子。可他有何作为？碌碌无为。他如今在巴黎，和二十年前别无二致，依旧知晓一切，但一事无成，只是一介文艺爱好者。我指的并不是没有功成名就，而是他的精神世界毫无长进。

二十年前，把史蒂文森从兴趣主义拯救出来的"恶魔"值得赞颂。

或许是受到孩提时代最爱不释手的玩具——连环画片（一便士能买黑白的，两便士能买彩色的。他从玩具店买来，自己在家组装并导演《阿拉丁》《罗宾汉》《三根手指的杰克》等）的影响，史蒂文森的创作总是始于一个一个的情景。最初，他脑海中先浮现出一个情景，随后与之气氛相符的故事及人物性格才会慢慢浮现。数十个连环画片似的舞台情境，以及将这些情境串联起来的故事相继出现在脑海中，他再将眼前栩栩如生的一幕幕写下来，如此，他的故事——那些评论家口中所谓浅薄、毫无个性的R.L.S氏的通俗小说就被编织出来了，创作过程着实很愉快。以例证某一哲学观念为目的从而确立整体的构思，或为了解释某种特性创造故事等的创作方法，他是完全无法想象的。

于史蒂文森而言，路旁看到的某个情景就好像在向他讲述尚未被人记录下来的故事一般。一张脸、一个举止，在他看来都是不为人所知的某个故事的开端。赋予那些无名无所之物以明确表达的是诗人——如若是作家的话，那么史蒂文森一定是与生俱来的小说作家。看到某个风景，便在头脑中编织一个与之相符的故事，这是史蒂文森从孩童时代起就具有的，与食欲同样强烈的本能。到科林顿的外祖父家时，他总是能想出与那边的森林、河流、水车相匹配的故事，并让《威佛利系列小说》中的诸多人物在其中纵情地大显身手——盖·玛纳林、罗布·罗伊、安德鲁·菲尔萨维斯等。他至今未能摆脱自苍白孱弱的少年时代起的创作习惯。更确切地说，可悲的一大小说家R.L.S氏除了如此幼稚的空想之外对其他创作冲动一无所知。像云一样翻涌的幻想情景，像万花筒似的叠影乱舞。如实地将所想写下来即可。（因此，就只剩写作技巧的问题了。

而他对自己的写作技巧充满了信心。）这就是他独一无二的、快乐无比的创作方法。并无好坏之分，因为他根本不知道除此之外的其他创作方法。"无论别人怎么评价，我都坚持用自己的方式书写自己的故事。人生苦短。最终都不过是'尘与影（Pulviset Umbra）'。何必为了取悦牡蛎或蝙蝠之流，苦苦写些枯燥无味故作深刻的借来之物。我只为自己书写。哪怕没有一个读者，只要还有我自己这个最忠实的读者，我就会坚持。可爱的R.L.S氏的独断，拭目以待吧！"

而事实上，他一写完作品，就立刻丢掉自己作者的身份，化身为自己作品的忠实读者。比任何人都狂热的忠实读者。他仿佛在阅读其他作家的作品一般，作为一名对作品情节和结局都毫不知情的读者，由衷地愉快地沉浸在阅读之中。唯独这次的《退潮》，勉强自己耐着性子也读不下去。是江郎才尽了吗？还是肉体的衰弱导致的自信减退？他痛苦挣扎着，几乎仅凭写作惯性，无精打采、磕磕绊绊地继续着。

十二

一八九三年六月二十四日

战争将近。

昨夜，拉乌佩帕王好像有什么事，蒙着面、骑着马从我家门前慌忙经过。厨师说，他看得真真切切。

玛塔法这边也不安宁，说是每天早晨睁开眼，必定会发现被前一夜还不存在的新的白人箱子（弹药箱）围住。他也不知道这些箱子从哪儿来。

武装军的游行，诸酋长的往来，日渐频繁。

六月二十七日

我下山到城里打探消息。流言众说纷纭。听说昨天深夜鼓声咚咚作响，人们纷纷拿起武器赶到姆黎奴，结果什么事也没发生。眼下阿皮亚市还算安宁。我拜访了市参事官，他说暂无消息。

我到城市以西的渡口，想去看看玛塔法阵营村落的情况，于是骑马前往。到瓦伊乌苏时，路旁的各户人家中乱糟糟地吵嚷着，不过并未武装。渡河，走了三百码之后，又是一条河。对岸的树荫里有七个背着温切斯特霰弹枪的哨兵。我靠近，他们既没有移动也没有出声，只是用视线追踪我。饮马后我跟他们打招呼道："塔洛法！"随即离开了那里。哨兵队长也应了一声："塔洛法！"再往前的村子里挤满了武装兵。那有一栋中国商人居住的西式建筑，"中立旗"在门口随风飘动。阳台上人头攒动，都站在那里眺望着外头，其中有很多女人，还有持枪的人。不仅是这里的中国人，住在岛上的外国人都在一心想保护自己的财产。（听说大法官和政务长官从姆黎奴跑出来到蒂沃利酒店避难去了。）途中我遇到一队荷枪实弹的土著人士兵，斗志昂扬地走过来。终于到了瓦伊乌苏。村子的广场上都是全副武装的男人。会议室中也挤满了人，出口处有个演说者面对着会议室外高声演讲。无论是谁，脸上都洋溢着喜悦亢奋。我顺道去了以前熟识的老酋长家，与我们上一次见面时相比，他判若两人，看起来朝气蓬勃、充满活力。我们稍作休息，一起吸了斯路易烟。当我正要回去刚走出屋外时，一名画了黑色脸谱、卷起腰布露出臀部刺青的男子走上前来，展示了奇怪的舞蹈，并将小刀高高地抛向天空，又完美接住。一次野蛮的、奇幻的、富有生机的表演。我以前也见过有少年做同样的表演，这大概是战争时的某种礼节吧。

我回到家之后，他们那种带有紧张感又洋溢着幸福的脸庞在我脑海中挥之不去。我们体内古老的野蛮人觉醒，如种马一般激昂兴奋。但，我只能不顾骚乱，默然旁观。因为事到如今，已束手无策。我不插手或许对他们那些可怜的人反倒有所帮助吧。脓疮破裂之后的清理，我应该多少还能给予一些援助。

力所不及的文人哪！我按捺着自己不平的内心，以一种在纳税的心情继续写作。背着温切斯特的士兵的身影不时在脑海里闪现。战争确实是巨大的诱惑。

六月三十日

我带着芬妮和贝尔进城，在国际俱乐部用午餐。午餐后，朝马里艾的方向走去。和前几日大不相同，今天风平浪静。空无一人的街道，空无一人的房屋，也没看到枪支。回到阿皮亚后，我去了一趟公安委员会。晚饭后，顺道去参加了一会儿舞会，感到疲劳便回家了。在舞会会场听到雷特努的酋长说："是茨西塔拉引发了此次纷争，因此他和他的家人理应受到惩罚。"

必须控制住自己外出参与到战争中的孩子般幼稚的冲动，当务之急是保卫自己的家。

阿皮亚的白人中，恐慌也在持续蔓延。大家都在议论，若到万不得已时就逃到军舰上避难。目前有两艘德国军舰停泊在港口。奥兰多号近期也应该会入港。

七月四日

这两日政府军（土著士兵）陆续在阿皮亚集结。成群的船只满载赤铜色的战士，乘风入港。男子们精神振奋，在船头翻着筋斗助威。战士们在船上发出怪异的威吓性的呐喊。鼓声阵阵，响声凌乱，喇叭也吹得走了调。

整个阿皮亚市内红手绢已脱销，因为马里艾（拉乌佩帕）军的制服需要缠着红头巾。市内混乱不堪，到处是勾着黑色脸谱、缠着红头巾的青年们。撑着欧式阳伞的少女和装束奇特的战士搭伴同行的样子实在滑稽。

七月八日

战争终究是爆发了。

晚饭后，信使前来，他告诉我伤者被运送到教会之家。我和芬妮、洛伊德一起提着灯笼骑马前去。夜晚寒气逼人，但繁星闪烁。我们把灯笼放在塔侬伽马诺诺，余下的路借着星光前行。

阿皮亚市也好，我自己也罢，都处于一种奇妙的亢奋状态之中。我的亢奋是忧郁的、残忍的；而其他人的亢奋是木讷的或愤慨的。

临时医院是一个长长的空旷建筑，中央设有手术台。有十个负伤者，每个伤员都被陪同的人围着，躺在房间的各个角落。身材矮小、戴着眼镜的护士拉琼小姐今天看起来特别可靠。德国军舰上的护理士兵也来了。

医生还没到，有一名伤者已经开始体温渐凉。他是个相貌堂堂的萨摩亚人，肤色黝黑，有阿拉伯人雄鹰一样的风姿。七个亲属将他围住，不停地揉搓他的手足。听说肺被打穿了。有人火急火燎地跑去喊德国军舰上的军医。

我也有我的任务。为了收容不断运送过来的伤员，克拉克牧师他们说想用公会堂作为收容所。因此我在城里东奔西走，（就在最近，我加入了公安委员会）把人们叫醒，召开紧急委员会，决定提供公会堂以备使用。（有一人反对，不过最终也被说服。）同时通过了就此事筹款的决议。

半夜，我返回医院。医生已经来了。有两名伤者濒于死亡，一人伤到了腹部，他面部逐渐扭曲，沉默、不省人事，惨不忍睹。

先前被打穿肺部的酋长躺在墙边，像是在等待最后的天使。他的家人们撑着他的手足。相对无言。突然，一个女人抱起将死之人的膝盖放声大哭，恸哭声大概持续了五秒钟，随后又再次陷入令人心痛的沉默。

两点多回家。综合城里的流言来看，战争似乎对玛塔法不利。

七月九日

战争的结果终于变得明朗。

昨天从阿皮亚向西进攻的拉乌佩帕军在正午时分与玛塔法军相遇。然而滑稽的是，刚碰面两军将士就相拥喝起了卡瓦酒，举行盛大的联欢。但突然因疏忽而枪支走火，瞬间变为乱斗，进而演变成了真正的战争。到了傍晚时分，玛塔法军撤退，退到马里艾城郭外围的石墙处，在那里防守了一整夜，于今天早晨最终溃败。听说玛塔法烧了村子，从海路逃到萨瓦伊岛去了。

长期被奉为这个岛的精神领袖的玛塔法败落，对此我不知该说些什么。若是在一年前，不论是拉乌佩帕还是白人政府，或许他都能轻而易举地一举歼灭。而如今，我的大多数褐色朋友们无疑都会与玛塔法一起遭殃。我为他们做了什么？今后又能做些什么？我就是个令人鄙夷的气象观测者！

午饭后，我到市里。去医院看了看，乌尔（那肺部受伤的酋长）竟还活着。而那个腹部受伤的男人已经死了。

斩获的十一具首级被送到了姆黎奴。令土著大为惊恐的是其中居然有一具是少女的首级，并且还是萨瓦伊某个村子里的塔乌波乌（村里最美的少女）。在有着南太平洋骑士之称的萨摩亚人中，这是决不允许的暴行。听说唯独这颗头颅被最上等的丝绸包裹着，连同一封言辞恭敬的道歉信一起被立刻送回了马里艾。少女肯定是在帮父亲运弹药时被射杀的。据说她为了给父亲的头盔做装饰，剪了自己的头发，剃得像男子一样，所以才被取了首级。但如此特别的死法也算没有辜负她的美！

只有玛塔法的侄儿雷阿乌佩佩是头颅和身体一起被运来的。拉乌佩帕王在姆黎奴的大道上检阅那些抬来的首级，发表了感谢部下的演说。

我第二次去医院的时候，没有一个护士或看护兵，只剩伤者的家属。伤者和陪同的人都在木枕上睡午觉。有个受了轻伤的俊俏年轻人，两名少女从旁陪护，分别在他左右两侧，和他同枕着一个枕头。在房屋一隅，躺着一个没人陪护的负伤者，他被扔在那里无人理睬，却一副坚毅的样子。与那名俊美青年相比，他的样貌确实不好看，但态度看起来更加潇洒。面部构造极细微的差别居然能带来如此大的待遇悬殊！

七月十日

今天疲惫不堪，动弹不得。

听说更多的头颅被送进了姆黎奴，想制止这猎取人头之风并非易事。他们会说，"除此之外有什么方法能证明自己的勇猛呢？""大卫打败歌利亚时，他难道没有取下巨人的首级吗？"只是对于此次砍下了少女的头颅这件事，他们心怀愧疚。

有人说玛塔法顺利地被迎到了萨瓦伊，还有人说萨瓦伊拒绝他登岛。到底哪种说法可信也不得而知。如果玛塔法真被萨瓦伊庇护，那么大规模的战争可能还要持续。

七月十二日

岛上没有确切的报道，只有漫天的流言蜚语。拉乌佩帕军向着马诺诺进发。

七月十三日

有确切消息称玛塔法被萨瓦伊驱逐，返回了马诺诺。

七月十七日

我拜访了最近靠泊的卡特巴号的比克福特舰长。他说接到了镇压玛塔法的命令，明日拂晓就会朝马诺诺起航进发。为了玛塔法，我请舰长答应尽可能善待他。

但玛塔法会乖乖投降吗？他们一党会甘心解除武装吗？我连向马诺诺寄出一封激励的书信都做不到。

十三

与德、英、美三国对抗的区区一败军之将——玛塔法，其结局是显而易见的。急行至马诺诺岛的比克福特舰长给他下了最后通牒，敦促他三小时之内投降。最终玛塔法投降了，同时，马诺诺岛被追击而来的拉乌佩帕军烧毁抢掠。玛塔法不仅被剥夺了称号，还被流放至遥远的亚鲁特岛，他手下的十三名酋长也分别被驱逐到其他各岛。支持叛乱者的各村落被处罚款六千六百英镑。关进姆黎奴监狱的大小酋长共计二十七人。这，就是这场战乱的结局。

史蒂文森四处积极奔走亦是徒劳。流放者不允许带家属同行，并禁止与任何人通信，能探望他们的只有牧师。史蒂文森拜托天主教僧侣给玛塔法递送书信和物品，但遭到了拒绝。玛塔法被迫离开亲人和故土，在北方低矮的珊瑚岛饮咸水度日（萨摩亚多高山溪流，萨摩亚人最受不了的就是咸水）。他所犯何罪？如果他有罪，那也只是他没有当机立断去争取理应属于他的王位。因此，才给了敌人可乘之机，向他发起攻击，还给他安上了叛乱者的污名。直至最后一刻都老老实实给阿皮亚政府纳税的是他；率先让自己的部下执行少数白人主张的猎取人头禁令的也是他。他是包括白人在内的所有萨摩亚居民中（史蒂文森这么认为）最口无虚言之人。但史蒂文森却做不了任何事，无法救这个男人于不幸。玛塔法曾是那样地信任这位朋友。已无法与外界通信联络的玛塔法恐怕失望地认为，史蒂文森也不过是个口中说着恳切的话语，到头来并不会实际伸出援手的白人，与那些随处可见的白人无异。

战死者家中的女眷到战死的地点铺开花席。引来蝴蝶和其他昆虫停留。驱赶它们，它们便逃走了。不一会儿又过来，再次驱赶，它们又逃走了。当它们第三次停留在花席上时，女眷们便将其看作是战死者的灵魂，将虫子小心翼翼地捧起来，带回家中祭奠。如此这般伤心的景象随处可见。另一方面，有传言说银铛入狱的酋长们每天都遭受鞭打。每每耳闻目睹，史蒂文森便责备自己是个毫无用处的文人。于是他又动笔开始写中断了许久的《泰晤士报》公开信。加之肉体的衰弱和创作的停滞，对自己、对世界那难以名状的愤怒支配着他的每一天。

十四

一八九三年十一月×日

令人烦躁、风雨欲来的早晨，空中有巨大的云，它在海上落下蓝灰色的庞大阴影。虽已是早上七点了，但还得点着灯。

贝尔离不开奎宁，洛伊德搞坏了肚子，而我，则潇洒地微微咯血。

真是个不快的上午。错综复杂的悲情包裹着我，事物本身内在的悲剧起了作用，将我封在一种难以救赎的黑暗之中。

生活并不总是啤酒和九柱戏。但我始终相信事物终究是公正的。即使某天早晨睁开眼，我已坠落地狱，这个信念也不会改变。然而尽管如此，人生还是步履维艰。我承认自己方式上的错误，不得不在结局面前可怜巴巴、庄重地顿首。……无论怎样，Il faut cultiver son jardin.（人要耕种自己的花园）。可怜的人类，其智慧最后的体现也就在此了。我再次投入到自己那提不起兴致的创作中。又开始写《赫米斯顿的韦尔》，再一次感到无从下手。《森特·艾维斯》也缓慢地进行着。

我深知自己处于靠脑力生活的人们共有的一个转变期，因此我并没有绝望。但我已碰到了自己文学创作的瓶颈，这是不争的事实。对《森特·艾维斯》我也毫无信心，庸俗的传奇小说而已。

我不禁自问，为何年轻的时候没有选择一份踏实平凡的工作？若做的是一份平凡的工作，那么即使陷入如今这样的低谷，也能很好地支撑自己走下去吧。

我的技巧、灵感都弃我而去了，甚至连长期以来靠非凡的努力培养的文体风格都快失去了。失去风格的作家是可悲的。因为不得不通过意志逐一调动那些迄今为止无意识间就能调动起来的不随意肌。

不过，听说《遇难船打捞工》的销量很好，《卡特丽娜》（戴维·巴尔福的新题目）却不受欢迎，那样的作品畅销简直是讽刺，无论如何，我决定怀抱希望等待写作状态的第二次萌芽。虽然今后身体不大可能恢复健康，头脑也不大可能再变得机敏，但文学这东西，换个角度来看，多少是有些病态的。正如爱默生所说，人的智慧通过其抱有的希望的有无多少来衡量，故而，我决定不放弃希望。

但，我无法认为自己是个了不起的艺术家，因为能力的界限太过明显。我一直认为自己是个老派的工匠。可如今，连我的手艺也退步了？现在的我是一无是处的累赘。

其原因有两个,二十年来的勤勉和病痛,这二者已将牛奶中的乳脂榨干了……

大雨从森林的另一边呼啸而来。顿时传来雨敲击屋顶的猛烈声响。潮湿的大地的气味很清爽,给人以苏格兰高地的感觉。望向窗外,暴雨做成的水晶棒在万物身上击起如涛的飞沫。风!风送来了令人愉悦的凉爽。骤雨很快就过去了,只是它掠过不远处的哗哗声还浩荡在耳。一颗雨滴穿过日式帘子溅到了我的脸上。雨水像小河般从屋顶倾泻,流过窗前。快哉!这景象仿佛在回应我心中的某个东西。是什么呢?我说不清楚。是沼泽地中关于雨水的古老记忆吗?

我来到阳台,聆听雨滴的声音。想倾诉些什么,是什么呢?某些残酷激昂的东西、与自己身份不相符的东西、关于世界就是一个谬误,等等。为什么是谬误呢?没有特别的缘由。因为我的写作不顺利,也因为各种大大小小、无聊又心烦的事不绝于耳。但在恼人的重担之中,最令人厌烦的是不得不一直赚钱这一永恒的重负。世上若有能舒坦地躺下、两年不必创作的地方就好了!即使那是疯人院,我也会去的。

十一月××日

我的生日会由于我腹泻的缘故推迟了一周,今天举行。十五头干蒸乳猪。一百磅牛肉。同等分量的猪肉。水果。柠檬水的气味。咖啡的香气。波尔多红葡萄酒。楼上楼下布满了鲜花、鲜花、鲜花。赶忙设置了六十处拴马桩。客人大约有一百五十人吧。从三点左右开始陆续到来，七点离开。好像海啸席卷而来。大酋长赛乌玛努将自己的一个称号赠予了我。

十一月××日

我下山去阿皮亚，在市里雇了马车，和芬妮、贝尔、洛伊德一起无所顾忌地到了监狱。给被囚禁的玛塔法的部下送去卡瓦酒和香烟等物。

在镀金铁牢中，我们和政治犯们及刑务所长乌鲁姆布朗特共饮卡瓦酒。有一名酋长饮卡瓦酒时，先伸长胳膊将杯中的酒缓缓地倒在地上，用祷告的语调说道："神灵也请参与我们的宴会吧。这美妙的聚会！"不过，我们奉上的也只是斯皮特·阿瓦（卡瓦酒的一种）之类的下等品。

最近，用人们有些许懒惰（与普通的萨摩亚人相比绝对算不上懒。曾有个白人说过："萨摩亚人一般都不跑，除了维利马的用人。"对此，我感到很自豪），我借塔洛洛的翻译之口向他们表达了不满。并告诉最懒的那名男工，他的工钱将被减半。而他只老实地点点头，露出难为情的笑容。刚到此处时，我将一名用人的工钱减了六先令，他便立刻辞掉了工作。但如今，他们似乎视我为酋长。被削减工钱的是一位叫作"提亚"的老人，他是给用人们做萨摩亚料理的厨师，他有着完美的风貌，不论体格还是样貌都是以前名震南太平洋的萨摩亚战士的典型。可谁知却是个难以对付的投机者！

十二月×日

　　天气晴朗，酷暑难耐。应监狱里的酋长们之邀，午后，我像被灼烧一般地骑行了四英里半，前去赴狱中之宴。是前些日子探监的回礼吗？他们将自己的乌拉（用细绳将很多深红色的种子穿起来的颈饰）取下来挂到我的脖子上，并称我为"唯一的朋友"。在监狱那样的条件下，已经算是颇自由、盛大的宴会了。他们送给我十三张花席、三十把团扇、五头猪、堆积如山的鱼以及比鱼山更多的塔罗芋头。我因实在拿不了而拒绝，他们却说："不，你一定得收下，请务必在归途中拉着这些东西从拉乌佩帕王的家门前走过。他肯定会心生嫉妒。"听说挂在我胸前的乌拉是拉乌佩帕一直想要的东西。对王的嘲讽也是这些囚犯酋长们的目的之一。我将获赠的礼品堆在车上，挂着红色的颈饰，跨上马，像马戏团的队列那样，在阿皮亚街头人群的惊叹中不慌不忙地扬长而去。我倒是经过了拉乌佩帕王的家门前，但他究竟心生嫉妒没有，就不得而知了。

十二月×日

　　进展艰难的《退潮》终于完成了。是一部拙劣之作吗？
　　最近我开始继续阅读蒙田的第二卷。二十岁之前，我曾以学习文体的目的读过此书，此次我惊叹不已。彼时，我到底读懂了多少呢？
　　读过如此伟大的杰作之后，其他任何作家的作品看起来都很小儿科，完全提不起我的阅读兴趣，这是事实。

但尽管如此，我还是坚定地认为小说是书籍种类中最高级（或最强有力）的。只有小说能进入读者体内，夺取其魂魄，幻化成其血肉，被吸收殆尽。若是其他书籍，总会有一些燃烧不尽的残渣。我如今苦于身处创作低谷是一回事，而我在这条道路上感到无上自豪又是另一回事。

由于在土著和白人中都已声名扫地，各地又纷争不断，政务长官冯·皮尔扎哈终于引咎辞职。大法官不久也将辞职。眼下，他的法庭已大门紧闭，只有他的口袋还为接受俸禄而敞开着。据说会由伊伊达氏来继任。总之，在新的政务长官到任之前，还是依旧例，实行英、美、德领事的三头政治。

在阿纳，暴动一触即发，形势危急。

十五

玛塔法被流放到亚鲁特之后，土著居民的武装暴动仍旧不断。

1893年岁末，曾经的萨摩亚王塔马赛赛的遗孤率领涂普亚族举兵。小塔马赛赛声称要将工和所有白人都驱逐出岛（或歼灭），结果却被拉乌佩帕王麾下的萨瓦伊部猛攻，在阿纳溃败。作为对叛军的惩罚，仅没收了五十支枪支、令他们缴纳未缴的税金、修二十英里的道路。比起之前对玛塔法的严惩，极不公平。这是因为其父塔马赛赛以前是德国人拥立的傀儡，所以小塔马赛赛得到了一部分德国人的支持。史蒂文森为此又向各方发起了无用的抗议。他当然不是要求要给小塔马赛赛严惩，只是希望给玛塔法减刑。可事到如今，人们只要听到史蒂文森口中说出玛塔法的名字便忍俊不禁。可尽管如此，他还是郑重其事地在本国的报纸和杂志上不停地控诉萨摩亚的情形。

这次的骚乱中猎取人头之风再次盛行。反对者史蒂文森立刻要求对割取他人首级者实施惩罚。就在此次骚乱爆发前，新任的首席大法官伊伊达氏通过议会出台了猎取人头禁令，所以惩罚犯事者合情合理。但实际上却没有执行处罚。为此，史蒂文森勃然大怒，岛上的宗教家们对此事的漠不关心也让他愤慨不已。目前，萨瓦伊族还固守这一野蛮习俗，而茨阿玛桑加族则有所收敛，用割耳朵取而代之。曾经的玛塔法几乎杜绝了部下的砍头行为。因此，史蒂文森认为只要努力一定能将此恶习根除。

切达尔克朗茨失政后，新上位的大法官在白人和土著之间一点一点重新建立起政府的公信力。但是，小规模的暴动、土著人之间的纷争以及对白人的恐吓自1984年起就没中断过。

十六

一八九四年二月×日

昨夜我如往常一样在别院里独自一人工作，拉法埃内提着灯笼、拿着芬妮给他的字条过来了。字条上写着：家附近的森林中好像聚集了众多暴民，请火速返回。我赤着脚，带上一把手枪，和拉法埃内一同往下走。途中遇见了上来迎我们的芬妮。于是，三人一起回到家中，度过了胆战心惊的一夜。从塔侬伽马诺诺的方向整夜传来鼓声和喊叫声。在远处山下的城里，一场疯狂的暴乱在月光下（月亮升起得较晚）上演。我家旁边的森林中确实藏了一些土著，却意外地没有什么动静。不过他们默不作声反而令人毛骨悚然。月亮升起之前，停泊着的德国军舰上的探照灯在旋转，将苍白辽阔的光束投向黑暗的夜空，美不胜收。我躺在床上，颈部的风湿病犯了，难以入眠。当我第九次努力入睡时，听到了从男佣房间那边传来奇怪的呻吟声。我按着脖子，拿起手枪，朝男佣们的房间走去。大家还没睡，还在玩斯威匹（骨牌赌博）。傻里傻气的密西弗洛输了，发出夸张的呻吟声。

今早八点，巡逻兵模样的一队土著人伴着鼓声出现在了左边的森林中。与瓦埃阿山相连的右边的森林中也走出少量的士兵。他们会合之后，径直来到我家。充其量也就五十人左右。我用饼干和卡瓦酒招待了他们，随后他们便老老实实朝阿皮亚大街那边走了。

真是荒唐的恐吓。不过领事们昨晚恐怕也彻夜难眠吧。

前些天我去城里的时候，有个不相识的土著递给我一个蓝色信封，里面装着正式的信件。是一封恐吓信。写着：白人不该和拉乌佩帕王方面的人有任何关联，也不该接受他们的礼物……他们是否认为我背叛了玛塔法呢？

三月×日

　　《森特·艾维斯》的写作正在进行，六个月前订的参考书终于到了。一八一四年的囚犯居然穿着如此稀奇古怪的制服，一周还能刮两次胡子！我不得不彻底重写了。

　　我收到来自梅瑞狄斯郑重的书信，不胜荣幸。《比彻姆的职业》至今仍是我在南太平洋期间爱不释手的书籍之一。

　　每天除了给奥斯丁少年讲历史之外，最近，我还在主日学校做起了老师。一半出于兴趣我答应了邀请，但现在就开始用小点心或奖品来吸引孩子们了，所以也不知道能坚持到几时。

　　查图·温都斯书局传来消息，在巴克斯特和科尔文的策划下，打算出版我的全集。据说是与司各特的《威佛利系列小说》四十八卷同样的红色装订，全二十卷，只发行一千套限量版，并用带有我名字首字母水印的特别纸张。生前就出版如此奢华的全集，作为作家我有这样的资格吗，我心中疑惑不安，但对朋友们的好意不胜感激。我浏览了一下目录，那些年轻时写的拿不出手的随笔，无论如何也要请编者剔除。

　　我不知道自己现在的人气能持续到什么时候。时至今日我还是无法相信大众。他们的批判是明智的，还是愚蠢的？从混沌中甄选出《伊利亚特》和《埃涅阿斯纪》的他们，无疑是明智的。可现实中的他们，即便是碍于情面，也难以称得上贤明吧？坦白说，我并不信任他们。但如此的话，我究竟在为谁写作？说到底也还是为了他们、为了能被他们阅读而写。若说我是为了其中贤明的少数人而写，这分明是虚言。倘若只被少数的批评家赞扬，却被大众无视的话，那我才是实实在在的不幸。我蔑视他们的同时又完全依靠着他们，像是任性妄为的儿子和无知却又宽容的老父亲。

罗伯特·弗格森。罗伯特·彭斯。罗伯特·路易斯·史蒂文森。弗格森预告了将至的伟大，彭斯则成就了那种伟大，而我，只是步前人后尘而已。苏格兰的三个罗伯特之中，伟大的彭斯另当别论，弗格森和我实在过于相似。青年时代的某一时期，我沉湎于弗格森的诗作（和维庸的诗）。他和我出生在同一个城市、同样体弱多病、品行败坏、遭人厌恶、不堪其扰最终死于疯人院（这一点倒是不同）。而如今，他的美妙佳作几乎已被人们遗忘，但才能远逊于他的R.L.S不仅幸存至今，看样子还将出版豪华的作品全集。这种对比着实令人痛心。

五月×日

早晨，胃痛剧烈，我服了几滴鸦片酊。因此，频繁地感到咽喉干痒、手脚麻木。身体部分错乱、整体痴呆。

最近阿皮亚的周刊公务报纸开始猛烈地攻击我。并且用词污秽不堪。近来，我应该已不是政府的敌人，实际上，我和新长官舒密特以及现任大法官等人都相处融洽，挑唆报纸攻击我的肯定是那帮领事，因为我屡次攻击他们的越权行为。今天这样的报道实在是卑劣。刚开始被攻击的时候我还有些生气，现在我反倒引以为荣。"看哪！这就是我的地位。我虽然只是住在森林中的一介平民，但他们却上蹿下跳，将我视为眼中钉！他们每周都要反复宣扬我没什么影响力，这不正说明我有影响力嘛！"

对我的攻击不仅来自阿皮亚市，还来自遥远的大洋彼岸。即使我身处如此偏远的小岛，批评家们的声音还是会到达这里。七嘴八舌的好事家伙有很多！赞扬我的人也好，贬损我的人也罢，都是基于误解发表评论的，真让人受不了。不论褒贬，能完全理解我作品之人也只有亨利·詹姆斯吧。（况且他还是个小说家，并非评论家。）远离疯狂的人群后，我深感优秀的个体一旦身处某种气氛之中，他就会持有作为个体根本无法想象的集体性偏见。在此地生活带来的益处之一就是，我学会了用不被束缚的眼光从外部审视欧洲文明。高斯曾说过："文学只可能存在于查令十字方圆三英里之内。萨摩亚或许是个疗养圣地，但似乎并不适合创作。"针对某种特定的文学而言，这或许属实。但，这是怎样一种狭隘的文学观啊！

我粗略地翻阅了一下今天邮船送来的杂志类评论，对我作品的批评不外乎基于两个立场：即崇尚性格或心理作品的人，以及喜好极端写实的人。

的确有部分作品自诩是性格小说或心理小说。我则认为此类作品繁冗拖沓。为何要啰唆地进行性格说明或心理说明呢？性格或心理难道不应只通过描写外在行为来体现吗？至少功力深厚的作家会如此。吃水浅的船便会摇摇晃晃。冰山亦是隐藏在水下的部分远远大于显露的部分。那种仿佛一眼就能看到后台的舞台，连脚手架都没拆除的建筑一般的作品，我决不接受。我认为越是精巧的仪器，外观越简单！

另一方面，又听说左拉先生烦琐的写实主义风靡西欧文坛。目光所及之物不遗巨细地一一列举，美其名曰以此可以还原自然的真实。此陋习真是令人发笑。所谓文学就是选择，作家的眼睛就是用于筛选的眼睛。必须得绝对忠于现实？那谁又能捕捉到完整的现实？现实是皮革，而作品是皮靴。皮靴虽由皮革做成，但它不仅仅是皮革而已。

我尝试理解"无情节小说"这种不可思议的东西，却还是无法理解。或许因为我远离文坛太久，已经无法理解年轻人的语言了吧。于我个人而言，作品的"情节"乃至"故事"就好比脊椎动物的脊椎。轻视"小说中的事件"就像小孩扮成大人时的装腔作态。试比较一下《克拉丽莎》和《鲁滨孙漂流记》，肯定谁都会说："前者是艺术品，而后者是通俗中的通俗，幼稚的童话故事而已。"没错，这确是事实。我也绝对赞同这种说法。只不过说这话的人到底通读过《克拉丽莎》了吗？将《鲁滨孙漂流记》读过五遍以上了吗？我只是对此表示疑问。

这是个极为复杂的问题。我能断言的是，完全兼具真实性和趣味性才是真正的叙事诗。去听听莫扎特的音乐吧。

说到《鲁滨孙漂流记》，当然就不得不提我的《金银岛》。关于这部作品的价值姑且不论，大多数人并不相信我在创作这部作品时倾尽全力，这令我不可思议。我当初创作《金银岛》时与后来写《绑架》和《巴伦特雷的少爷》时同样严肃认真。只不过奇怪的是，我在创作期间，似乎彻底忘记了这是一部为少年而写的作品。时至今日，我也并不讨厌自己的第一部长篇小说——那部少年读物。世人并不理解我有孩子的一面，然而理解我内心住着一个孩子的人又无法理解我同时也是一个大人。

此外，还有一事。就是关于英国拙劣的小说和法国精巧的小说。（法兰西人为何那么擅长写小说呢？）《包法利夫人》无疑是一部杰作。而《雾都孤儿》却是一部孩子气的家庭小说！但我在想，与创作了大人式小说的福楼拜相比，留下孩子气故事的狄更斯难道不更像一个大人吗？不过，这个想法也有危险之处。如此意义的大人最终会不会什么都无法留下呢？威廉·莎士比亚成长为查塔姆伯爵，而查塔姆伯爵则成长为一个名不见经传的市井之人。

人们用相同的语言随意指代各不相同的事物，或是用各自不同、煞有介事的语言来表达同样的事情，不厌其烦地反复争论着。一旦远离文明，此事的愚蠢之处愈发清晰可见。对于在这个心理学、认知论还未登陆的孤岛上的茨西塔拉而言，现实主义也好、浪漫主义也罢，终归只是技巧上的问题，是吸引读者的方式不同而已。让读者信服的就是现实主义，而让读者入迷的就是浪漫主义。

七月×日

上个月以来的严重感冒终于痊愈，这两三日又继续到停泊在港口的丘拉索号上游玩。今天早晨我早早下山进城，和洛伊德一起受邀到政务长官米尔·舒密特家用早餐。之后我们几人一起前往丘拉索号，在军舰上用午餐。晚上则去冯克博士家参加啤酒派对。洛伊德提前回去了，我打算自己一个人留宿旅馆，所以一直聊到深夜。在归途中，经历了一件奇妙的事，着实有趣，于是记录下来。

在啤酒之后喝的勃艮第葡萄酒似乎酒劲儿上来了，我便告辞，离开冯克家时，我已烂醉如泥。打算朝旅馆走去，前四五十步之内，还多少有些警惕，提醒自己："我已经喝醉了，得小心点。"但不知不觉间，警惕放松，最终完全不知道东南西北了。当我回过神，已经倒在散发着霉味的昏暗地面上。带着土腥味儿的风温热地吹过脸庞。这时，一个想法——"这里是阿皮亚！可不是爱丁堡！"像个火球似的从远处逐渐变大、靠近，啪嚓一声飞扑进我稍稍清醒的意识中。之后想来完全难以想象，或许是自己倒在地上的时候，一直有种躺在爱丁堡街头的错觉吧。这个想法忽闪而过，自己一惊，感觉意识正要恢复，但不一会又再次陷入了朦胧状态。模糊中，一个奇妙的光景浮

287

现。我在路上突然腹痛难耐,急忙钻进旁边巨大建筑物的门,想借用一下洗手间,这时,在打扫庭院的看门老人语气尖锐地盘问道:"有何贵干?""啊,我想借用一下洗手间。""啊,这样的话,请进。"他一脸狐疑地再次打量了我一下,随后又开始挥动扫帚。"真是讨厌的家伙,什么'这样的话,请进'。"……我突然意识到这的确是很久之前,在某处——不是爱丁堡,记忆中是加利福尼亚的某个城市——我实实在在经历过的事情……我猛地清醒过来,发现自己倒在地上,鼻子跟前耸立着一堵又高又黑的院墙。深夜的阿皮亚城到处都是一片漆黑,这面高墙延伸到远处二十码左右的地方,再远处似乎流淌着淡黄色的光。我颤颤巍巍地站起身,拾起掉落在身旁的头盔,沿着这散发着霉臭、令人作呕的气味的墙——可能正因为这气味才唤起了那奇怪的过去的记忆——朝着光的方向走去。不一会儿就走到院墙尽头,我探头望向对面,在很远的地方有一盏极小的街灯,像戴着远视眼镜一般,看得一清二楚。那里是一条略宽的马路,马路一侧断了的院墙又继续延伸,树荫从院墙内伸出来,迎着下方的微弱光亮,风吹过沙沙作响。我毫无缘由地感觉,如果顺着这条路再走一段,然后向左转,就能回到赫里奥特街(我度过少年时期的爱丁堡的一条街)——我的家。我再次忘记了这是阿皮亚,仿佛置身于故乡的街道一样。我朝着光的方向行进的过程中,猛然醒来,这次是彻底清醒了。对啊!这里是阿皮亚!——于是,被暗淡的灯光照亮的马路上的白色尘埃,以及我自己鞋子上的污垢都清晰可见。这里是阿皮亚市，我正从冯克家往旅馆走……随后，我终于完全恢复了意识。

我感觉自己大脑组织的某个地方似乎出现了空隙。我觉得自己并不仅仅是因为喝醉了而倒下的。

或者，想把如此怪异之事详细地写下来，这本身也许就已经有几分病态了。

八月×日

医生禁止我动笔写作。我当然不可能完全停笔，不过近日我每天早晨都会在田间度过两三个小时。这样的状态很良好。若是种植可可一天能挣十英镑的话，那文学就让与他人也未尝不可。

我家田里种着——卷心菜、番茄、芦笋、豌豆、橙子、菠萝、醋栗、苤蓝、西番莲等。

虽然我并不认为《森特·艾维斯》很差，但也进展困难。我正在读欧姆的《印度斯坦史》，非常有趣。十八世纪风格的忠实的非抒情式记述。

两三天前，停泊着的军舰突然接到出动的命令，在沿岸巡航，炮轰阿图阿的叛乱者。前天上午，从洛图阿努传来的炮声吓坏了我们。今天也听到远处轰隆隆的炮声。

八月×日

瓦伊勒勒农场举行野外骑马比赛。因为我身体状况良好，所以也参加了比赛。我驰骋了十四英里多。酣畅淋漓。是对野蛮本能的诉求。我再次体会到昔日的欢欣。仿佛自己回到了十七岁。"所谓活着就是感受欲望。"我疾驰在草原上，乘着马昂然地想，"就是能从一切事物中感受到青春年少时对女性身体感到的那种健全的诱惑。"

然而，白天畅快的代价就是夜晚的疲劳和身体上的痛苦异常强烈。久违地度过了愉快的一天，可它的副作用又彻底令我心情灰暗。

以前，我从没后悔过自己做过之事。往往只对自己没做之事感到悔恨。自己没选择的职业、自己没进行的（曾经有机会）冒险。自己没能去经历的各种事情——一想到这些，贪心的我就焦躁不安。可是，最近对那些行为的纯粹的欲望也已渐渐消退。今天白天那种没有一丝杂念的愉悦恐怕不会再有第二次了吧。晚上，回到卧室之后，由于疲劳过度，顽固的咳嗽像哮喘发作般猛烈，另外，关节也一阵阵疼痛，尽管我不愿这么想，却还是忍不住这么想。我是不是活得太久了？我也曾一度想过死亡。那是追随芬妮远渡重洋去到加利福尼亚，在极度的贫困和体弱中，与朋友和亲人断绝了一切往来，住在圣弗朗西斯科的贫民窟里呻吟的时候。那时我屡屡想到了死。但那时我还没写出称得上自己人生丰碑的作品。在我写出这样的作品之前，我无论如何也不能死。若死了就是对一直以来鼓励我支持我的珍贵友人们（比起亲人我最先想到了朋友）的辜负。因此，我在食不果腹的日子里，咬紧牙关，写完了《海岸孤亭》。可如今呢？我已经完成了自己能力范围内的事情。这些作品是否优秀到能成为丰碑另当别论，总之我已经把自己能写的东西都写出来了，不是吗？还有何理由勉强——在这顽固的咳嗽和喘鸣、关节的疼痛、咯血及乏力中——拖着活下去呢？病痛断绝了我对行动的渴求之后，人生于我而言，只剩文学。进行文学创作，这不是愉悦也不是痛苦，就是文学创作本身而已。因此，我的生活谈不上幸福，也谈不上不幸。我是一条蚕。蚕并不会去想自己的幸与不幸，只是作茧，我亦然，用语言之丝织出故事之茧。可怜的病恹恹的蚕终于织完了自己的茧。他的存活难道不是已毫无目的了吗？"不，还有。"一位朋友说，"还要蜕变。变成飞蛾，将茧咬破，破茧而出。"这是个绝妙的比喻。但问题是我的精神和肉体是否还残存着将茧咬破的力气呢。

十七

一八九四年九月×日

　　昨天，厨师库洛洛说："听说我岳父和其他酋长明天要一起来跟您商量些事情。"他的岳父老波埃是玛塔法阵营的政治犯，也是邀请我们参加狱中卡瓦酒宴的酋长中的一员。他们终于在上个月末得以释放。波埃入狱时，我对他还有几分关照。请医生去狱中给他看病、帮他办理监外就医的手续，他返回监狱后又帮他付保释金等。

　　今天早上，波埃和其他八位酋长一起来到我家中。他们进入吸烟室，萨摩亚式地围在一起蹲着。其中的代表开口说："我们入狱时，茨西塔拉向我们表示深切同情。如今我们终于被无条件释放，出狱后大家立刻商量，要对茨西塔拉的深情厚谊表示感谢。比我们先出狱的酋长中有许多人现在仍在为政府道路工程出力，这是释放时的条件。于是，我们也想为茨西塔拉家修建一条路，以此作为衷心感谢的礼物，请您务必接受我们的谢礼。"他们想修建一条连接公路与我家的道路。

只要熟知土著，谁都不会将此番话当真，尽管如此，我还是对这个提议非常感动。可老实说，若真要修的话，我自己也得为修路工具、餐食及工钱（他们可能会说不需要，但最终还是得以慰问老弱病残的形式，不得不支付）等支付一笔不小的费用。

然而，他们又进一步说明了这个计划：接下来，众酋长将回到自己的部落，在族人中召集年富力强之人。一部分青年人带着小艇到阿皮亚市住下，沿海岸给干活的人们运送食物。只是烦请维利马这边准备修路工具，但绝对不接受礼物……这实在是令人震惊的非萨摩亚式的勤劳。如果真执行的话，恐怕是这个岛上前所未闻的。

我向他们表示了深深的谢意。我恰好坐在代表（我对这个男人并不熟悉）的对面。起初寒暄时，他的表情一本正经，但随着谈话推进，说到茨西塔拉是他们在狱中唯一的朋友时，他突然流露出了热烈而纯粹的情感。并非我自恋。波利尼西亚人如此彻底地卸下自己的假面——这是白人无法解开的太平洋之谜——我还是第一次见。

九月×日

　　天气晴朗。他们一大早就来了。都是些健壮魁梧、面容纯朴的青年人。他们一到就立刻着手新道路的修建工程。老波埃兴高采烈，看起来似乎因为这个计划而返老还童了。他不停地开着玩笑，四处踱步，好像在向青年们炫耀自己是维利马家的好友。

　　他们的这股冲动能否持续到道路修完，这于我而言丝毫不是问题。他们在萨摩亚策划并实施了这件史无前例的事——仅此就已足够。想想看，这可是修建道路——萨摩亚人最厌恶之事。在这片土地上，修路是仅次于征税的叛乱原因。无论是用金钱还是用刑罚，都无法轻易让他们参与道路修建工程。

　　仅凭此事，我便可以沾沾自喜，至少我在萨摩亚完成了一件了不起的事。我无比喜悦，像孩子一样兴奋。

十八

　　进入十月，道路大致完工。作为萨摩亚人来说，这是惊人的勤劳和速度。在这种时候容易出现的部落间的纠纷也基本没有发生。

　　史蒂文森打算举办一场豪华的宴会来庆祝完工。不论白人还是土著，只要是岛上的主人，他都一一送去了请束。但令人意外的是，随着宴会日期的临近，白人及与白人亲近的部分土著人给他的回复全都是谢绝之词。他们全都把如孩童般天真无邪的史蒂文森所设的喜宴看作是政治手段，认为他趁机纠集反叛势力，意欲对政府表示新的敌意。和他最亲近的几人也表示无法出席，并且没有给出任何理由。结果，变成了几乎全是土著的宴会。尽管如此，出席人数依然相当多。

当日，史蒂文森用萨摩亚语发表了致谢演讲。前几日，他请某位牧师将英文的演讲稿翻译成了萨摩亚语。

他首先向八位酋长表达了深切的谢意，然后向大家说明了此次美好的提议落实的详情及经过。他起初也想过拒绝这个提议，因为这个国家还被贫困和饥饿威胁着，而且，他深知，如今各酋长家中及各部落长时间处于群龙无首的状态，亟待整顿。但他最终还是接受了提议，因为他认为这个工程带来的影响远比一千棵面包树更有效，并且，如此美妙的提议，实在是令自己欣喜万分。

"尊敬的酋长们，看着你们为我劳作，我内心温暖无比。这不仅仅是出于感谢，更是因为某种希望。我从中看到了能为萨摩亚带来美好未来的希望。我想说的是，大家作为勇士抵御外敌的时代已经结束了。现在，守卫萨摩亚的道路只有一条，那就是修筑道路、建造果园、植树造林，并且通过你们自己有效地推销出去。简而言之，就是用自己的双手去开发自己的国土资源。如果大家自己不去做，那么其他肤色的人就会去做。

"大家用自己所拥有的东西做了些什么呢？在萨瓦依、在乌波卢、在图图伊拉，难道不都是任由猪猡们蹂躏吗？他们烧毁房屋、砍伐果树，为所欲为！他们不播种就收割，不耕耘就收获。但这些都是神灵为了你们而播撒在萨摩亚这片土地上的啊，富饶的土地、美丽的阳光、充沛的雨水。我再次重申，大家若不保卫、不开发，那么终将被他人掠夺。你们，还有你们的子子孙孙都会被扔到外面的黑暗世界，只能掩面哭泣。我并不是危言耸听，我一路走来亲眼见证了很多这样的实例。"

随后，史蒂文森讲述了自己所见的爱尔兰、苏格兰高地、夏威夷等各地原住民现如今的惨状。告诉众人，为了不重蹈覆辙，大家现在就该奋发图强。

"我深爱着萨摩亚和萨摩亚人民。我由衷地爱着这座岛屿，我早已下定决心，生则常居于此，死则长眠于此。所以，大家不要将我所说的话只当作口头的告诫。

"大家正面临着巨大的危机。是落得与我刚才所提及的各民族相同的命运，还是勇闯难关，让子子孙孙能够传承祖辈留下的这片热土，颂扬大家的丰功伟绩？最后的危急时刻正来临！根据条约，土地委员会和大法官将在不久后结束任期。如此一来，土地就会回到你们自己的手中，届时大家便能自由决定如何使用土地。奸恶的白人也会在那时伸出魔爪，手持土地测量仪的人肯定会来到大家的村落。试炼之火将会点燃，大家究竟是金子，还是铅屑？

"真正的萨摩亚人必须得闯过这个难关。如何闯呢？

不是靠把脸抹得黢黑去战斗；也不是靠放火烧毁房屋；更不是靠杀猪猡、割取受伤敌人的首级。这些只会让大家更悲惨。真正救萨摩亚于水火的一定是开辟道路、种植果树、增加收成的人，也就是能利用好神灵赐予的丰富资源的人。这才是真正的勇者、真正的战士。酋长们啊，你们为了茨西塔拉而劳作，茨西塔拉衷心地表示感谢。希望全体萨摩亚人以你们为典范，这个岛上的所有酋长、所有岛民，全都倾力于道路的开辟、农场的经营、子弟的教育、资源的开发——且不是出于对茨西塔拉的爱，而是为了大家的同胞、兄弟，更是为了还未出生的后代，若大家能付出这样的努力，那该多好！"

演讲大获成功，与其说是致谢，更像是警告或告诫。也并未像史蒂文森担心的那样难以理解，大多数人都完全理解了，这让他倍感欣慰。他像少年一样欣喜若狂，在褐色皮肤的友人间欢闹。

新道路旁立起了一个这样的土著语路标：

感恩之路
为报答我等在狱中苦苦呻吟之时，
茨西塔拉给予的温暖关怀
我等如今奉上这条路。
我等修建的这条道路常无泥泞永不崩塌。

十九

一八九四年十月×日

听到我还会提起玛塔法，人们（白人）都露出怪异的神情，仿佛听到去年的戏剧一样。有人还露出嗤笑、卑鄙的嘴脸。我认为无论如何玛塔法事件都不能成为笑柄。可光靠我一介作家奔走也无济于事。（小说家即使在陈述事实，别人也会认为你在编故事。）看来若得不到某个有实际地位的人施以援手的话，那就是徒劳。

我给素不相识的J.F.霍根氏写了信，他是英国下院议员，就萨摩亚问题提出过质询。看报纸上的报道，他就萨摩亚的内乱问题再三质询，因此他应该对此颇为关心，并且从质询的内容来看，他也应该对萨摩亚的情形非常熟悉。在给这位议员的书信中，我反复强调，对于玛塔法的处罚过于严苛，并阐明了理由。特别是与最近发起叛乱的小塔马赛赛相比，实在偏颇。罪状不明的玛塔法被流放至数千海里之外的孤岛，而扬言要歼灭岛内白人的小塔马赛赛却只被没收小型枪支五十把就算了事。还有比这更荒唐的事吗？如今关押玛塔法的亚鲁特岛禁止除天主教牧师以外的任何人前往，也无法通信。近日，他的独生女毅然违禁前往，但若被发现，无疑会被遣返回来。

为了营救数千海里之内的玛塔法，不得不动用数万海里之外的国家的舆论，真是荒谬。

如果玛塔法能回到萨摩亚的话，那他肯定会从事僧职吧。因为他受过这方面的教育，也具备相应的品性。即便不能回到萨摩亚，那至少能到斐济岛这一带，如此他便能吃上家乡味道的食物，喝到家乡味道的饮品，甚至还能时不时与我们见面，该有多好啊！

十月×日

《森特·艾维斯》即将完稿，我突然又想继续写《赫米斯顿的韦尔》，于是又提起笔。前年我开始动笔之后，数次提笔又数次暂停。这次感觉能有个交代。不是有自信，只是有预感。

十月××日

在这世间越是久经年月，我越深感自己如孩童一般无能为力。我无法习惯。这个世上的——所见所闻，如此繁殖的形式，如此成长的过程，优雅体面道貌岸然的生之表层与卑鄙下流几近癫狂的生之底部的鲜明对照——如此种种，无论过了多少年岁，我都无法习以为常。我感觉自己越是上了年纪，就逐渐越赤裸、越愚钝。"等你长大了就会明白。"这是孩提时经常听到的说法，但这分明就是谎言。我对所有事情都越来越不明白……这实在令人不安。但另一方面，也正因如此我没有丢失对活着的好奇心。世间有太多老气横秋的老人，一副"自己已经活过几辈子了，能从人生学到的东西还剩什么呢"的样子。到哪有老人能在世上活第二遍呢？不论怎样的高龄，他今后的生活，于本人而言不都是初次的体验吗？我（虽算不上所谓的老人，但以距离"死"的年龄来计算的话，我也绝不算年轻了）蔑视、厌恶那些一副了悟模样的老人们。我讨厌他们那失去好奇心的眼神，特别是"现在的年轻人哪"式的故作腔调的说话方式（仅仅是因为自己在这颗行星上早出生那么二三十年，就将自己的意志强加于人的那种说话方式）。Quod curiositate cognoverunt superbia amiserunt."他们因好奇而获得的一切，将会因傲慢而失去。"病痛的折磨并没有磨灭我的好奇心，对此我深感欣慰。

十一月×日

午后，阳光炽热，我独自一人走在阿皮亚的街道上。街上白色火焰似的雾霭在闪烁，很刺眼。一直望到街的尽头，也没看见一个行人。道路右侧，绿油油的甘蔗田缓缓地高低起伏，绵延至北边，在甘蔗田的尽头，翻涌的深蓝色太平洋像云母般叠出层层小褶皱，同时膨胀变大变圆。翻滚着青色火焰般波涛的大海与深蓝色天空的相接处，像被夹杂着金色粉末的水蒸气晕开，白茫茫的，朦胧一片。道路左侧，隔着巨大羊齿类植物的峡谷，在一片耀眼的丰饶绿色之上，似是塔法山的山巅，从令人目眩的雾霭中露出高耸的紫罗兰色的山脊。万籁俱寂，只听得到甘蔗叶子互相摩擦的声音。我看着自己短小的影子往前走。走了很远、很久。忽然，奇妙的事发生了，我在内心问自己：我是谁？名字不过是符号而已。你究竟是何人？这个在热带的白色道路上投下瘦弱的影子、没精打采地前行的人是谁？如流水一般来到人间，最终又如风一般消散的无名者是谁？

仿佛演员的灵魂脱壳而出，在观众席上落座，眺望着舞台上的自己。灵魂在拷问那个躯壳。你是谁？然后固执地盯着你，上下打量。我不禁毛骨悚然。我感受到眩晕差点倒下，勉强来到附近的土著人家，才得以休息片刻。

我还没经历过这样虚脱的瞬间。我没想到，幼年困扰我一时的关于永恒的谜团——"自我意识"的困惑，经过漫长的潜伏期之后，竟突然发作再次向我袭来。

是生命力的衰退吗？可最近这段时间与两三个月前相比，我的身体状态明显好得多。虽然情绪起伏较大，但精神上恢复了活力。最近远眺风景时，都能再次感受到那强烈的色彩和初见南太平洋时的那种魅力（不论是谁，只要在这热带住上三四年，都会变得麻木）。所以，生命力应该没有衰退。只是最近有点容易亢奋，每当这时，数年间被遗忘的身影或情景仿佛隐显画一般，忽地栩栩如生，连其色彩、气味、影子都鲜明地在脑海中复苏，甚至有点令人不适。

十一月 × 日

精神的异常兴奋和异常忧郁交替袭来。严重的时候，一天会重复数次。

昨日午后，狂风过境后的傍晚，我在山丘上骑马，忽然，某种恍惚的东西掠过我的心头。就在此时，从尽收眼底的森林、山谷、岩石，到倾斜着绵延至海面的风景，都在骤雨初晴的余晖中，愈发鲜明地浮上来。就连极远处的屋顶、窗户、树木，都像铜版画一般一件件轮廓分明，清晰可见。不仅是视觉上的，所有感官一下子都紧绷起来，我感到某种超越性的东西寄宿于精神之内。无论多么错综复杂的逻辑结构，亦无论多么微妙的心理色彩，都逃不过我的眼睛。我几乎是幸福的。

昨夜，我的《赫米斯顿的韦尔》大有进展。

但今早产生了强烈的副作用。胃部周围沉重不畅，心情也郁闷不快。我趴到桌前，接着昨晚的后续刚写了四五页便停下了笔。陷入停滞，托腮沉思，忽然，一阵幻影从头脑中滑过，是一个悲惨男人的一生。那个男人患有严重的肺病，生性要强，骄傲自负令人生厌，装模作样爱慕虚荣，没什么天资却装出一副艺术家模样，过度消耗自己羸弱的身体，净写一些空有形式毫无内容的拙劣作品。在现实生活中，他幼稚的装腔作势常会招致人们的嘲笑；在家庭中，遭到来自年长妻子不间断的压迫。最终，在南太平洋的尽头，肝肠寸断地思念着自己北方的故乡，悲惨地死去。

转瞬间，这个男人的一生像一道闪光浮现在我眼前。我感觉一下子被重重地击中了胸口，在椅子上瘫软下来，浑身冒冷汗。

片刻之后，我终于缓过来。是因为身体不适的缘故吧，居然会生出如此荒唐的念头。

但若要评价自己的一生，这片阴影始终都无法抹去。

> Ne suis-je pas un faux accord
> Dans la divine symphonie?
> 在上帝指挥的交响乐中
> 我难道不是一根跑调的弦吗?

晚上八点,我完全振作起来。重读《赫米斯顿的韦尔》已写好的部分。不错。何止不错啊!

今早真是不正常。我是无聊的作家?说什么我思想浅薄、毫无哲学性,想说三道四的家伙尽管说就是。总而言之,文学就是技术。以概念鄙视我的家伙,若实际读一读我的作品,肯定也会束手就擒,被我的作品吸引。我是自己作品的忠实读者。即使在创作时彻底厌烦,觉得这样的东西有何价值,可翌日重读一下,便还是会被自己作品的魅力深深吸引。好比裁缝对自己剪裁衣服的技术充满自信那样,我对自己描写的技法也充满自信。你写的东西不可能是无趣的。放心吧!R.L.S!

十一月××日

我在杂志上看到一个争论:真正的艺术必须是创作者的自白(即使无法像卢梭那样,也得以某种形式)。人们总会有各色的表达。或津津乐道自己的恋人,或大吹大擂自己的孩子(还有,昨夜的梦)——当事人或许觉得饶有趣味,但于他人而言,没有比这更无聊更愚蠢的了!

补记——躺下之后，百般思量，我得稍微更正一下以上的想法。我意识到，无法写出自白式的东西，或许是作为人的一个致命的缺陷。（是否同时也是作为作家的缺陷，于我而言这是个非常难的问题。似乎对于某些人来说，是个极为简单、不言自明的问题。）简单来说，我思考了一下自己能否写出《大卫·科波菲尔》，答案是否定的。为什么？因为我不像那位伟大而又平凡的大作家那样，对自己过去的生活满怀信心。比起那位单纯简明的大作家，我经历了更加严重的苦难，但我对自己的过去（如此说来，对现在也一样。振作起来！R.L.S）毫无自信。幼年、少年时代的宗教氛围可以大书特书，而我也已经书写过了。青年时代的狂欢作乐、与父亲的冲突，这些若是想写也可以写，甚至可以为了取悦评论家们，写得故作深刻。结婚的事情，也并非不能写（看着年近半百，不再有女人味的妻子，要写这一段无疑是痛苦的）。但如实写下我内心已决定同芬妮结婚，同时我又对其他女人说了些什么做了些什么，如此怎样呢？当然，要是这样写，一部分评论家也许会喜上心头，评价说一部深刻无比的杰作问世了之类的。但我写不了。因为很遗憾，我无法认同当时的生活和行为。我知道有人会说，你无法认同过去的种种，是因为你的伦理观很浅薄，不像一个艺术家。我也并非不理解想要将人性的复杂一究到底的想法（至少别人想这么做的时候我是理解的）。但最终，我还是无法全身心地理解。（我喜欢单纯豁达。比起哈姆雷特我更喜欢堂吉诃德，而比起堂吉诃德我又更喜欢达达尼昂。）浅薄也好其他也罢，我的伦理观（我认为伦理观和审美是相同的）就是无法认同自己的过去。那么，当时为何犯下那些事呢？我不知道。完全不知道。以前，我常大言不惭，"只有神知道如何辩解"，可如今，我只能赤裸地、举着双手、大汗淋漓地说："不知道。"

我到底爱芬妮吗？这是一个可怕的问题。可怕的事情。我还是不知道。我知道的只是，我和她结婚了，一直走到了今天。（而爱又是什么呢？我知道答案吗？我不是在寻求爱的定义，而是在自己过往的经验中搜索有没有能脱口而出的答案。啊，全天下的读者诸君！你们知道吗？在众多的小说中描写了各式恋人的小说家罗伯特·路易斯·史蒂文森居然年至四十还不懂得爱为何物！但这也没什么可吃惊的。试想将所有古往今来的大作家都拉过来，当面提出这个单纯至极的问题——爱是什么？让他们从自己心路历程的收纳箱中找出最直接的答案，我想无论是弥尔顿、司各特，还是斯威夫特、莫里哀、拉伯雷，甚至是莎士比亚，他们肯定都会意外地暴露出令人惊讶的缺乏常识或不成熟的一面。）

而问题就在于作品和作者生活之间的差距。与作品相比，可悲的是，生活（人们）要低矮得多。我是自己作品的残渣吗？就像汤的残渣那样。如今想来，我迄今为止只专注于创作小说，生活都围绕着这一个目的，我甚至感到这样的生活很美好。当然，创作同时也是做人的修行。

但，除此之外就没有通往人格完整的道路了吗？（其他世界——行为世界对体弱多病的自己已然关上了大门，这是怯懦的遁词。即使一生都卧病在床，也定还有其他修行的道路。当然，不可否认，这样的病人所达成的东西，容易成为很偏颇的东西。）自己是否过度专注于故事创作（技巧方面）之路了呢？

我之所以说这番话，是因为充分考虑到了专注于含糊的自我完善而在生活中缺少一个实际的焦点（看看梭罗吧）的危险性。我不禁想起曾深恶痛绝，今后也决不会有什么好感的（这么说是因为现在身处南太平洋的我的贫瘠书库里，没有一本他的著作）那个魏玛共和国的宰相。那个男人至少不是汤汁的残渣。不，正相反，作品是他人生的残渣。呜呼！我作为文学家的名声，已然不合理地完全超越了我作为一个人的完整（或不完整）。这是可怕的危险。

想到这，我感到莫名的不安。如果将刚才的想法贯彻到底的话，那我一路以来的作品不是都得废弃吗？这是令人绝望的不安。居然出现了比迄今为止我生活中的绝对权威——"创作"更加权威的东西！

但另一方面，将文字串联起来的妙不可言的欢喜，描写喜欢的场景时的愉悦，这些都已成为我的习性，我决不能想象它们会弃我而去。无论何时，写作都是我生活的中心，并且，这没有任何不便之处。但——哦不，没什么可恐惧的。我应该还有勇气。我必须毫不畏惧地迎接我身上所发生的变化。为了能破茧成蝶、翩翩起舞，我必须无情

305

地咬破自己迄今织就的美丽丝茧。

十一月××日

邮船到港之日，爱丁堡版全集的第一卷送到了。装帧、纸质等都基本满意。

我大致浏览了一遍书信、杂志等，感到我和身处欧洲的人们之间，思维方式的差距越来越大。是我过于通俗（非文学）了，还是他们本来就局限于过于狭隘的思想中？我曾经嘲笑学习法律的家伙（尽管如此我自己却持有律师资格证，这很滑稽）。所谓法律，是在某个范围内才具有权威的东西。即使你通晓这复杂的体系并沾沾自喜，也并不具有普遍的人类价值。而现在，我想对文学圈也这么说。英国文学、法国文学、德国文学，甚至范围再广一些，欧美乃至白人文学。他们划定范围，将自己的嗜好奉为神圣的法则，在其他世界根本行不通的特殊而狭隘的规则之下，倍感优越。如果不置身于白人世界之外根本就意识不到这一点。当然，类似的事情不仅限于文学。在评价人或生活时，西欧文明也会制定某个特殊的标准，并坚信它是绝对普遍的。如此狭隘之人，当然根本无法理解太平洋土著人民的人格闪光点及其生活的美妙之处。

十一月××日

游走于南太平洋各岛屿之间的白人行商中，极为罕见地（大多都是唯利是图的奸商）有以下两种人：一种完全没有积攒钱财回到故乡安度晚年的打算（而这是普通南太平洋行商人的目的），只是出于对南太平洋风光、生活、气候以及对航海的热爱，为了不离开南太平洋而继续手上的买卖；另一种同样热爱南太平洋和流浪，只是以一种玩世不恭激烈的态度，刻意对文明社会冷眼相待，可以说，他们虽然活着，却是将自己曝骨于南太平洋风雨中的虚无之人。

今天，我在街上的酒馆遇到了一个第二种类型的人。是个四十岁左右的男子，在我隔壁桌独自一人喝酒。（交叉着的膝盖不停地抖动。）衣着破落，但容貌却锐利知性。双眼明显因为喝了酒而泛红浑浊，粗糙的皮肤，嘴唇猩红，看着让人有些难受。我们仅聊了不到一小时，得知他出身于英国一流的大学。操着一口在这个港口很罕见的完美的英语。他说自己是杂货行商，从汤加来的，要坐下一班船去托克劳岛。（当然他并不知道我是谁。）我们没有聊任何买卖的事。只稍微聊了一下各个岛上白人带来的恶性疾病。然后，他说自己一无所有。没有妻子、没有孩子、没有家庭、没有健康、也没有希望。我问他，为何会讨上这样的生活，对于我的这个愚蠢的问题，他说，没有什么特殊的、小说情节般的原因，并且，您说"这样的生活"，但我现在的生活和生而为人这一更特殊的事情相比也并无特殊之处，不是吗？他边笑着，边轻轻干咳了几声。

这是难以对抗的虚无主义。回到家躺在床上之后，那个男子的言语、那种极其恭敬却又无可救药的语调一直萦绕在我耳边。Strange are the ways of men（人各有活法）。

定居在这里之前，乘帆船遍历各岛的时候，我也遇到过形形色色的人。

有个美国人在马克萨斯群岛的后海岸建了座小屋，那里别说是白人，就连土著都很少，而他独自一人（在海洋、天空和椰子树之间孑然一身），与一本彭斯和一本莎士比亚为友生活着（他没有一丝遗憾，打算将自己的尸骨也埋在那里）。他曾是一名造船工人，年轻时读到了写南太平洋的书，于是对这片热带海洋无限憧憬，最终离开了故国来到海岛，并就此定居了下来。我到达他居住的海岸时，他作了首诗送给我。

有个苏格兰人，在太平洋诸岛中最神秘的复活节岛（在那里，已灭绝的先民们留下的无数怪异巨型石像覆盖了全岛）做了一阵子遗体搬运工之后，流浪于各岛之间。某个清晨，他在船上刮胡子的时候，船长从背后叫住了他："哎！你怎么回事？怎么把自己的耳朵都刮掉了！"等他回过神来，才发现已将自己的耳朵刮掉了，且完全不自知。他当即决定，移居到疯病岛莫洛凯，在那里没有任何不满和悔意，就此度过了余生。我到访那个被诅咒的小岛时，那个男人一副极快活的样子，还给我讲述了自己过去的冒险经历。

阿佩玛玛的独裁者特比诺克如今怎么样了呢？他不戴王冠而戴头盔，穿着苏格兰短裙，缠着欧式绑腿，这个南太平洋的古斯塔夫·阿道夫很喜欢稀奇的东西，赤道正下方的他的仓库里收藏着很多暖炉。他将白人分为三类：

"欺骗了我一点的人""欺骗了我很多的人""过分欺骗我的人"。当我的帆船离开他的岛屿时,这个刚毅朴实的独裁者眼含热泪道:"他丝毫没有欺骗我。"他为我吟唱了诀别的歌。他也是那个岛上唯一的一个吟游诗人。

夏威夷的卡拉卡瓦王又在做什么呢?聪明却时常悲天悯人的卡拉卡瓦。在太平洋的人种中,唯一一个可以和我平等地讨论马克思·缪勒的人物。曾经梦想着波利尼西亚大联合的他,如今眼看着自己国家的衰亡,也许他已平静达观,沉湎于阅读赫伯特·斯宾塞了吧。

半夜,我难以入眠,倾听着遥远的波涛,在蔚蓝的海流和清爽的信风间,我遇见过的各色人们的身影一个接一个不停地浮现在眼前。

人定是用以筑梦的物质。那一个个梦想,如此多姿多彩,却又如此可悲可叹!

十一月××日

《赫米斯顿的韦尔》第八章完成。

我感觉这项工作也逐渐走上正轨。终于清楚地抓住了对象。我边写边感到沉甸甸的、厚重的东西。写《化身博士》和《绑架》的时候速度飞快,但写作时并没有十足的把握。我想也许它会成为一部优秀的作品,但也心怀恐惧,担心成为一部令人汗颜的拙劣之作。因为仿佛自己的笔被自我之外的某个东西牵引、驱赶。而这一次不一样。同样写得轻松流畅,但这次明显我自己握紧了作品中所有人物的缰绳。我也清楚地知道作品的好坏，不是凭激动的自我陶醉来判断的，而是出于冷静的考量。即使保守估计，至少也能超越《卡特丽娜》。虽还未写完，但这点是肯定的。岛上有个谚语："是鲨鱼还是鲣鱼，看看尾巴就知道了。"

十二月一日

天还没亮。

我站在山岗上。

昨夜的雨渐渐停了下来，风还很强烈。脚下延伸出去的巨大斜坡的另一边，云朵飞快地掠过铅灰色的大海朝西边逃走。云层的裂缝中，不时透出拂晓临近的混沌白光，在大海和原野之上流淌。天地还未被染上色彩。这种感觉酷似北欧的初冬，冷飕飕的。

饱含湿气的狂风呼啸而过。我靠着大王椰子树的树干，勉强站立在风中。某种不安和期待似的东西从心头一角涌出。

昨晚我也长时间站在阳台上，任自己置身于狂风和它裹挟的雨滴中。今早也这样逆着强风站着。我渴望朝着某种猛烈的、残暴的、如暴风雨般的东西狠狠撞上去，以此击碎将自己封闭在界限内的外壳。这是何等畅快啊！对抗四大元素的严峻意志，在行云、流水、山丘之间巍然屹立一人独醒！我渐觉有种英雄的气概。"O! Moments big as years." "I die, I faint, I fail."我喊着这些散漫无章的诗句。声音被风斩碎，随之飘散。光明逐渐爬上原野、山丘、大海。一定会发生些什么。我内心充满了令人欣喜的预感，肯定会发生些什么，替我扫去生活中的残渣和杂质。

我大概这样站了一个小时吧。

不久，我眼前的世界瞬间容貌大变。原本没有色彩的世界突然间流光溢彩。太阳从视线之外的东边岩石尖端的另一侧升起来了。多么神奇的魔术啊！刚刚还是灰蒙蒙的世界，一下子被染上藏红花色、硫黄色、蔷薇色、丁香色、朱红色、青绿色、橙色、藏青色、紫罗兰色——所有的色彩都带有绸缎般的光泽，美得令人头晕目眩。飘浮着金色花粉的早晨的天空、森林、岩石、悬崖、草地、椰子树下的村落、红色可可壳的山峦等，美不胜收。

望着眼前这一瞬间的奇迹，我愉快地感受到，就在此刻，自己内心的黑夜遁逃至遥远的地方。

我昂然回到了家中。

二十

十二月三日早晨，史蒂文森如往常一样，口授约三小时《赫米斯顿的韦尔》，让伊莎贝尔记录下来。下午，他写了几封书信。傍晚时分来到厨房，在准备晚餐的妻子身旁边开着玩笑，边拌着沙拉。然后，他到地窖去拿葡萄酒。当他拿着酒回到妻子身旁时，突然，酒瓶从他手中滑落，"我的头！头！"他喊着晕了过去。

他立即被抬回寝室，三个医生连忙赶来问诊，但他再也没醒过来。

"伴有肺部麻痹的脑溢血。"这是医生下的诊断。

第二天早上，维利马淹没在土著吊唁者们送来的花海里，到处都是野生的花、花、花！

洛伊德指挥主动报名前来劳作的两百个土著，从凌晨开始，修建通往瓦埃阿山巅的路。那座山巅，正是史蒂文森生前决定掩埋自己尸骨的地方。

下午两点，连风都死寂，出殡。强壮的萨摩亚青年们接力运送棺材，顺着丛林中新开辟的道路，一直运到瓦埃阿山巅。

四点，在六十个萨摩亚人和十九个欧洲人面前，史蒂文森的身体被掩埋入土。

埋在海拔一千三百英尺、四周都是香橼树和山菠萝树的山顶空地上。

人们吟唱起故人生前为家人和用人们所作的祈祷词。在弥漫着浓烈呛鼻的香橼香气的湿热空气中，大家默默地低下了头。墓前摆满了纯白色百合花，带着天鹅绒光泽的大黑羽蝶落在百合花瓣上休息，似是叹息。……

一位老酋长，他那赤铜色布满皱纹的脸上泪水纵横——正因南国人为生之喜悦如痴如醉，才对死怀抱无限绝望的哀伤。他低声说道：

"托法（安息吧）！茨西塔拉。"